KB128368

 **3**

2초판 1쇄 인쇄일 2019년 2월 19일 ｜ **초판 1쇄 발행일** 2019년 2월 22일

지은이 조휘 ｜ **펴낸이** 곽동현 ｜ **담당편집 팀장** 이범수
편집부 정요한 홍현주

펴낸곳 (주)조은세상 ｜ 출판등록 제2002-23호
주소 경기도 연천군 미산면 청정로1355
TEL 02)587-2966 ｜ FAX 02)587-2922
E-mail bukdu@comics21c.co.kr

조휘ⓒ2019
ISBN 979-11-89785-66-6 ｜ ISBN 979-1-89785-63-5(set)
값 8,000원

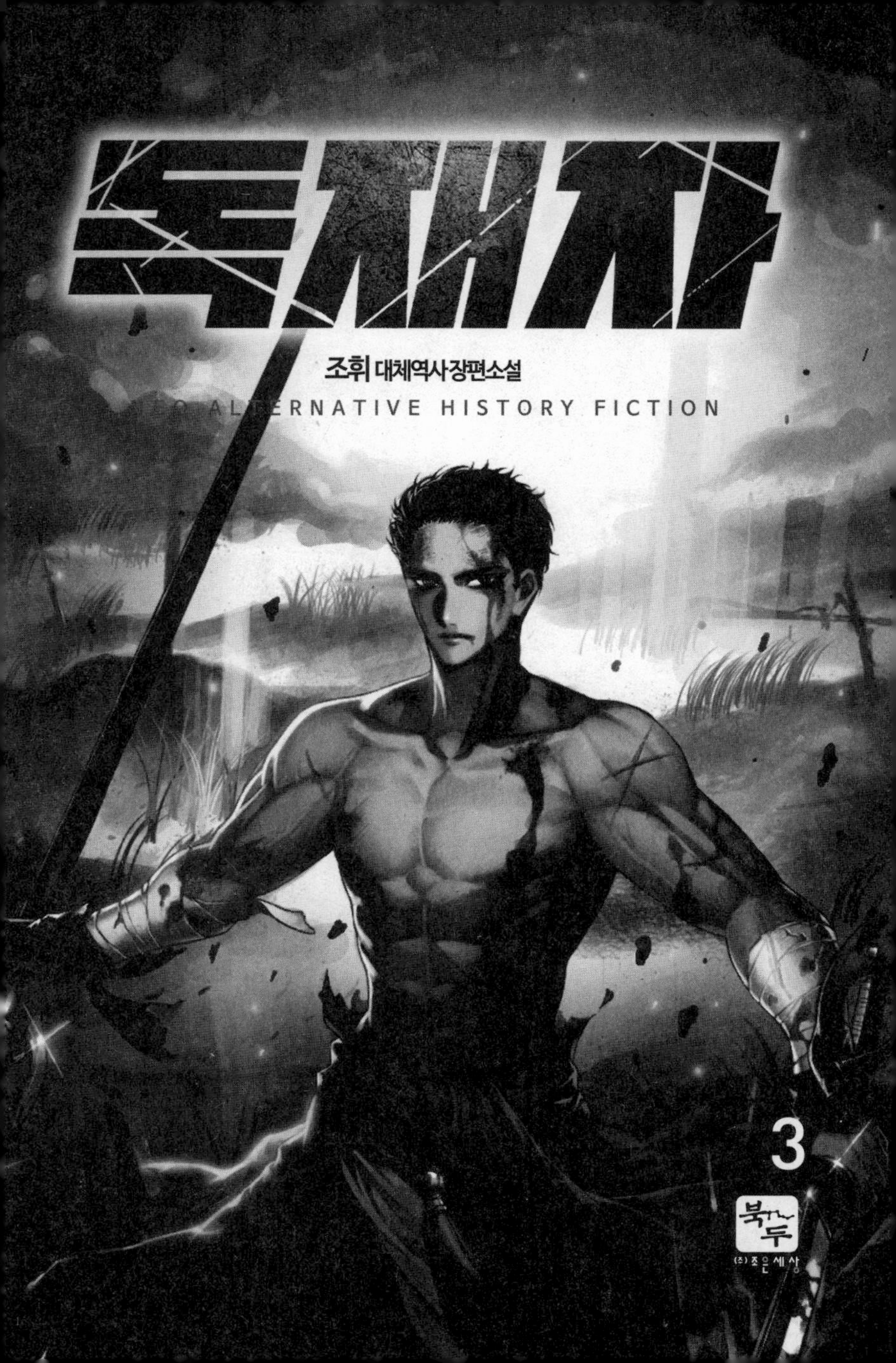
독재자
조휘 대체역사 장편소설
ALTERNATIVE HISTORY FICTION
3
북두
(주)조은세상

조휘 대체 역사 장편소설

NEO ALTERNATIVE HISTORY FICTION

CONTENTS

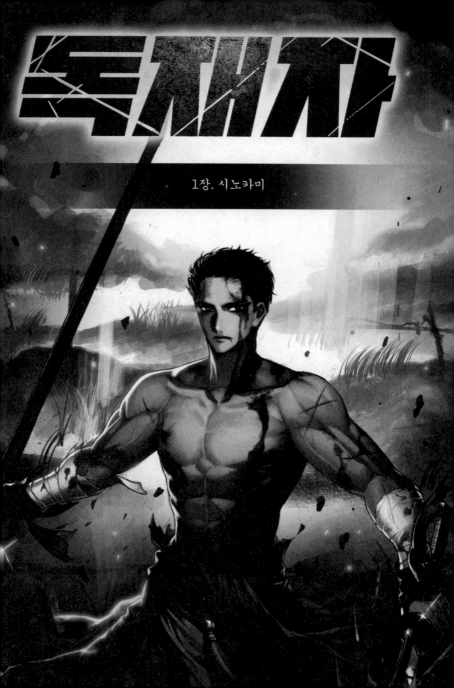

독재자

1장. 시노카미

　행주산성 전투는 금세 절정으로 치달았다.

　권율, 처영, 유경천이 지휘하는 조선군 수비군은 화살이 다 떨어진 최악의 상황에서 왜장 고바야카와 다카카게가 지휘하는 왜군 정예 병력에 맞서 고전을 면치 못하는 중이었다.

　여섯 차례 이어진 공방전에서 번번이 실패를 거듭하며 독이 잔뜩 오른 왜군은 행주산성 전 전선에 걸쳐 맹렬한 공세를 가했다.

　반대로 하루 종일 이어진 전투로 체력을 거의 소진한 조선군은 왜군의 맹렬한 공세를 막아 내는 데 점점 어려움을 겪었다.

결국 경사가 완만한 서쪽이 뚫리며 조선군은 위기를 맞았다.

행주산성 서쪽 전선을 돌파한 왜군은 외부 목책을 점령한다음, 사령부가 위치한 내부 목책으로 진격해 오기 시작했다.

총사령관 권율이 직접 전선에 나가 지친 부하들을 독려해보았지만, 이미 패색이 짙어진 전황을 뒤집기엔 한참 모자랐다.

전투는 갈수록 치열해져 갔다.

아니, 조선군 입장에선 점점 처절해져 간단 표현이 맞을 듯했다.

화살이 떨어진 궁수는 돌을 던지며 저항했다. 탈진한 보병은 개미떼에 둘러싸이듯 왜군에게 둘러싸여 난도질을 당했다.

병사들이 죽어 가며 지르는 비명이 쉴 새 없이 이어졌고, 이미 죽은 병사들이 쏟아 낸 피는 덕양산의 흙을 붉게 물들였다.

한편 그 시각, 이준성은 행주산성 북쪽을 수비하는 중이었다. 서쪽처럼 북쪽 역시 공격을 받았지만 왜군 주력이 서쪽에 모여 있기 때문에 그렇게 치열한 전투까지는 아니었다.

서쪽을 살펴보던 이준성은 슬슬 애가 타기 시작했다. 서쪽이 무너지면 북쪽 역시 앞뒤로 포위당해 전멸을 면치 못했다.

서쪽이 완전히 무너지기 전에 어떻게든 전황을 뒤집어엎을 필요가 있었다. 그는 고개를 돌려 금강대대를 지휘하는 유경천을 찾았다.

　유경천 역시 같은 생각을 하는 중이었지, 그를 쳐다보며 다녀오라는 듯 고개를 크게 끄덕여 보였다.

　유경천에게 북쪽을 일임한 이준성은 명회를 포함한 금강대대 병사 500명을 차출해 서쪽 전선으로 나는 듯이 달려갔다.

　서쪽은 권율이 있는 사령부 안까지 왜군이 밀려들어 와 병력이 거의 전멸하기 직전이었다. 권율 휘하에서 용인 전투, 이치 전투, 독왕산 전투를 경험한 베테랑들이 분전하지 않았으면, 사령부는 벌써 왜군 손에 넘어갔을 공산이 아주 높았다.

　이준성은 바닥에 있는 언월도와 왜도를 찾아 손에 쥐었다. 그는 창과 환도보단 손에 익은 언월도와 왜도 쪽이 더 편했다.

　준비를 갖춘 이준성은 뒤를 돌아보았다.

　금강대대 병사 500명이 긴장한 표정으로 그를 쳐다보고 있었다.

　승병과 불심이 깊은 병사로 이루어져 있기 때문에 전투에 앞서 다른 병사들처럼 두려워하는 모습을 보이지는 않는 그들이였지만, 실패하면 조선군 전체가 전멸할 수 있는 긴박

한 상황이라 긴장까지 완벽히 떨쳐 버리지는 못한 모습이었
다.

이준성은 씩 웃으며 자기를 따라오라는 손짓을 해 보였
다.

"나만 잘 따라와! 그럼 살아서 내일 해를 보게 해 줄 테니
까!"

돌아선 이준성은 혼전이 벌어지는 전장 속으로 용맹한 사
자처럼 뛰어들었다. 지휘관이 솔선수범으로 전장에 뛰어드
는 것만큼 사기 진작에 좋은 일은 없었다.

그 모습에 긴장이 풀린 금강대대 병사들은 산천이 떠나갈
것 같은 함성을 내지르며 그의 뒤를 따랐다.

이준성은 부상당해 쓰러진 조선군 병사의 목에 왜도를 내
리쳐 목을 자르려던 왜군을 발견하기 무섭게 언월도를 베어
갔다.

왜군은 비명을 지를 틈조차 없이 몸이 사선으로 잘려 쓰러
졌고, 그가 쏟아 낸 피와 내장이 냉기가 도는 바닥에 뿌려지
며 더운 김이 한증막 안 증기처럼 피어올랐다.

금강대대의 개입을 목격한 왜군은 즉시 병력을 갈라 막아
왔다.

비슷한 복장을 한 왜군 세 명이 단창으로 이준성의 가슴을
찔러 왔다. 그는 왜도로 단창을 막은 다음, 언월도로 그들의
목을 잘라 갔다. 수급 세 개가 허공으로 둥실 떠올랐다.

그때였다. 측면에서 사무라이 하나가 장도로 이준성의 옆구리를 베어 왔다.

　그에 이준성은 권투의 풋워크로 가볍게 피해 낸 뒤 왜도를 내리쳤고, 장도를 든 사무라이의 팔이 갑옷과 함께 통째로 잘려 떨어졌다.

　사무라이가 잘려 나간 팔을 믿을 수 없다는 눈으로 쳐다볼 때, 언월도가 날아들며 그의 머리를 잘랐다.

　그러나 언제나 그렇듯 모난 돌이 가장 먼저 정을 맞는 법이었다.

　이준성이 왜군 다섯 명을 순식간에 해치우던 그때, 그는 왜군이 반드시 제거해야 할 리스트의 맨 꼭대기에 올랐다.

　곧 왜군 10여 명이 그를 저승으로 보내 주기 위해 집결했다.

　이준성은 그를 에워싼 왜군을 둘러보며 히죽 웃었다.

　"날 이렇게 좋아하다니, 이거 영광이군. 그러나 난 남자는 취미가 없어. 더구나 너희처럼 냄새나는 남자는 더 그렇지."

　그러나 왜군은 당연히 그의 말을 알아듣지 못했다. 왜군은 곧장 공격을 개시했다.

　왜군 10여 명이 사용하는 무기는 다양했다. 창은 가슴을 찔러 왔으며 왜도는 허리를, 언월도는 다리를 베어 왔다. 그러나 이준성은 공격을 완벽히 막아 냈다.

　"이젠 내 차롄가?"

자세를 낮춘 이준성은 언월도를 밑으로 베어 갔다. 언월도가 가진 긴 도신과 이준성의 긴 팔이 결합하는 순간, 왜군이 예상한 반경보다 훨씬 넓은 반경으로 언월도가 회전했다.

　바람개비처럼 회전한 언월도가 왜군 세 명의 다리를 완전히 잘라 버렸다.

　그들은 비명과 신음을 쏟아 내며 쓰러진 다음, 자기 몸에서 흘러나온 피가 만들어 낸 피 웅덩이 속에 빠져 허우적댔다.

　옆의 두 명은 다리가 완전히 잘리지는 않았지만 뼈가 보일 만큼 상처가 깊어 바닥을 데굴데굴 굴렀다.

　공격 한 번으로 앞을 막아선 왜군 다섯 명을 제거하는 데 성공한 이준성은 뒤로 달려가 왜도와 언월도를 번갈아 휘둘렀다. 왜군이 엉겁결에 휘두른 창, 왜도, 언월도 등은 이준성이 휘두른 왜도에 막혀 허공과 바닥으로 궤도를 이탈해 갔다.

　공격에 실패한 왜군의 눈에 절망감이 떠오르던 그때, 이준성의 언월도가 은어처럼 펄떡거리며 그들의 몸통을 헤집었다.

　왜군 세 명은 흉곽이 드러날 만큼 상처가 깊어 즉사했다. 왜군 두 명은 배에서 쏟아지는 내장을 안으로 밀어 넣다가 쓰러졌으며, 운 좋게 부상을 피한 왜군 한 명은 도망쳤다.

　"혼자만 도망치면 쓰나."

이준성은 도망치는 왜군 등에 왜도를 던졌고, 빗살처럼 날아간 왜도가 왜군의 척추를 끊어 버렸다.

이준성은 왜군이 떨어트린 왜도를 집어 들며 뒤를 돌아보았다.

그의 활약 덕에 별 피해 없이 적진에 뛰어드는 데 성공한 금강대대 병사들이 사령부를 공격하는 왜군을 뒤로 밀어냈다.

편곤에 적의 피를 잔뜩 묻힌 명회가 걸어와 물었다.

"여긴 얼추 정리가 끝난 듯 보이는데, 다음엔 어딜 치실 겁니까?"

이준성은 손가락으로 근처에 있는 2층 누각을 지목했다.

"당연히 권율 장군부터 구해야지."

대답한 이준성은 누각 앞의 돌계단으로 몸을 날렸다.

돌계단 앞은 자기 차례를 기다리는 왜군으로 발 디딜 틈이 없었다. 마치 20세기에 촬영한 명절 고속도로를 보는 듯했다.

명회가 생각보다 많은 왜군 숫자에 놀란 듯 몸을 움찔했다.

"정말 여길 치실 겁니까?"

"내 눈엔 오히려 좋은 기회로 보이는데."

"무슨 기회 말입니까?"

이준성은 어깨를 으쓱하며 대답했다.

"일일이 찾아다니며 없애는 것보다는 이게 낫지 않겠어?"

대답한 이준성은 명회가 반응을 내놓기 전에 먼저 몸을 날렸다.

이준성의 등장을 눈치 챈 왜군이 그네들 말로 뭐라 고함을 지르며 덤벼들었다.

이준성은 왜도와 언월도로, 명회는 편곤으로 덤벼드는 왜군을 때려눕히며 계단을 계속 올라갔다.

급한 불을 끈 금강대대 병사들이 계단으로 달려와 도와준 덕에 퇴로가 막혀 뒤에서 공격당하는 사태는 발생하지 않았다.

계단 중간에 도착한 이준성은 고개를 들어 위를 보았다. 창을 든 사무라이 하나가 고함을 지르며 계단 밑으로 뛰어내렸다.

이준성은 옆으로 움직여 사무라이가 찌른 창을 가볍게 피했다. 사무라이가 찌른 창은 그를 빗나가 계단 벽에 박혔다.

"넌 사방이 막혀 있는 좁은 장소에서는 창처럼 긴 무기를 사용하지 말라는 격언을 군사 훈련소에서 배우지 못한 모양이군."

계단을 성큼 올라간 그는 왜도를 사무라이 배에 깊숙이 찔러 넣었다. 얼굴이 고통으로 일그러진 사무라이가 피를 토했다.

이준성은 그 사무라이를 방패삼아 계단 위로 올라갔다.

계단 위를 지키는 왜군이 즉시 공격해 왔지만 방패로 삼은 사무라이가 제 역할을 충실히 해 준 덕에 별다른 위협을 주지 못했다.

계단을 다 오른 이준성은 곧 권율의 얼굴을 볼 수 있었다. 낭패한 표정을 한 권율은 심복 10여 명의 도움을 받아 누각을 거의 점령한 왜군과 치열한 백병전을 벌이는 중이었다.

그러나 왜군 숫자가 많은 탓에 권율은 곧 한강이 내려다보이는 난간으로 밀려났다. 시간을 지체하면 왜군 무기에 쓰러지기는 것보다 누각 밑으로 떨어져 추락사할 판이었다.

"다행히 아주 늦진 않은 모양이군."

이준성은 누각을 점령한 왜군을 베어 가며 전진했다.

명회와 금강대대 병사들 역시 하나둘 누각으로 올라와 그를 도왔다.

좀 전까지는 왜군이 난간에 몰린 권율 일행을 포위해 몰아붙이는 상황이었다면, 지금은 오히려 조선군이 난간과 입구 양쪽에서 왜군을 샌드위치처럼 에워싼 상황으로 뒤바뀌었다.

왜군이 득실거리는 곳을 무인지경처럼 돌파한 이준성은 마침내 권율이 있는 난간에 이르는 데 성공했다.

이준성이 개척한 통로에 명회와 금강대대 병사들이 들어가 통로를 더 단단히 구축했다. 통로 구축을 마친 다음에는 양쪽에 있는 왜군을 난간 방향으로 몰아붙여 주도권을 완벽히 되찾아 왔다.

그러자 급해진 쪽은 왜군이었다.

왜군은 곧 권율에게 자살 공격을 감행했다.

어차피 그들은 여기서 죽을 테지만 죽기 전에 조선군의 중요한 장수 하나를 그들의 저승길 동무로 삼으려는 심산 같았다.

운 좋게 방어진을 돌파한 왜군 하나가 무방비나 다름없는 권율을 창으로 찔러 갔다.

때마침 권율은 다른 방향을 보는 중이기 때문에 왜군이 내지른 창을 막아 낼 방도가 전혀 없는 상태였다.

그때였다.

반대편에서 튀어나온 이준성이 권율 앞을 재빨리 막아섰다.

푹!

살이 뚫리는 소리가 들리며 이준성의 몸이 약간 비틀거렸다. 가까스로 창을 막아 내는 데는 성공했지만, 타이밍이 약간 늦은 바람에 창끝이 왼쪽 견갑골 상부에 틀어박혔던 것이다.

이준성은 언월도로 창을 찌른 왜군의 목을 단숨에 잘라 버린 다음, 고개를 돌려 간발의 차로 목숨을 건진 권율을 보았다.

"장군님은 방금 전 소인에게 큰 빚을 하나 지신 겁니다."

권율이 뭐라 대꾸하기 전에 이준성은 표범처럼 앞으로 튀어 나가 아직 누각에 남아 있는 왜군을 마저 정리하기 시작했다.

◆ ◈ ◆

이준성은 왜군 시체로 발 디딜 틈 없는 누각 안을 둘러보 았다. 방금 전 죽은 왜군을 끝으로 적의 모습은 보이지 않았 다.

안심한 이준성은 창에 찔린 왼쪽 어깨를 조사했다.

왼쪽 견갑골에 핏물이 번진 자국이 보였다. 갑옷을 입지는 않았지만 두꺼운 겨울솜옷 덕에 왜군의 창이 견갑골을 부러 트리지 못하고 피부와 근육을 찢는 선에서 그쳤다.

땀으로 목욕한 명회가 거친 숨을 몰아쉬며 다가왔다.

"상처는 괜찮으십니까?"

"직접 봐야 알 것 같군."

이준성은 옷을 벗어 상처를 조사했다. 견갑골에 생긴 동전 만 한 크기의 상처에서 피가 흘러내렸다.

왼팔을 조금 돌려보았다. 통증이 느껴졌다. 그러나 데굴데 굴 구를 수준은 아니었다.

명회가 허리춤의 전대에서 약과 치료 도구를 꺼냈다.

"치료할 테니 잠깐 앉아 계십시오."

이준성은 가부좌한 자세에서 명회의 치료를 받았다.

명회는 전대 안에서 지혈제와 소독약, 깨끗한 솜, 붕대 등을 꺼내 이준성의 상처를 치료했다.

명회가 가진 지혈제는 황련, 산치자와 같은 한방 재료였고, 소독약은 증류주로 만든 것이었다.

치료는 다행히 금방 끝났다. 이준성은 솜옷을 다시 걸친 다음, 어깨를 살짝 돌려봤다. 고통을 완화해 주는 아드레날린이 가라앉는 바람에 전에는 느끼지 못한 통증이 새로 느껴졌다.

잠시 후, 권율이 지친 표정으로 다가와 물었다.

"상처는 좀 어떤가?"

이준성은 어깨가 아파 죽겠다는 시늉을 하며 대답했다.

"누가 불에 달군 칼을 가져와 살을 살살 긁어 내는 것 같습니다."

권율이 굵은 눈썹을 살짝 찌푸렸다.

"표현 한번 맛깔나군."

"그보다 조금 전에 소인이 드린 말이나 잊지 말아 주십시오. 소인이 장군님 목숨을 구해 드렸다는 거 말입니다. 기억하시죠?"

주위를 둘러본 권율이 헛기침을 하며 대꾸했다.

"흠흠. 본관은 그렇게까지 염치가 없진 않네. 자네 말대로 본관은 자네에게 목숨 값을 빚졌네. 본관이 도울 일이 있으면 언제든 말하게. 내 선에서 할 수 있는 일이라면 뭐든 돕지."

이준성은 씩 웃었다.

"일단 지금은 그 빚을 외상으로 남겨 둘 생각입니다. 아직 쓴맛을 덜 본 왜놈들이 재차 공격을 해 오려는 모양이니까 요."

이준성의 말대로 왜군은 아직 포기하지 않았다. 왜군이 점령한 외부 목책에 병력 수천 명이 다시 집결하는 중이었다. 권율은 서둘러 전열을 정비해 왜군에 맞설 준비를 하였다.

그러나 문제는 병사들이 이미 지칠 대로 지친 상태라는 점이었다.

병사들에겐 숨을 돌릴 잠깐의 여유와 갈증을 풀어 줄 시원한 물 한 바가지가 가뭄의 단비처럼 소중하긴 했지만, 그 단비가 바닥을 드러낸 체력까지 완전히 회복시켜 주진 못했다.

권율은 급히 북쪽을 지키는 금강대대 병사 1,000명을 더 차출해 병력이 모자란 서쪽 전선에 채워 넣었다.

다른 병사들의 체력이 100에서 10쯤 남았다 치면 금강대대 병사들은 30쯤 남았기 때문에 권율은 금강대대에 모든 희망을 걸었다.

권율이 이번 전투를 지원하러 온 유경천에게 물었다.

"자네가 데려온 병사들은 지치지를 않는군. 대체 비결이 뭔가?"

고지식한 유경천은 한참을 궁리한 끝에야 간신히 대답했다.

"함경도 병사들은 태어날 때부터 거친 환경에 적응하는 법을 배우기 때문에 다른 병사들보다 체력이 월등한 것 같습니다."

물론 유경천의 이 대답은 거짓이었다. 실제로는 이준성이 설계한 트레이닝프로그램 덕분에 병사들의 근력, 순발력, 근지구력과 같은 운동능력이 비약적으로 향상된 덕분이었다.

권율이 고개를 끄덕이며 감탄했다.

"함경도의 거친 자연환경이 훌륭한 병사를 키워 냈단 말이군그래."

잠시 후, 권율은 유경천과 처영을 불러 왜군을 저지할 작전 계획을 세웠다.

작전은 간단했다. 왜군을 사령부가 있는 누각까지 끌어들인 다음, 예비대로 남은 금강대대가 재빨리 사방에서 역습을 가해 왜군을 완전히 끝장낸다는 것이었다.

최전방을 맡은 병력은 지금까지보다 더한 손실이 발생하겠지만, 잘만 하면 이번 전투로 왜군의 공격 의지를 단숨에 꺾을 수 있었다. 조선군은 작전 계획에 맞게 병력 배치를 서둘렀다.

잠시 후, 왜군이 지축을 뒤흔드는 함성을 지르며 진격해 왔다.

탕탕탕탕!

전선 좌우 끝에 위치를 잡은 왜군 조총 부대가 일제히 발사한 탄환이 빗발치듯 조선군 방어선에 떨어지는 동안, 중앙을 돌파해 들어온 보병이 창과 왜도로 수비 병력을 유린했다.

곧 전선 곳곳이 돌파당해 혼전이 벌어졌다.

백병전에서 막대한 피해를 입은 조선군은 사령부가 있는 누각으로 후퇴하기 시작했다.

계획에 따라 왜군을 유인하기 위해 후퇴한다기보다는 왜군의 공세를 견디다 못해 후퇴하는 상황이었다.

곧 전쟁에서 가장 처절한 광경이 벌어졌다.

바로 왜군이 퇴각하는 아군을 추격하는 광경이었다.

왜군은 아프리카의 야생 짐승과 같은 방식으로 조선군을 사냥했다. 사자 무리가 들소 떼를 추격하듯 조선군을 추격하던 그들은 무리에서 떨어져 나온 조선군을 에워싸 숨통을 끊었다.

완전히 탈진해 더 이상 달릴 힘이 남아 있지 않은 병사들과 발, 다리에 부상을 입어 달리는 일이 여의치 않았던 병사들이 가장 먼저 들개처럼 달려드는 왜군에게 목숨을 잃었다.

왜군은 심지어 조선군을 죽이는 선에서 일을 마무리 짓지 않았다. 그들은 죽은 조선군의 수급을 잘라 전리품으로 가져가려 했다. 가끔은 왜군 서넛이 한 수급을 얻기 위해 다퉜다.

금강대대 병사들은 누각 주위에 매복한 상태에서 아군이 죽어 나가는 모습을 조용히 지켜볼 수밖에 없었다.

소속은 다르지만 그들과 조선군 병사들은 같은 피를 나눈 동포였다. 그들은 같은 말과 문화를 공유하는 사이였다. 아군이 무참히 살해당하는 모습을 보며 냉정을 유지하기란 쉽지 않은 일이었다.

그러나 금강대대 병사들은 끝까지 냉정함을 잃지 않았다. 그들은 이준성 휘하에서 전투를 몇 차례 경험하는 동안, 군령이야말로 가장 중요하단 사실을 체감했다.

감정에 치우쳐 군령을 어기면 10명의 희생으로 끝날 상황에서 100명, 1,000명이 죽어 나가는 참사가 벌어졌다.

그렇기에 그들은 이준성이 가르친 교범에 따라 군령이 내려오기를 조용히 기다렸다.

그렇다고 아군의 죽음에 무관심한 것은 아니었다. 그들은 동료가 무참히 죽어 나가는 모습을 보며 분노를 서서히 끌어올렸다. 분노를 온도로 비유한다면 이는 차가운 분노였다.

왜군은 마침내 권율이 있는 2층 누각 앞에 당도했고, 곧 누각을 방어하는 권율의 심복과 왜군 사이에 치열한 백병전이 벌어졌다.

전에 흘린 피가 말라붙기 전에 새로운 피가 그 위로 흘러내렸다.

권율은 금강대대 병사보다 더 냉정했다. 본인의 목숨이 풍전등화의 상황에 처하기 전까지는 군령을 내릴 생각이 전혀 없는 듯했다. 오히려 금강대대를 지휘하는 유경천이 더 긴장해 속이 바짝 타들어 갈 지경이었다.

마침내 누각 2층 지붕에 붉은색 깃발이 올라왔다.

깃발을 발견한 유경천은 벌떡 일어나 환도로 정면을 가리켰다.

"모두 공격하라!"

관목 숲에 매복해 있던 금강대대 병사들은 명령이 떨어짐과 동시에 벌떡 일어나 앞으로 달려 나갔다.

물론 금강대대 선봉에는 이준성, 명회와 같은 역전의 용사들이 서 있었다.

이준성은 측면을 기습당해 당황한 왜군을 무참히 응징했다. 왜도가 허공을 가르면 왜군의 머리가 둥실 떠올랐고, 언월도가 폭포줄기처럼 땅으로 떨어지면 왜군이 머리부터 사타구니까지 일자로 잘려 날아갔다.

그를 중심으로 왜군 몸에서 떨어져 나온 피와 살점, 내장조각이 분수처럼 퍼져 나갔다.

이준성은 부상을 입은 어깨가 욱신거렸지만 손을 멈추지는 않았다.

이미 한계에 달한 아군을 생각하면 이번 전투에서 완벽히 승리해야 행주전투를 대첩으로 만들 수가 있었다.

이준성은 마치 고성능 드릴처럼 왜군 진형 한가운데를 순식간에 뚫어 버렸다.

그 바람에 부대가 앞뒤로 쪼개진 왜군은 금강대대에 에워싸여 항전하다가 차례차례 목숨을 잃어 갔다.

이준성을 발견한 왜군은 귀신을 본 어린아이처럼 소스라치게 놀랐다. 심지어 겁에 질려 나자빠지는 왜군마저 보였다.

피를 뒤집어쓴 모습이 덩치 큰 귀신처럼 보이긴 하지만, 다른 병사들 역시 적과 동료의 피로 목욕한 상태이기 때문에 그에게만 특별한 반응을 보이는 이유가 점점 더 궁금해졌다.

이준성은 그를 본 왜군이 공통적으로 지르는 소리에 일정한 패턴이 있음을 눈치 챘다. 키타라는 단어와 시노카미라는 단어였다. 이준성은 왜군의 말을 유진에게 번역하게 했다.

유진은 곧 왜군의 말을 번역해 그 뜻을 알려 주었다.

-북쪽에서 온 죽음의 신이란 뜻입니다.

"내가 북쪽에서 왔단 사실을 이놈들이 어떻게 알지?"

-함경도 전역과 강원도 전역에서 사용자를 본 왜군을 통해 소문이 퍼진 듯합니다. 그 외에는 다른 출처가 없어 보입니다.

그사이, 왜군 몇 명을 더 베어 넘긴 이준성은 명회를 찾았다.

이준성을 따라다니며 계속 싸운 명회는 체력을 다 소진한 상태였는지, 평소엔 그의 상대가 아닐 법한 왜군에게 고전을 면치 못하는 중이었다. 편곤을 든 그의 팔이 부들부들 떨렸다.

옆에서 날아드는 왜도를 보지 못한 듯 피할 생각을 않는 명회를 본 이준성은 급히 달려가 공격을 대신 막아 주었다. 왜군은 기습이 실패한 데서 온 분노를 그에게 쏟아부었다.

그러나 왜군은 상대를 잘못 골랐다.

이준성은 언월도로 왜군의 허리를 단숨에 갈라 버렸다. 허리가 잘린 왜군은 바닥에 엄청난 피를 쏟아 내며 털썩 쓰러졌다.

양팔로 무릎을 짚은 자세에서 숨이 곧 넘어갈 사람처럼 거칠게 호흡하며 명회가 믿을 수 없다는 눈빛으로 그에게 물었다.

"자, 장군님은 어째서 지, 지치시지 않는 겁니까?"

"어머니가 어렸을 때 간식으로 산삼을 자주 주셨거든."

명회가 고개를 절레절레 저으며 숙인 허리를 다시 곧추세웠다.

"또 농담으로 어물쩍 넘어가시는군요."

이준성은 어쩔 수 없다는 듯 어깨를 으쓱해 보였다.

명회에게 유진이 컨트롤하는 생체컴퓨터 덕분이란 대답을 할 순 없었다.

일단 명회가 이를 이해할지부터 의문이었다.

명회에게 포도당, 글리코겐, 지방, ATP, 산소포화도, 젖산과 같은 단어를 다 설명하려면 며칠이 걸릴지 모를 일이었다.

더구나 명회가 그런 단어를 다 이해한 다음에는 이준성의 머리에 들어 있는 생체컴퓨터가 사람의 진짜 뇌 대신에 그의 생체반응을 미세하게 제어 중이란 설명까지 덧붙여야 했다.

말 그대로 '하나님 맙소사!'가 아닐 수 없었다.

다행히 뒤이어 발생한 다른 문제로 인해 그 문제는 더 이상 명회의 관심을 끌지 못했다.

외부 목책에 집결한 왜군이 갑자기 썰물 빠지듯 산성 위에서 퇴각해 버렸기 때문이었다.

"이제야 온 건가?"

이준성은 조선군이 지르는 기쁨의 환호성을 들으며 남쪽으로 달려갔다.

한강이 내려다보이는 위치에 이르렀을 때였다.

군선 두 척이 행주산성으로 올라오는 모습이 보였다. 마침내 고대하던 승리의 여신이 그들에게 미소를 지어 준 것이다.

엄밀히 말하면 승리의 여신이 아니라, 남신이었다.

행주산성 앞에 나타난 군선 두 척의 정체는 경기수사 이빈이 이끄는 보급선단이었다.

군선 두 척에 화살 수만 발을 실은 이빈이 행주산성을 돕기 위해 급히 달려온 것이다.

화살을 모두 소진하는 바람에 투석전까지 감행해야 했던 조선군으로서는 가뭄의 단비 수준을 넘어 하늘이 보내 준

구원의 동아줄이나 다름없었다.

물론 이빈이 가져온 화살이 조선군에게 실제로 도움을 주었는가를 묻는다면 그건 아니었다.

이빈이 군선에 실어 온 화살을 행주산성에 보급하려면 행주산성을 몇 겹으로 포위한 왜군을 먼저 돌파해야 했다.

물론 권율의 육군과 이빈의 수군이 양쪽에서 포위망을 협공하는 시도는 해 볼 수 있을 테지만, 성공 가능성은 극히 낮았다.

더구나 행주산성을 포위한 왜군은 아직 1만이 넘는 병력을 운용 중이었다. 일곱 차례에 걸친 공성이 모두 실패로 돌아가는 바람에 병력 손실이 막대하긴 하지만, 여전히 조선 수군 군선 두 척쯤은 아예 상륙조차 못 하게 만들 수 있었다.

그런데도 왜군이 후퇴한 데에는 다른 이유가 있단 뜻이었다.

그는 고개를 돌려 서쪽을 보았다. 그러나 서해로 흘러가는 한강의 도도한 물줄기만 보일 뿐, 특별한 움직임은 없었다.

이준성은 인드라망 시스템에 있는 망원경의 성능을 조금 높여 보았다.

성능을 64배율까지 높였을 때였다.

수면 위에 시커먼 그림자가 하나 떠 있는 게 보였다.

그는 성능을 128배율로 높이자, 시커먼 그림자가 선명해지며 그 정체를 드러냈다.

그림자의 정체는 조선 조정이 운용하는 조운선 수십 척이었다.

조선 조정은 현재 전라도 곡창지대에서 거두어들인 세곡을 조운선에 실어 평안도로 나르는 중이었다.

왜란 직전까진 전라도에서 거두어들인 세곡을 조운선에 실어 경기도와 황해도에 있는 조창으로 날랐지만, 지금은 그 두 지역이 모두 왜군 수중에 떨어지는 바람에 평안도로 운송 중에 있었다.

사람이 관여하는 일이 으레 다 그렇지만 전쟁 역시 예상치 못한 상황에서 우연히 일어난 일 때문에 전황이 바뀌는 경우가 허다했다.

지금 역시 마찬가지였다. 한강 동쪽에 나타난 이빈의 군선 두 척과 한강 서쪽에 나타난 조운선 수십 척을 지켜보던 왜군은 그만 엉뚱한 오해를 품기 시작했다.

남해 바다를 장악한 이순신 장군의 수군이 서해로 올라와 한강 양쪽에서 왜군을 협공할지 모른단 오해를 품은 것이다.

상식적으로 생각해 보면 이순신 장군의 수군이 이 먼 한강까지 올라올 리 없었지만, 그동안 왜의 수군이 이순신 장군의 수군에게 당한 치욕을 생각해 보면 이해가 전혀 가지 않는 일은 아니었다.

어쨌든 때를 기가 막히게 맞춰 등장한 이빈의 군선 두 척과 전라도 조운선 수십 척 덕분에 겁을 집어먹은 왜군은 포위를 푼 다음, 도성으로 귀환할 준비를 서둘렀다.

왜군은 귀환하기 전에 전장에서 수습한 왜군 시신부터 화장했다. 냉동기술이 발달하지 않은 지금은 시신을 왜국으로 가져갈 방법이 없었다.

그렇다고 놓아두면 조선군이 시신에 무슨 짓을 할지 몰라 화장하는 게 그들로선 최선이었다.

곧 산성 밑에서 시신을 태울 때 생긴 연기와 악취가 올라왔다.

이번 전투에서 발생한 왜군 전사자가 최소 수천에 달하는 듯 시신을 태운 연기가 산성의 하늘을 뿌옇게 뒤덮었다.

왜군의 우려는 정확했다.

권율은 왜군이 미처 수습하지 못한 시신의 배를 갈라 내장을 끄집어낸 다음, 행주산성 곳곳에 걸어 두란 명령을 내렸다.

아군 사기를 끌어올림과 동시에 적의 사기를 꺾기 위함이었다.

시신을 화장한 왜군이 행주산성에서 철수함에 따라 행주대첩은 완벽한 피날레로 막을 내릴 수 있었다.

한편, 행주대첩의 주역인 권율은 그날 늦게 유경천 일행을 사령부로 불렀다.

권율이 유경천을 부를 때, 일우와 이준성을 대동하란 명령을 내린 바람에 이준성 역시 사령부를 방문해 권율을 만났다.

권율은 금강대대의 활약에 큰 감명을 받은 모습이었다.

그는 유경천과 일우를 거듭 칭찬한 다음, 이준성을 보며 물었다.

"어깨에 입은 상처는 좀 어떤가?"

이준성은 과장스런 동작으로 엄살을 피우며 대답했다.

"여전히 불에 달군 칼로 살을 쿡쿡 쑤셔 대는 것처럼 아픕니다."

권율은 새삼 감탄했다는 표정으로 이준성을 보았다.

"부상당한 몸으로 그런 활약을 펼치다니, 자넨 정말 말이 안 나오는 사람이군. 본관은 자네의 활약상을 계속 들었다네. 아니, 듣지 않으려야 않을 수가 없더군. 병사들이 자네의 활약을 계속 떠들어 대는데, 귀머거리가 아닌 이상 듣지 않는 게 더 힘들겠지. 참, 병사들이 자네를 뭐라 부르는지 아는가?"

이준성은 호기심이 생긴 표정으로 대답했다.

"왜군이 소인을 부르는 별명은 전투 중에 들어 알지만, 아군이 소인을 부르는 별명까지 있는 줄은 미처 몰랐습니다."

권율은 껄껄 웃으며 대답했다.

"병사들은 자넬 무에 통달한 신, 즉 무신이라 부르는 중일세."

이준성은 고소를 머금으며 대꾸했다.

"동료들이 소인 얼굴에 금칠을 해 준 모양이군요. 그러나 소인은 그렇게 뻔뻔하지 않기 때문에 무신이란 별명은 쓰지 못할 겁니다. 별명이 나올 때마다 사람들이 조롱할 테니까요."

권율은 진지한 표정으로 고개를 저었다.

"다른 사람은 비웃을지 모르지만 오늘 행주산성에서 싸운 조선군 병사들은 절대 비웃지 못할 것이네. 아니, 그들은 비웃는 자를 찾아내 얼굴에 한 방 먹일 걸세. 본관이 장담하지."

말을 마친 권율이 그에게 작은 상자를 하나 건넸다.

"받게나."

이준성은 상자를 받으며 물었다.

"뭡니까?"

"주상전하께서 본관에게 하사하신 보약일세. 보약이 피육이 찢어진 외상까지 낫게 하진 못하지만, 어쨌든 내의원에서 귀한 약초를 모아 만들었을 테니 회복에 도움이 될 걸세."

이준성은 떨떠름한 표정으로 보약을 받으며 물었다.

"혹시 이 보약에 다른 의미가 들어 있진 않습니까?"

"무슨 말인가?"

"말단 병사에게 이렇듯 잘해 주시는 이유가 궁금해서 그렇습니다."

권율은 마치 이준성이 그 말을 하길 기다린 사람처럼 물었다.

"자네가 먼저 말을 꺼내 하는 말인데, 혹 본관 밑에서 종군해 볼 생각 없는가? 승낙한다면 자넬 내 직속 종사관으로

삼을 생각이네. 참고로 종사관은 정 5품에 해당하는 벼슬이
지."

이준성은 전혀 생각해 보지 않은 제안이라 살짝 당황해 물
었다.

"벼슬을 주려면 조정의 허락부터 받아야 하지 않습니까?"

권율은 웃으면서 대답했다.

"그 점은 걱정하지 말게. 조정이 본관에게 전시 임관할 수
있는 권한을 주었기 때문에 문제가 생길 여지는 전혀 없네."

이준성은 문득 평양성에서의 일이 떠올라 쓴웃음을 지었
다.

"장군님은 순찰사란 지위를 전혀 활용하시지 않는군요."

"그게 무슨 소리인가?"

"장군님과 같은 지위에 있는 분은 소인과 같은 말단 병사
에게 굳이 그런 과분한 제안을 할 필요가 없다는 뜻입니다.
소인에게 장군님 휘하에서 종군하라는 명령을 내리면 소인
으로서는 그 명령을 따르지 않을 재간이 없지 않겠습니까?"

권율은 아니라는 듯 고개를 천천히 저었다.

"지위로 찍어 누르는 방식은 사람을 얻지 못하네. 껍데기
는 얻을 수 있을지 모르지만 그 사람의 마음까진 얻진 못하
지."

"아실지 모르겠지만 높으신 분들이 다 장군님 같진 않습니
다."

권율은 미간을 살짝 찌푸리며 물었다.

"자네가 방금 한 말은 예전에 본관과 생각이 다른 관원을 만나 고생을 했다는 말처럼 들리는데, 본관의 추측이 맞는가?"

이준성은 어깨를 으쓱했다.

"맞습니다. 전에 그런 적이 한 번 있었죠."

"자네가 망설이는 모습을 보니 결과가 썩 좋지 않았나보군 그래."

"과정은 모르겠지만 결말은 확실히 좋지 않은 편이었죠."

권율은 고개를 끄덕이며 진지한 표정으로 물었다.

"본관은 다를 걸세. 어떤가? 본관의 제안을 받아들이겠는가?"

이준성이 막 대답하기 위해 입을 떼려 할 때였다.

권율의 심복 한 명이 다급한 표정으로 뛰어들었다.

"장군! 얼른 나와 보셔야겠습니다!"

권율은 중요한 순간을 방해한 심복을 쏘아보며 물었다.

"무슨 일이냐?"

"강원도에서 관찰사 강신 대감의 이름으로 급보가 날아왔습니다."

"강원도에서 급보가?"

권율은 서둘러 막사 밖으로 달려 나갔다.

이준성 일행 역시 강원도에서 관찰사 강신의 이름으로 급보가 왔다고 하니 가만있을 도리가 없어 서둘러 권율을 쫓아 갔다.

막사 밖에는 이준성이 아주 잘 아는 사람이 서 있었다. 그 사람은 바로 아시온 사단 은호대대 대대장 강태봉이었다.

권율이 급히 물었다.

"이름이 무엇이냐?"

강태봉은 이준성이 자산의 이름으로 활동 중이란 사실을 알고 있었다.

때문에 만약 그가 권율 앞에서 자기 이름이 강태봉이라 소 개하면, 그와 이준성 둘 다 곤란한 처지에 빠질 터였다.

강태봉은 한쪽 무릎을 꿇으며 재치 있게 대답했다.

"소인은 강원도 감영에서 전령으로 일하는 강문봉이라 합 니다."

"강문봉?"

"그렇습니다."

권율이 이준성을 보며 물었다.

"자네 이름이 아마 강태봉이었지? 자네와 아는 사인가?"

"소인의 사촌입니다."

강태봉의 면면을 살펴본 권율이 고개를 끄덕였다.

"강 씨 집안에 인물이 많군. 그래, 무슨 일로 본관을 찾았 는가?"

"소인은 관찰사 강신 대감의 명으로 지원을 요청하러 왔습니다."

"자세히 말해 봐라."

"사흘 전, 왜의 대군이 경기도, 충청도, 경상도 세 방향에서 일제히 출격해 원주에 있는 감영으로 몰려온단 첩보를 접했습니다. 이에 강신 대감께서는 소인을 급히 이곳 행주산성으로 보내며 순찰사 영감께 지원을 요청하라 하셨습니다."

"첩보로 확인한 왜군의 숫자가 얼마라 하더냐?"

"소인은 3만이라 들었습니다."

"많군."

강태봉이 주저하며 다시 아뢰었다.

"강신 대감께서는 또 이곳 사정이 좋지 않아 지원군을 보내 줄 수 없을 경우엔 강원도에서 온 병력만이라도 먼저 돌려보내 달란 주청을 드리라 하셨습니다. 부디 헤아려 주시옵소서."

권율은 은근한 어조로 유경천에게 물었다.

"어찌할 생각인가? 본관이 보기에는 자네가 데려온 병력은 이미 지칠 대로 지쳐 원주까지 가기에는 무리로 보이네만……."

권율의 말투에는 가지 말았으면 하는 뜻이 담겨 있었다.

그러나 유경천은 고지식한 사람답게 고개를 저으며 대답했다.

"몸이 힘들다 하여 같이 싸워 온 전우들을 배반할 순 없습니다."

권율은 할 수 없다는 듯 긴 한숨을 내쉬며 대꾸했다.

"알겠네. 자네들은 강원도로 돌아가도록 하게. 본관은 평양성에 사람을 보내 자네들을 지원할 수 있는 방법을 찾아보겠네."

"그래 주시면 감사하겠습니다."

유경천이 지휘하는 금강대대는 서둘러 돌아갈 준비를 하였다.

이준성 역시 서둘러 군장을 챙기는데 권율이 다가와 재촉했다.

"본관은 아직 자네의 대답을 듣지 못했네."

이준성은 군장을 어깨에 짊어지며 대답했다.

"그 대답은 돌아와서 하겠습니다."

"자네 뜻이 정 그렇다면 본관 역시 받아들이는 수밖에 없겠지."

말을 마친 권율이 이준성의 어깨를 두드리며 당부했다.

"강원도 상황이 급하다 하니 차마 가지 말란 말은 못 하겠구면. 자네라면 허무하게 당하지는 않겠지만 부디 조심하게나."

이준성은 권율에게 군례를 취하며 말했다.

"그보다 소인이 장군님 목숨을 구해 드렸을 때 소인에게 한 약속을 절대 잊지 말아 주십시오. 나중에 그 약속 때문에 사람의 운명이 어떤 식으로 바뀔지 모르는 일 아니겠습니까?"

말을 마친 이준성은 행군하는 금강대대 대열 속으로 뛰어 갔다.

독재자

2장. 사신의 역습

이준성은 강태봉의 머리에 장난삼아 헤드락을 걸며 물었
다.

"강문봉 씨, 권율 장군에게 한 말이 모두 사실이야?"

강태봉은 엄살을 피우며 대답했다.

"아이고, 태봉이 죽습니다. 제발 한 번만 살려 주십시오."

이준성은 팔뚝에 힘을 더 주었다.

"대답하기 전에는 못 놔주겠는데."

"한 가지 빼곤 다 사실입니다. 정말입니다."

이준성은 그제야 헤드락을 풀어 주며 재촉했다.

"그 한 가지가 뭔지 빨리 말해 봐."

"강신의 이름을 이용해 권율 장군에게 지원을 요청한다는 계획은 사실…… 제 독단이었습니다. 원주에 돌아가 정문부 대감에게 허락을 받은 다음, 다시 행주산성으로 출발하면 왜 군의 진격 시기에 맞출 수가 없을 것 같았기 때문이었습니다."

"그럼 행주산성에서 우릴 감쪽같이 빼낸 이번 계획이 누구 의 지시를 받은 게 아니라 모두 네 머리에서 나왔단 거야?"

강태봉은 과정을 더 자세히 설명했다.

"그렇습니다. 원주를 지키기 위해서는 장군님과 금강대대 의 도움이 절실한데, 권율 장군이 장군님과 금강대대를 쉽게 놔주지 않을지 모른단 예감이 들었습니다. 행주산성에 있던 제 부하에게서 장군님과 금강대대의 활약이 대단했다는 말 을 들었으니까요. 그렇다면 어떻게 해야 장군님과 금강대대 를 행주산성에서 무사히 빼낼 수 있을지 고민하다가 강신의 이름을 빌려 정식으로 지원 요청을 해 보기로 했습니다. 권 율 장군이라 해도 관찰사가 보낸 정식 지원 요청을 일언지하 에 거절하지는 못할 테니까요. 그러나 만에 하나 권율 장군 이 행주산성에 주둔한 조선군의 상황이 여의치 않다는 이유 로 지원 요청을 거절한다면 원래 강원도 소속인 금강대대만 이라도 먼저 돌려보내 달라는 요청을 하기로 했습니다. 다른 병력은 강원도 소속이 아니기 때문에 어찌할 방법이 없지만 강원도가 왜군에게 다시 넘어갈 위기에 처한 지금은 금강대대에게 원대 복귀할 수 있는 명분이 생긴 셈이니까요."

이준성은 강태봉을 보며 감탄을 금치 못했다.

강태봉의 계획은 아주 효과적이었다.

강태봉의 진짜 목표는 이준성과 금강대대의 원대 복귀였다.

그러나 강태봉이 시작부터 이준성과 금강대대의 원대 복귀를 요청했으면 권율은 이를 완강히 거절했을 확률이 높았다.

실제로 권율은 이준성과 금강대대를 잡아 두기 위해 상당한 노력을 기울였다. 강태봉의 예감이 맞은 셈이었다.

강태봉은 그런 이유로 단순하지만 아주 효과적인 협상 전략을 사용했다. 그는 처음에 권율이 들어주기 힘든 요청을 먼저 했다. 권율에게 위기에 처한 강원도를 도와 달라 부탁한 것이다.

그러나 행주산성에 주둔한 조선군 대부분이 더 이상 싸울 수 없는 상태이기 때문에 권율로선 절대 들어줄 수 없는 부탁이었다.

강태봉은 그때 두 번째 부탁을 조심스레 하였다. 권율이 도와줄 수 없다면 원래 강원도 소속인 금강대대의 원대 복귀를 허락해 달라는 요청이었다. 권율로선 도의상 그 부탁마저 거절할 수 없었기 때문에 이준성과 금강대대의 원대 복귀를 허락하는 결과를 만들어 냈다.

이준성은 강태봉의 머리에 다시 헤드락을 걸며 물었다.

"너 정말 1년 전까지 바다에서 고기 잡던 어부 맞아?"

"왜, 왜 또 이러십니까?"

"순박한 어부치곤 너무 똑똑해서 말이야. 근데 강문봉은 대체 누구야? 권율 장군이 이름을 물었을 때, 강문봉이라 했잖아."

"막내 동생입니다. 지금은 아버지와 경흥에 있습니다. 장군님이 형과 제 이름을 사용해 활동한단 정보를 알았기 때문에 권율 장군이 이름을 물었을 때, 동생의 이름을 댄 겁니다."

이준성은 헤드락을 풀어 주며 강태봉의 어깨를 툭 쳤다.

"아주 기특한데? 그 급박한 순간에 그런 재치까지 발휘하다니."

잠시 후, 강태봉은 헤드락이 두려운 듯 자리를 멀찍이 옮겼다.

이준성은 그런 강태봉을 보며 피식 웃다가 유경천에게 물었다.

"정말 기특하지 않소?"

옆에서 두 사람의 대화를 들은 유경천은 그 말에 동의했다.

"예. 강태봉 대대장은 머리가 아주 영활하게 돌아가는 친구처럼 보입니다. 소장은 절대 흉내 낼 수 없는 부분이겠지요."

이준성은 유경천의 등을 툭 쳤다.

"사람은 저마다 쓰임새가 있기 마련 아니겠소? 누군가를 염탐하는 일엔 유 장군보다 강태봉이 나을지 모르지만, 반드시 지켜야 할 요충지가 있을 때는 유 장군이 내 첫 번째 선택일 거요. 유 장군이라면 끝까지 사수해 줄 거란 믿음이 있으니까."

그러나 유경천의 굳어진 얼굴은 좀처럼 펴질 기미가 없었다.

"고마운 말씀입니다만, 전 그보다 앞으로의 일이 더 걱정입니다. 원주를 노리는 3만 대군을 막을 비책은 있으신 겁니까?"

이준성은 씩 웃었다.

"유 장군 눈엔 내가 너무 태평해 보이오?"

"솔직히 말씀드리면 그런 면이 없지 않아 있습니다."

"하하, 걱정할 필요 없소. 원주를 지키는 병력은 1만 명이오. 공성보다 수성이 쉽다는 점을 감안하면 엄청난 전력 차이는 아니지. 또 우리에겐 광사 1호로 제작한 신무기가 있소. 어려운 점은 있겠지만 우리가 도착하기 전에 성이 떨어지는 일은 없을 것이오. 강문우 장군과 병사들을 믿어 보시오."

그러나 유경천은 걱정을 쉽게 떨쳐 내지 못하는 모습이었다.

"누구보다 잘 아시겠지만, 전쟁에선 무슨 일이 일어날지 모르는 법입니다. 혹여 일이 꼬이는 날엔 그동안 쌓은 기반이 무너질 겁니다."

이준성은 고개를 저었다.

"왜군이 강원도로 쳐들어왔을 때, 내가 유일하게 걱정한 문제가 뭔지 아시오? 바로 왜군이 우리가 한 것처럼 강원도 전역에서 유격전을 수행하는 상황이었소. 우린 병력이 왜군보다 적어 적이 유격전을 벌이면 이를 막아 낼 방법이 없으니까. 그러나 왜군은 원주에 병력을 집중시켰소. 즉, 원주만 제대로 지키면 왜군이 제풀에 지쳐 나가떨어진단 뜻이오."

유경천은 그제야 조금 마음이 놓이는 듯했다.

이런 위급한 순간에 총사령관이 애들처럼 장난을 치는 모습에 잠시 불만이 솟았지만, 이번 대화로 그의 머릿속은 왜군을 막을 생각으로 가득 차 있다는 사실을 알아냈기 때문일 것이다.

사실 이준성은 유경천보다 걱정을 더하면 더했지 덜하지는 않았다. 다만 그가 아는 역사대로라면 이번 공격은 왜군의 최후 공세나 다름없었다.

2차 세계 대전 때 나치 독일이 연합군의 독일 진공을 막기 위해 모든 전력을 쥐어짜 펼친 아르덴 대공세처럼, 왜군 역시 원정이 실패로 돌아가는 상황을 막기 위해 남은 전력을 모두 쥐어짜 공격한 것이다.

왜군은 벽제관 전투에서 대승한 기세를 몰아 행주산성에 주둔한 권율의 조선군과 강원도를 점령한 아시온 사단을 동시에 공격해 전선을 한강 이북에 고착화하려는 시도를 하였다. 그러면 최소한 조선의 영토 반은 빼앗기지 않을 수 있었다.

그러나 공세의 두 축 중 하나인 행주산성에서 대패한 왜군은 전략적 딜레마에 빠졌다.

계획대로 원주를 공격하기는 하겠지만 빠른 시간 내에 성과가 나오지 않을 경우, 행주산성에 집결한 조선군에 의해 후위가 차단당할 위험이 있었던 것이다.

이런 문제를 안은 왜군은 공성을 오래 지속하기 힘들었다. 다시 말해 저들을 상대로 충분할 때까지 버틸 수만 있으면, 최소한 패하진 않을 것이라는 뜻이었다.

물론 그는 옵션에 무승부를 넣는 사람이 아니었다.

금강대대는 경기도 동쪽으로 이동했다. 왜군이 점령한 지역이지만 은호대대가 길을 안내한 덕분에 적과 부딪치는 불상사는 생기지 않았다.

왜군은 특별한 경우가 아니면 주둔지인 성에 처박혀 밖으로 나오지 않았다. 행주대첩에서 패한 탓에 경기도 안에서의 군사작전에 제한을 받는 중이었다.

행주산성이 있는 고양 덕양산을 출발한 금강대대는 양주, 포천, 가평을 지나 강원도 경내에 있는 홍천으로 들어갔다.

홍천에서 남쪽으로 30킬로미터 떨어진 곳에 원주가 있었다.

이준성은 홍천에 있는 울창한 숲 안에 야영지를 마련한 다음, 병사들에게 휴식 시간을 부여했다. 덕양산을 출발해 홍천에 이르는 동안 거의 쉬지 못한 탓에 휴식할 필요가 있었다.

그날 새벽, 홍천에 있는 은호대대 지부를 방문한 강태봉이 돌아왔다. 은호대대는 강원도, 함경도, 평안도, 경기도 이 네 지역의 주요 고을에 지부를 설치해 정보를 수집 중이었다.

강태봉은 정보만 가져오진 않았다. 강원도 북부에서 모은 화살과 천뢰 1호, 지뢰 1호를 구할 수 있는 데까지 구해 돌아왔다. 덕분에 금강대대는 전력을 좀 더 강화할 수 있었다.

잠에서 깬 이준성이 기지개를 펴며 강태봉에게 물었다.

"원주의 상황은 좀 어때?"

밤새 지부와 숲을 오간 강태봉이 피곤한 목소리로 대답했다.

"왜군이 사흘 전부터 공성을 시작해 현재는 일진일퇴의 공방을 벌이는 중이라 들었습니다. 어제는 외성 일부가 점령당해 아찔한 상황이 벌어지긴 했지만 천궁대대가 유성 1호로 왜군을 다시 몰아낸 덕에 성벽을 탈환할 수 있었다합니다."

"원주읍성을 포위한 왜군의 배치 상황은 알아냈어?"

"여기 있습니다."

강태봉은 품에서 지도를 꺼내 바닥에 펼쳤다.

"왜군은 읍성 둘레에 세 겹의 포위망을 구축해 외부와의 연락을 완전히 차단시켰습니다. 포위망을 뚫기 전에는 안에서 밖으로 나오거나 밖에서 안으로 들어갈 방법이 전무합니다."

"왜군은 밖에서 오는 지원군을 어떤 방식으로 차단하는 중이지?"

강태봉이 지도에 있는 지점 몇 개를 손가락으로 가리켰다. 모두 외부에서 원주읍성으로 들어가는 주요 길목에 해당했다.

강태봉이 설명을 이어 갔다.

"왜군은 중요한 길목마다 적지 않은 병력을 배치해 밖에서 올지 모르는 원군을 차단하는 중입니다. 우선 길목을 점령해 목책을 세운 다음, 그 목책에 조총 총안을 뚫어 방어하는 형태이기 때문에 공략하기가 아주 까다로울 것 같습니다."

지도를 보던 유경천이 심각한 표정을 지었다.

"왜군에 솜씨 좋은 영주가 있는 듯합니다. 병력 배치가 아주 절묘해 왜군이 점령한 길목 중에 하나를 점령하지 않고서는 원주읍성을 포위한 왜군에게 도달할 방법이 전무합니다."

"정면공격이 힘들다면 다른 작전을 쓰는 수밖에 없지."

"어떤 작전을 쓰실 생각입니까?"

"왜군은 지휘 체계가 명확하지 않소. 영주들이 모인 연합군이기 때문이지. 유 장군 말대로 왜군에는 뛰어난 영주가 있는 것 같지만 포위에 참여한 영주가 다 뛰어나진 않을 거요."

이준성은 강태봉을 보며 다시 물었다.

"왜군의 군기는 그려 왔어?"

"예, 여기 있습니다."

강태봉은 종이를 몇 장 꺼내 건넸다. 종이에는 이번 원주
읍성 포위공격에 참여한 왜군 영주의 군기가 그려져 있었다.

이준성은 군기 모양을 유진으로 검색했다.

"군기에 따르면 공격에 참여한 영주는 시마즈 요시히로,
모리 데루모토, 후쿠시마 마사노리, 호소카와 타다오키 이
넷이군."

이준성은 다시 이 네 영주의 정보를 유진으로 검색했다.

그 결과, 모리 데루모토가 가장 약한 고리로 드러났다. 역
사학자들은 모리 데루모토가 우유부단한 성격을 지녔으며
기량과 패기 역시 부족하단 평을 내렸다. 네 영주 중 한 명을
쳐야 한다면, 모리 데루모토야말로 그 적임자에 해당했다.

홍천을 출발한 금강대대는 쉼 없이 행군해 원주에 도착했
다.

강태봉의 보고처럼 원주읍성으로 가는 길은 모두 막혀 있
었다. 길목을 차단한 왜군 진채를 먼저 점령해야지만 원주읍
성으로 가는 길을 열어 농성군을 지원할 수 있었다.

그날 밤, 이준성은 명회 한 명만 대동한 상태에서 왜군이
길목을 차단하기 위해 세운 진채 중 하나에 잠입을 시도했다.

그 진채는 모리 데루모토가 건설한 북쪽 진채였다.

◆ ◈ ◆

모리 데루모토가 만든 북쪽 진채는 야트막한 언덕 위에 있
었다.

이준성은 언덕 밑에 바짝 엎드려 인드라망으로 진채가 자
리한 언덕의 지형지물을 조사했다. 주변에 나무, 바위와 같은
은폐, 엄폐할 수단이 부족했다.

이준성은 고개를 살짝 들어 진채의 형태를 조사했다. 강태
봉의 보고와 거의 일치했다.

2미터가 넘는 통나무 목책이 진채 주위를 엄밀하게 에워싼
상태였다. 또한 목책 사이에는 조총을 거치하는 총안이 보였
다.

그는 머릿속으로 부하들이 저 진채를 향해 돌격하는 광경
을 상상해 보았다.

은, 엄폐할 수단이 없기 때문에 온몸이 고스란히 노출되 상
태에서 언덕을 오르던 병사들이 총안에서 날아드는 탄환에
맞아 픽픽 쓰러지는 광경이 자연스레 떠올랐다.

노출을 최소화하기 위해 방패를 사용하는 방법이 있긴 하
지만, 조총 탄환을 막아 줄 만큼 두꺼운 방패를 든 상태에선
고도가 100미터에 달하는 가파른 언덕을 오르기는 쉽지 않은

일이었다.

아마 목책에 도달했을 즈음엔 체력을 다 소진한 탓에 숨을 헐떡이다가 왜군이 휘두른 왜도를 피하지 못할 것이다.

점령이 불가능하다면 돌아가는 방법이 최선이었다.

이준성은 진채가 위치한 언덕 주변을 조사했다.

그러나 곧 강태봉과 같은 결론에 이르렀다. 왜군 진채가 아주 절묘한 위치에 자리한 탓에 우회하는 방법은 통하지 않았다.

이준성은 돌아서서 밤하늘을 보며 누웠다.

"이봐, 명회."

긴장한 눈빛으로 주위를 두리번거리던 명회가 놀라 대답했다.

"예?"

"정말 날 따라올 생각이야?"

명회가 은호대대가 준 봇짐을 툭툭 치며 대답했다.

"할 마음이 없었으면 애초에 자원하지 않았을 겁니다."

"그럼 정신 똑바로 차려. 이번 작전은 아주 빡셀 모양이니까."

명회가 옆으로 길게 찢어진 눈을 살짝 찌푸리며 물었다.

"빡세다는 말이 무슨 뜻입니까?"

"빡세다는 말을 여기 말로 해석하면…… 내년 이맘때에는 병풍 뒤에서 향냄새를 맡을 가능성이 높다는 말과 비슷하겠지."

명회가 알아들었다는 듯 고개를 끄덕였다.

"죽는 건 영 내키지 않지만 처자식 없이 떠난 제 제사를 지내 주는 사람이 있다니 그건 참 다행이라는 생각이 드는군요."

"퍽이나 다행이겠다."

이준성은 달이 구름 속에 숨는 모습을 지켜보며 비탈을 올라갔다. 목책 위에서 경계를 서는 왜군 보초병을 인드라망으로 계속 감시하는 중이기 때문에 들킬 가능성은 높지 않았다.

보초병의 시선이 그가 있는 방향으로 움직이면 빨리 바닥에 엎드려 밤의 장막이 만들어 준 어둠 속에 큰 덩치를 숨겼다.

명회는 비탈을 오르는 이준성의 뒤를 조용히 따라오며 소리가 나지 않도록 최대한 조심했다.

그는 인드라망을 사용하는 이준성처럼 밤눈이 밝지는 못했지만, 이준성의 발자국이 없는 지점에 발을 헛디딜 만큼 밤눈이 어둡지는 않았다.

가파른 비탈 100미터를 오르는 데 30분을 소모한 이준성은 마침내 목책 바로 아래에 도착해 뒤를 돌아보았다. 명회가 5미터 떨어진 지점에 몸을 바짝 웅크린 자세로 앉아 있었다.

안심한 이준성은 목책에서 들려오는 소리에 집중했다. 코고는 소리가 간간이 들려왔다.

이런 새벽 시간에 100퍼센트 집중력을 발휘하는 병사를 그는 지금까지 본 적이 없었다.

진채 자체는 철옹성일지 모르지만 그 진채를 운용하는 인간에겐 허점이 존재했다. 이준성은 천천히 일어선 다음, 발꿈치를 살짝 들었다.

목책은 높이가 2미터였다. 신장이 190센티미터가 넘는 그가 까치발을 떼면 약간이지만 안을 볼 수 있었다.

이준성은 까치발로 목책 왼쪽을 살펴보았다. 왼쪽 3미터 지점에 왜군 병사 두 명이 보초를 서는 중이었다.

이번엔 오른쪽을 보았다. 오른쪽 5미터 지점에 왜군 병사 두 명이 보초를 서는 중이었다. 즉, 8미터 반경에 왜군 네 명이 있단 뜻이었다. 물론 제대로 경계를 서는 왜군은 그보다 적었다.

왼쪽에 있는 한 명과 오른쪽에 있는 한 명은 목책에 기대 꾸벅꾸벅 조는 중이기 때문에 경계가 완벽한 상태는 아니었다.

이준성은 그들에게 전투에 패한 군인은 용서할 수 있지만 경계에 실패한 군인은 왜 용서 못 하는지를 알려 줄 생각이었다.

이준성은 팔을 위로 뻗어 목책 끝의 뾰족한 부분을 잡은 다음, 팔의 근력만을 이용해 상체를 천천히 위로 끌어당겼다. 마치 인간에게는 숙명과 같은 중력을 거스르는 듯했다.

목책 위로 상체를 다 끌어올린 이준성은 오른다리부터 천천히 목책 안으로 집어넣은 다음, 잠시 멈춰 서서 좌우에 있는 보초병의 반응을 살폈다. 다행히 그가 낸 기척을 감지하지 못한 것인지 별다른 반응을 보이지 않았다.

안심한 그는 몸 전체를 목책 안으로 밀어 넣었다. 그러나 100킬로그램이 넘는 체중이 문제였다. 다리를 통로 바닥에 내려놓을 때, 삐걱하는 소리가 들리며 시선을 끌 만한 소음이 발생했다.

예상대로 왼쪽 3미터 지점을 지키던 왜군이 즉시 고개를 돌렸다. 이준성은 허리에 찬 단도를 뽑아 왼쪽으로 던졌다.

단도는 그 왜군 목에 정확히 틀어박혔다. 목에 단도가 박힌 왜군은 비틀거리다가 목책에 기대듯 쓰러져 움직이지 않았다. 바로 지척에서 코를 골며 잠을 자던 왜군은 동료가 쓰러지는 소리를 듣지 못했는지 여전히 단잠에 빠져 있었다.

그는 오른쪽으로 재빨리 돌아섰다.

삐걱거리는 소음과 단도가 살을 뚫을 때 발생한 소음이 주의를 끈 듯했다. 오른쪽 5미터 지점을 지키던 왜군이 이쪽으로 고개를 돌렸다. 그와 왜군의 시선이 중간에서 마주쳤다.

소스라치게 놀란 왜군의 동공이 커짐과 동시, 이준성이 던진 두 번째 단도가 왜군의 목에 틀어박혔다.

이준성은 오른쪽으로 달려가 단도가 박힌 목을 부여잡은 상태에서 바닥으로 쓰러지던 왜군을 왼손으로 낚아챈 다음,

목책에 기대 꾸벅꾸벅 졸던 두 번째 왜군 목에 세 번째 단도를 박았다.

이준성은 서 있는 상태에서 즉사한 왜군 두 명이 바닥에 쓰러지며 소리가 크게 울리는 상황을 원치 않았기 때문에 두 사람의 시신을 손으로 잡아 바닥에 천천히 눕혀 놓았다.

작업을 마친 이준성은 왼쪽을 보았다. 목책에 기댄 자세로 코까지 골며 잠을 자던 마지막 왜군은 잠귀가 그리 밝지 못한 모양이었다.

8미터 반경 안에서 동료 세 명이 죽어 나갔지만, 왜군은 여전히 코를 골며 깊은 잠에 빠져 있는 상태였다.

이준성은 꾸벅꾸벅 조는 왜군의 입을 뒤에서 큰 손바닥으로 완전히 틀어막은 다음, 단도로 경동맥을 깊숙이 잘라 냈다.

보초를 서는 네 명을 순식간에 정리한 이준성은 어둠 속에 웅크린 자세에서 다른 보초병이 눈치 챘나 확인해 보았다.

그러나 왼쪽 15미터와 오른쪽 20미터 떨어진 곳에 있는 왜군 보초병은 움직일 생각이 없어 보였다.

안심한 이준성은 명회를 목책으로 불러 합류한 다음, 진채 안으로 들어갔다.

진채 안에는 경계를 서는 병사가 많지 않았다. 지휘관처럼 지위가 높은 사람이 잠을 자는 막사 앞에는 보초병이 있지만, 그 외엔 무인지경과 다름없어 이동에 제약을 받지 않았다.

그들이 찾는 목표물이 곧 시야에 들어왔다. 수레 위에 조총 부대가 쓰는 화약이 단단한 통에 담겨진 채 일렬로 늘어서 있었다.

이준성은 명회에게 손을 내밀었다. 명회는 즉시 등에 멘 봇짐 안에서 천뢰 1호와 지뢰 1호를 꺼내 이준성에게 건넸다.

이준성은 화약통 옆에 천뢰 1호와 지뢰 1호를 10개씩 매설한 다음, 안전한 장소로 이동했다.

여기까지는 아주 쉬웠다. 그러나 그 다음은 쉽지 않을 가능성이 아주 높았다.

이준성은 명회를 보며 히죽 웃었다.

"불꽃놀이를 즐긴 준비는 끝났는가?"

"돌아가신 모친의 말씀에 따르면 불놀이를 하면 밤에 잘 때 오줌을 싼다더군요. 전 잘 때 오줌만 싸지 않으면 괜찮습니다."

이준성은 코를 잡는 시늉을 하며 웃었다.

"어디서 지린내가 난다 했더니 자네가 범인이었군."

"제가 진짜 오줌을 쌌으면 진채 안이 오줌으로 잠겼을 겁니다."

"오줌이 마려우면 먼저 나에게 꼭 말하게. 익사하긴 싫으니까."

농담으로 긴장을 푼 이준성은 막사에 걸린 횃불을 뽑아 매설해 둔 지뢰 1호와 천뢰 1호에 던졌다.

곧 지뢰 1호와 천뢰 1호가 사이좋게 폭발하며 불꽃과 뜨거운 열기를 토해 냈다.

이준성은 반대편으로 달려가며 명회에게 물었다.

"달리기는 자신 있나?"

명회가 이준성을 바짝 따라붙으며 대답했다.

"다른 사람에게 져 본 적은 없습니다."

이준성과 명회가 그들이 침투한 목책에 도달했을 즈음, 귀청을 찢는 폭발음과 지축이 흔들리는 충격파가 동시에 전해졌다.

두 사람은 누가 먼저랄 거 없이 고개를 뒤로 돌렸다.

불기둥이 수십 미터까지 치솟았다. 천뢰 1호와 지뢰 1호가 폭발하며 화약통을 연쇄적으로 터트리기 시작한 모양이었다.

곧 이준성의 손에 죽은 왜군 네 명을 제외한 모든 왜군이 폭발이 일어난 현장으로 달려갔다. 이준성과 명회는 그사이 그들이 침투한 목책을 무너트려 금강대대가 진입할 수 있는 통로를 만들어 두었다.

그러나 꼬리가 길면 언젠간 잡히는 법. 유경천의 금강대대가 목책 앞에 도달하기 전에 그들을 발견한 왜군이 고함과 욕설을 지르며 덤벼 왔다.

이준성은 왜도 두 자루로, 명회는 그의 애병인 편곤으로 왜군을 저지하며 금강대대가 도착하기를 초조하게 기다렸다.

분노한 왜군은 두 사람을 천 갈래, 만 갈래로 찢어 버리기 위해 득달같이 덤벼들었다. 이준성은 그런대로 버텼지만, 명회는 그렇지가 못해 오른팔이 베인 듯 왼팔로 편곤을 바꿔 잡았다. 그러나 왼팔로는 오른팔처럼 편곤을 잘 쓰지 못했다.

곧 오른다리까지 당해 위태로운 지경에 처했다. 이준성은 명회 앞을 막아서며 그 몫까지 대신 싸웠다. 그러나 그가 명회에게 쏟아지는 모든 공격을 막아 내기엔 한계가 있었다.

사무라이 하나가 휘두른 칼이 굶주린 독사처럼 명회의 목덜미를 베어 왔다. 최후를 직감한 명회가 쓴웃음을 지을 때였다.

쉭!

목책 밖에서 날카로운 파공음이 들리더니 명회를 베어 가던 사무라이가 얼굴에 화살이 박혀 쓰러졌다. 명회는 급히 뒤를 돌아보았다.

금강대대장 일우가 손에 각궁을 든 자세로 서 있었다. 뒤이어 금강대대 병사 3,000명이 노도와 같은 기세로 뛰어들어 그와 이준성 대신에 왜군을 밀어붙였다.

일우가 피를 흘리는 명회를 부축하며 물었다.

"괜찮은가?"

"눈앞이 노래지지 않는 것을 보면 죽을 상처는 아닌가 봅니다."

일우가 고개를 절레절레 저었다.

"죽을 뻔한 사람치곤 입을 꽤 잘 놀리는구면."

그러나 일우와 부상당한 명회까지 나서야 할 만큼 위험한 상황은 없었다. 금강대대는 진채에 있는 왜군 1,000명을 순식간에 제압하여 원주읍성으로 가는 고속도로를 손에 넣었다.

이준성은 유경천에게 불길부터 빨리 잡으란 명령을 내린 다음, 남쪽으로 내려가 어둠 속에 잠긴 원주읍성을 보았다.

모리 데루모토가 담당하던 북쪽 진채 안에서 하늘높이 솟구친 불길이 양측의 단잠을 깨운 모양이었다.

읍성을 포위한 왜군과 읍성에 갇힌 아시온 사단 양쪽 진영 모두에서 횃불 수백 개가 크리스마스트리처럼 순식간에 불을 밝혔다.

이제 왜군과 아시온 사단은 처지가 180도 바뀌었다. 지금부터는 아시온 사단이 거꾸로 왜군을 포위하는 형국이었다. 왜군이 시노카미라 부르던 사신이 마침내 역습에 나선 것이다.

모리 데루모토의 북쪽 진채를 노린 작전은 기대 이상의 효과를 거두었다. 원주읍성 북쪽에 본진을 둔 모리 데루모토는 새벽과 아침에 정찰 부대를 파견해 어떤 상황인지 알아보려 하였다.

　　물론 금강대대는 진채 남쪽을 기웃거리는 모리 데루모토의 정찰 부대를 보기 무섭게 조총과 각궁을 쏘아 쫓아 버렸다.

　　상황을 알아보기 위해 파견한 정찰 부대가 적에게 공격받았다는 사실로 모리 데루모토는 그의 후방을 지켜 주던 진채가 적의 손에 완전히 넘어갔다는 사실을 파악했을 것이다.

　　이준성은 모리 데루모토가 두 가지 방법 중 하나를 선택할 거라 예상했다.

　　하나는 서쪽에 있는 시마즈 요시히로, 동쪽에 있는 호소카와 타다오키에게 지원을 요청하는 방법이었다.

　　모리 데루모토가 중앙에서, 시마즈 요시히로가 왼쪽에서, 호소카와 타다오키가 오른쪽에서 금강대대가 점령한 진채를 동시에 타격하면, 금강대대는 삼면을 공격당해 쉽지 않은 싸움을 해야 했다.

　　물론 원주읍성의 포위가 헐거워지기는 하겠지만, 남쪽에 있는 후쿠시마 마사노리가 분전해 주면 원주읍성 안에 갇혀 있는 아시온 사단 주력이 금강대대를 지원하지 못하도록 충분한 위력의 양동공격을 가할 수가 있었다.

다른 하나는 모리 데루모토 혼자 힘으로 진채 탈환에 나서는 방법이었다.

모리 데루모토는 주코쿠지방에 6개 나라를 소유한 군웅이었다. 왜국 변두리라 할 수 있는 큐슈에 영지가 있는 시마즈 요시히로와 주인을 바꿔 가며 간신히 영지를 유지한 호소카와 타다오키와는 애초에 출발선이 달랐다.

모리 데루모토는 그보다 급이 떨어지는 영주에게 도움을 청하기보단 모리 가문이 가진 힘만으로 빼앗긴 진채를 탈환해 짓밟힌 가문의 자존심을 다시 세우려 할 가능성이 있었다.

유진이 알려 준 모리 데루모토의 정보를 떠올린 이준성은 모리 데루모토가 두 번째 방법을 선택할 가능성이 높다 보았다.

그러나 그의 예상은 틀렸다.

아니, 완전히 빗나가 버렸다.

모리 데루모토는 다른 영주들에게 도움을 청하지도, 그렇다고 부하들에게 모리 가문 단독으로 진채를 탈환하란 명령을 내리지도 않았다.

그가 무려 반나절 동안 결정을 내리지 못하며 시간이 무의미하게 흘러가 버렸던 것이다.

"우유부단함의 결정체라던 분석이 정확한 모양이군."

피식 웃은 이준성은 그 틈에 전열을 정비했다. 진채에 번져 가는 불길부터 잡은 다음, 금강대대가 진입하는 데 사용한 통로를 다시 목책으로 막아 완벽한 요새로 탈바꿈시켰다.

잠시 후, 전장 정리를 마친 유경천이 돌아와 보고했다.

"왜군 조총 부대에게서 노획한 조총 300정과 탄환, 화약 등으로 금강대대 병사 300명을 무장시켜 총안에 배치했습니다."

"화살 재고는 어떻소?"

"전투가 치열할 경우엔 서너 시간 안에 바닥날 가능성이 있습니다. 다만 은호대대가 현재 북쪽으로 향해 함경도 안변에서 내려온 수송부대와 합류하는 중이라고 하니, 내일 아침 무렵에는 재고를 충분히 확보할 수 있을 거라 봅니다."

모리 데루모토의 우유부단한 행보는 금강대대뿐 아니라, 원주읍성에 갇혀 있는 아시온 사단 주력에게까지 숨 쉴 틈을 제공했다.

왜군은 북쪽 진채를 점령한 금강대대를 먼저 처리하지 않고선 원주읍성 공성을 지속하기 힘든 상황이었다.

만일 공성을 벌이던 중 북쪽 진채에서 튀어나온 금강대대가 왜군 후위를 기습하면, 순식간에 앞뒤 양쪽으로 포위당할 위험이 존재했던 것이다.

그 탓에 모리 데루모토가 진채를 탈환하는 선택과 원주읍성

공성을 지속하는 선택 사이에서 갈팡질팡한 탓에, 왜군 전체가 원주읍성 공격을 잠시 중단할 수밖에 없는 상황이었다.

상처받은 사춘기 소년처럼 북쪽 본진에 처박혀 있던 모리 데루모토는 오후 2시경이 지나서야 슬슬 움직일 채비를 하였다.

모리 데루모토가 늦게나마 움직임을 보인 데엔 여러 가지 추측이 가능했다.

일단 본인 심경에 변화가 생겼을 수 있었다. 또 시마즈 요시히로, 후쿠시마 마사노리처럼 성격이 불같은 영주들이 빨리 결정하라며 재촉했을 가능성 역시 제외하기 어려웠다.

어쨌든 모리 데루모토가 움직이며 반나절 가까이 소강 상태를 지속하던 전선에 변화가 생길 조짐이 보였다.

이준성은 남쪽 목책에 올라가 모리 데루모토 군대의 동향을 자세히 관찰했다.

모리 데루모토는 나름 합리적인 선택을 하였다. 가진 병력의 7할을 원주읍성 공성에 투입한 상태에서 남은 3할을 금강대대가 점령한 북쪽 진채에 배치했다.

그러나 그 3할은 빼앗긴 북쪽 진채를 탈환하기 위한 병력이 아니었다. 금강대대가 공성 중인 왜군 후위를 기습하지 못하도록 저지하는 방파제에 가까웠다.

모리 데루모토로서는 본인이 현재 취할 수 있는 최선의 조치를 한 셈이었다.

모리 데루모토의 진영에 변화가 생겼을 무렵, 금강대대 역시 약간의 변화가 생긴 상태였다.

함경도에서 내려온 신세준의 철우대대를 중간에 만나 군수물자를 보급받을 예정이던 은호대대장 강태봉이 예정보다 이른 시간에 복귀한 것이다.

그러나 강태봉이 진채에 머문 시간은 그리 길지 않았다. 이준성을 10분간 독대한 그는 다시 진채를 은밀히 빠져나갔다.

이준성을 지근거리에서 보좌하는 유경천조차 이준성과 강태봉이 나눈 대화의 내용을 알지 못했다.

그러나 두 사람이 나눈 대화의 내용이 심상치 않단 사실은 바로 알 수 있었다.

이준성이 진채를 수비하며 적의 빈틈을 노린다는 작전에 수정을 가한 것이다. 아니, 수정을 넘어 완전히 바꾸어 버렸다.

이준성은 유경천에게 금강대대 병력 1,000명을 주어 진채를 지키게 한 다음, 본인은 병력 2,000명과 진채를 나와 모리 데루모토의 본진이 있는 원주읍성 북쪽 전장으로 내려갔다.

이번에는 모리 데루모토의 반응이 아주 신속했다. 모리 데루모토는 진채를 나온 이준성이 병력을 둘로 나누어 놓은 그의 부대 사이를 돌파해 들어올 수 있다는 걱정이 든 모양인지 얼른 측면에 병력을 더 배치해 그쪽 방어를 강화했다.

물론 한쪽 측면을 강화하면 반대쪽 측면이 상대적으로 헐거워지기는 하지만, 근처에 이준성의 병력 외에 다른 적은 보이지 않았기 때문에 모리 데루모토의 대응은 적절해 보였다.

그러나 이준성은 여기서 의외의 선택을 하였다.

모리 데루모토가 강화한 측면 쪽으로 병력을 더 접근시킨 것이다. 선두에 서서 이동하던 이준성은 왜군 조총 부대의 모습을 확인할 수 있는 위치에 도착해 주먹을 쥐어 보였다. 금강대대 병사들은 즉시 걸음을 멈추며 그 자리에 대기했다.

이준성은 병사들을 돌아보며 엄명을 내렸다.

"내가 서 있는 이 지점이 우리의 최종 전선이다! 이 지점을 벗어나는 자는 군령으로 엄히 다스릴 것이니 모두 명심해라!"

이준성은 인드라망으로 금강대대 궁병과 왜군 조총 부대 사이의 거리를 정확히 계산해 궁병이 서야 할 지점을 정해 주었다. 바로 조총 유효사거리에서 10미터 더 벗어난 지점이었다.

조총이 주력인 모리 데루모토의 왜군과 각궁이 주력인 금강대대 병사들은 100미터 떨어진 상태에서 대치에 들어갔다.

참을성이 부족한 쪽은 역시 왜군이었다.

왜군이 조총을 쏨과 동시에 양측은 원거리 교전에 들어갔다.

조총으로 발사한 탄환과 각궁으로 쏜 화살이 교차하며 상대편 병력을 줄여나갔다.

물론 각궁이 조총보다 유효사거리가 길기 때문에 교전 시간이 길어질수록 금강대대가 유리했다.

그러나 조총 유효사거리 밖에 있단 표현이 금강대대 병사들의 안전을 완벽히 보장해 주지는 못했다.

유효사거리란 그 거리 안에 있으면 적에게 치명상을 입힐 수 있다는 뜻이지, 탄환이 그 거리까지 밖에 가지 못한다는 의미는 아니었다. 탄환이 날아가는 최종 거리는 따로 최대사거리라 불렀다.

100미터 이상 날아온 상태에서 운 좋게 위력이 별로 떨어지지 않은 조총 탄환 수십 발이 궁병의 몸에 구멍을 뚫었다.

운 좋을 경우 팔과 다리처럼 치명적이지 않은 부위에 탄환이 박히는 선에서 끝났지만, 운이 지독히 나쁜 경우에는 탄환이 뇌, 목, 심장, 대동맥을 관통해 즉사를 면치 못했다.

이준성은 활을 쏘던 궁병이 픽픽 쓰러지는 모습을 보며 자책했다. 그러나 자책하는 데 집중해 대처를 소홀히 하진 않았다.

"보병은 즉시 앞으로 나와 궁병을 보호해라!"

보병은 즉시 방패를 들어 궁병을 보호했다. 목책을 뜯어 급조하다 보니 조악한 방패였지만, 현 상태에서 궁병을 지키기에는 더할 나위 없이 좋았다.

활은 조총과 달리 곡사가 가능했다.

물론 직사보단 어렵기 때문에 궁술이 뛰어나야 한단 조건
이 붙지만, 어쨌든 적을 보지 않은 상태에서 발사가 가능했
다.

금강대대 궁병이 각궁으로 발사한 화살이 포물선을 그린
다음, 뽕잎을 갉아먹는 누에처럼 왜군 조총 부대를 야금야금
잡아먹었다.

반면에 왜군 조총 부대가 쏜 탄환은 보병이 든 방패에 막
혀 금강대대 궁병에게 별다른 피해를 주지 못했다.

평지에서 벌어지는 원거리 교전 중 한쪽이 일방적인 피해
를 입는다면, 피해를 입는 쪽이 다른 선택을 하기 마련이었
다.

지금 역시 마찬가지였다.

왜군은 마침내 보병을 내보내는 작전으로 돌아섰고, 장창
을 든 보병 부대가 금강대대 궁병을 향해 돌진해 왔다.

3, 4미터에 이르는 창을 든 보병 1,000명이 오와 열을 맞춰
돌진하는 모습은 상대에게 두려움을 주는 광경이었다.

이준성은 뒤를 돌아보며 외쳤다.

"조총병 앞으로!"

보병이 든 방패 뒤에 숨어 있던 궁병이 빠짐과 동시에 조
총을 장전한 상태에서 대기하던 조총병 300명이 앞으로 나
왔다.

이준성은 오른팔을 들어 올린 채 왜군 보병 부대가 조총 유효사거리 안으로 들어오기만을 조용히 기다렸다. 각 부대 장교들은 침을 꿀꺽 삼키며 이준성의 오른팔을 주시했다.

잠시 후, 이준성이 오른팔을 내리며 명령했다.

"발사!"

이준성의 명령을 들은 장교들이 조총병에게 발사를 지시했고, 300명의 조총병이 동시에 방아쇠를 당겼다.

탕탕탕탕!

총성이 어지럽게 울림과 동시, 앞으로 돌진해 오던 왜군 보병 부대 앞 열이 도미노가 무너지듯 쓰러져 나갔다.

왜군 보병 부대는 금강대대가 조총을 쏘리라 예상하지 못한 듯 잠시 당황하는 모습을 보였다.

그러나 조총 재장전에 시간이 걸린단 사실을 잘 아는 왜군 보병 부대는 후퇴하지 않았다.

오히려 그 틈에 속도를 높여 간격을 좁혀 왔다.

이준성은 지체 없이 명령했다.

"퇴각하라!"

이미 조총병과 궁병은 퇴각할 준비를 마친 상태였다. 이준성은 마지막 남은 보병 부대와 함께 뒤로 퇴각하며 왜군 보병 부대와의 거리를 벌렸다.

왜군 보병 부대는 금강대대가 겁이 나서 도망친단 판단을 내린 듯 그 뒤를 신나게 추격해 왔다.

이준성은 도망치며 반대편 언덕을 살펴보았다.

"너무 늦으면 곤란한데."

이준성의 말이 떨어지기 무섭게 반대편 언덕 위에서 뿌연 먼지가 일었다. 이준성은 그 모습을 보며 회심의 미소를 지었다.

잠시 후, 조광이 지휘하는 절강병 2,000여 명이 언덕 위에서 달려 내려와 상대적으로 약해진 왜군의 반대쪽 측면을 급습했다.

금강대대가 왜군 보병 부대를 바깥쪽으로 유인한 덕분에 반대쪽 측면은 방어가 헐거워진 상태였다.

왜군은 갑자기 나타난 적의 지원군에 놀라 잠시 우왕좌왕했다.

그때, 유경천이 지휘하는 금강대대 병력 1,000명이 진채 밖으로 나와 북쪽을 방어하는 왜군 쪽에 맹렬한 공격을 가했다.

거기서 끝이 아니었다.

원주읍성 성문이 열리더니 그 안에서 중무장한 원충서의 천마대대 기병 1,000여 기가 튀어나와 왜군 본진 가운데를 갈랐다. 마치 사방에서 폭풍이 몰아치듯 정신없는 공격이었다.

독재자

3장. 원주대첩

　모리 데루모토는 이번 조선 침략에 다른 영주보다 훨씬 많은 수의 병력을 동원했는데, 무려 3만에 달하는 대병력이었다.

　물론 범모리 가문으로 따지면 그 숫자는 더 늘어났다.

　숙부 고바야카와 다카카게가 지휘하는 1만 명에 사촌 킷카와 히로이에가 지휘하는 별동대까지 합치면 무려 4만 5천이었다.

　임진왜란 당시 조선에 상륙한 왜군의 총병력이 19만 명이란 점을 감안하면, 거의 4분의 1에 해당하는 병력을 동원한 셈이었다.

모리 데루모토는 도요토미 히데요시에게서 경상도에 주둔하며 상륙 거점인 부산포를 사수하라는 명령을 받았다.

　부산포를 적에게 빼앗겨 상륙 거점을 상실할 경우, 육지에 남은 다른 왜군은 말라죽을 수밖에 없기 때문에 아주 중요한 임무였다.

　그런 이유로 모리 데루모토가 데려온 3만의 병력 중 2만 명은 경상도의 치안을 맡았고, 이번 원주읍성 포위 작전에는 1만 명의 병력만 동원되었다.

　경상도는 임진왜란 초기에 관군이 무너지며 가장 먼저 점령당한 지역이기 때문에 의병 활동이 아주 활발한 편이었다.

　의병장 곽재우, 김면, 정인홍, 권응수 등이 적게는 수백 명에서 많게는 수천 명의 의병을 동원하여 유격전을 수행해 왜군을 괴롭혔다.

　모리 데루모토로서는 경상도 의병의 방해 때문에 휘하에 있는 전 병력을 동원하기가 힘든 상황이었다.

　그러나 이준성이 지휘하는 아시온 사단과 조광이 지휘하는 명나라 절강병에게 사방에서 공격당하는 지금은 병력을 더 데려오지 못한 사실을 뼈저리게 후회할 가능성이 아주 높았다.

　이준성은 짧은 시간 안에 교과서에 나올 법한 완벽한 포위 작전을 실행에 옮기는 데 성공했다.

　그는 모리 데루모토의 병력을 동쪽으로 유인한 다음, 서쪽 언덕 너머에 매복해 있던 조광의 절강병 2,000명에게 반대편을 기습하게 만들었다.

그러나 여기까진 포위에 나선 병력이 이준성의 금강대대 2,000명에 절강병 2,000명을 더해 총 4,000명을 넘지 않았다. 아직은 모리 데루모토의 병력이 배 이상 많은 셈이었다.

동쪽으로 유인당해 후위를 기습당했다고는 하지만, 우월한 숫자를 활용해 차분히 대응하면 쉽게 패할 상황은 아니었다.

그러나 그때 북쪽 진채를 방어하던 유경천이 금강대대에 남은 1,000명의 병력으로 모리군의 북쪽을 급습했다.

또 원주읍성에 갇혀 있던 아시온 사단 주력에서 최정예 부대인 원충서의 천마대대가 성 밖으로 나와 모리군 남쪽을 기습했다.

이제 포위에 나선 병력은 중기병 1,000여 기를 포함한 6,000명이었다. 모리 데루모토로서는 슬슬 벅차다는 느낌을 받을 숫자였다.

내친김에 쐐기를 박기로 결정한 이준성은 읍성에 있는 강문우에게 신호를 보내 비룡대대를 전투에 참가시켰다.

비룡대대 3,000명은 적진을 가르는 천마대대를 지원하며 본대에서 떨어져 나온 소규모 부대를 에워싸 차례차례 제압했다.

금강대대장 일우에게 그가 데려온 병력의 지휘를 일임한

이준성은 그 틈에 원주읍성으로 달려가 북쪽 성문에 와 있는 강문우와 만났다.

북쪽 성문을 차단한 모리 데루모토의 주력을 천마대대와 비룡대대가 옆으로 밀어낸 덕분에 성문으로 가는 동안 적의 공격을 받는 일은 일어나지 않았다.

이준성을 본 강문우가 얼른 군례를 취했다.

"그동안 고생 많으셨습니다."

"고생이야 적에게 포위당한 강 장군이 더했을 거요. 그보다 상황이 급하니 회포는 나중에 풀기로 합시다. 우선 흑표대대를 동쪽으로 보내 호소카와 타다오키의 병력이 모리 데루모토를 지원하지 못하도록 저지하시오."

"알겠습니다."

강문우는 경험이 가장 많은 흑표대대를 내보내 모리군을 돕기 위해 동쪽에서 올라오는 중이던 호소카와군을 저지했다.

강문우에게 잠시 후에 다시 만나자는 뜻으로 손을 흔들어 보인 이준성은 강주봉이 데려온 흑표에 올라 남서쪽으로 달려갔다. 그런 이준성 주위로 중기병 100기가 모여들었다.

바로 이준성의 근위대 역할을 하는 비룡대대 흑룡중대였다. 잠시 후, 이준성 옆으로 말을 몰아 다가온 흑룡중대장 하구로가 그에게 급히 언월도와 왜도를 건넸다. 그는 하구로에게 무기를 받아 양손에 쥐며 흑표의 속도를 더 높였다.

흑표는 말고삐로 방향을 일일이 지정해 줄 필요가 없었다. 오른쪽 무릎으로 흑표의 가슴을 죄면 오른쪽으로 회전했고, 왼쪽 무릎으로 흑표의 가슴을 죄면 왼쪽으로 회전했다.

속도를 높여야 할 때는 등자에 건 다리로 말배를 한 번 찼으며, 속도를 늦춰야 할 때는 두 번 찼다. 마지막으로 완전히 멈춰 서야 할 때는 양 무릎으로 흑표의 가슴을 동시에 죄었다.

덕분에 양손의 자유를 얻는 데 성공한 이준성은 말고삐를 잡지 않은 상태에서 언월도와 왜도를 동시에 사용할 수 있었다.

이준성은 뒤를 힐끔 돌아보았다. 전선에 흩어져 싸우던 나머지 비룡대대 병사들이 속속 집결했다. 우메즈, 마사카츠, 진에몬 형제, 강억필 형제, 유웅수, 이유일 등의 얼굴이 보였다.

곧 모리 데루모토의 병사들이 비룡대대 앞을 막아섰다.

이준성은 언월도로 적을 미친 듯이 베어 가며 계속 전진했다. 그가 처리하지 못한 모리군은 흑룡중대가 마저 처리했다.

만약 흑룡중대까지 처리하지 못한 적이 있다면, 그 적은 청룡중대, 적룡중대, 백룡중대, 황룡중대 병사들의 거친 방문을 받아야 했다.

이준성이 이끄는 비룡대대는 모리군의 중앙을 가로지르는 위엄을 드러내며 남서쪽으로 계속 달려갔다.

곧 총성과 고성이 난무하는 혼잡한 전장이 모습을 드러냈다. 바로 서쪽에서 기습을 가한 조광의 절강병 2,000여 명과 모리 데루모토의 정예병이 치열한 접전을 펼치는 현장이었다.

이준성은 이번 작전을 세울 때, 승패가 지금 이 순간에 달려 있을지 모른단 예상을 했었다.

절강병과 아시온 사단은 손발을 맞춰 본 경험이 없었다. 또 절강병과 아시온 사단은 말이 통하지 않아 부대 간에 소통할 수 있는 방법이 전무했다.

그런 상황에서 아드레날린이 극한까지 치솟은 두 부대가 만났을 때, 어떤 일이 벌어질지 예상하기는 쉽지 않았다.

최악은 절강병이 비룡대대를 적으로 오인하는 상황이었다.

명나라 말을 할 줄 아는 권분동이 있으면 좋았을 테지만, 지금은 옆에 없기 때문에 어떻게든 다른 방법을 찾아야 했다.

이준성은 유진을 불러 그가 절강병에게 하려는 말을 중국말로 번역하게 한 다음, 그 내용을 인드라망에 출력하게 했다.

곧 인드라망에 중국어 문장과 영어로 만든 발음기호가 동시에 올라왔다.

이준성은 즉시 발음기호를 보며 고함을 질렀다. 전에 중국말은 성조가 다르면 아예 알아듣지 못한다는 말을 들었기 때문에 최대한 성조를 지켜 가며 고함을 질렀다.

비룡대대의 속도가 워낙 빨랐던 탓에 비룡대대와 절강병의 간격이 순식간에 좁혀졌다. 비룡대대는 모리군의 공격을 받는 절강병을 도와주며 자신들이 적이 아님을 어필했다.

그러나 이미 흥분할 대로 흥분한 절강병은 냉정한 판단을 하지 못하는 상태였다.

적이 거의 다 쓰러졌을 때, 아직 피 맛을 덜 본 절강병은 비룡대대를 적으로 오인해 공격해 왔다.

비룡대대는 병사 대부분이 항왜였다. 그런데다 일부는 여전히 왜군 갑옷으로 무장한 상태이기 때문에 절강병의 눈에는 앞에 있는 비룡대대가 왜군처럼 보일 가능성이 높았다.

"물러서라!"

이준성은 비룡대대를 물러서게 하며 계속 중국말로 외쳤다.

그러나 그가 하는 중국말이 그들이 아는 중국말과 다른 탓인지, 절강병은 눈에 불을 켠 상태에서 미친 듯이 달려들었다.

결국 절강병과 비룡대대 선봉이 충돌하는 사태가 벌어졌다.

절강병은 전문적으로 왜구를 상대하기 위해 창설한 부대였다. 반면 비룡대대는 대부분 항왜로 이루어져 있는 부대였다.

그런 상황에서는 결과를 쉽게 예측할 수 있었다.

절강병은 요도와 등패를 지닌 등패병, 낭선으로 무장한 낭선병, 장창을 소지한 장창병, 당파를 든 당파병이 한 조를 이루어 공격해 왔다.

또 조총을 일찍부터 받아들인 절강병은 병력 일부를 조총병으로 구성해 측면에서 보병을 지원했다.

이준성은 비룡대대의 피해가 더 커지기 전에 앞으로 달려나가 절강병을 직접 상대했다. 즉시 등나무로 만든 등패와 요도로 무장한 등패병이 투척용 단창을 던지며 공격해 왔다.

이준성은 왜도로 등패병이 던진 단창을 막아 낸 다음, 언월도를 도끼처럼 밑으로 찍었다. 등패병은 등패를 들어 올려 막으려 했지만 언월도는 등패와 절강병의 몸을 같이 갈랐다.

등패병을 처리한 이준성에게 이번에는 낭선을 지닌 낭선병 두 명이 양쪽에서 덤벼들었다.

낭선은 기다란 대나무에 날카로운 쇠붙이를 둘둘 감아 놓은 무기로 왜구가 쓰는 장창을 효과적으로 제압할 수 있었다.

낭선병 두 명은 낭선으로 그와 흑표를 동시에 공격해 왔다. 다른 병사에게는 꽤 위협을 주는 무기일 테지만 이준성에게는 별 소용이 없었다.

이준성은 언월도를 크게 휘둘러 낭선병 두 명의 수급을 잘라 낸 다음, 더 깊숙이 들어갔다.

곧 장창을 지닌 장창병과 당파를 소지한 당파병이 연달아 공격해 왔지만 이준성은 그들마저 물리친 다음에 순식간에 원앙진 하나를 분쇄해 버렸다.

원앙진은 절강병이 사용하는 진법의 이름이었다.

이준성은 놀라 쳐다보는 절강병에게 중국말로 소리쳤다.

그때, 눈에 익은 장수 하나가 절강병 틈에서 얼굴을 내밀었다.

그는 바로 절강병을 이끄는 조광이었다. 원앙진 하나를 혼자 박살 낸 사람의 정체가 이준성임을 본 조광은 상황이 어떻게 돌아가는지를 눈치 챈 듯 부하들에게 물러서란 명을 내렸다.

조광 옆엔 중국말을 잘하는 은호대대 병사 두 명이 서 있었다. 이준성은 평양성에서 조광을 처음 만났을 때, 그들과 계속 연락할 목적으로 은호대대 병사 두 명을 딸려 보냈었다.

이제는 굳이 중국말로 소리칠 이유가 없었다. 그가 우리말로 소리치면 옆에 있는 은호대대 병사가 통역해 줄 것이다.

이준성은 조광에게 소리치며 그 옆을 재빨리 지나갔다.

"상황이 급해 자세한 얘기는 나중에 만나 해야겠소! 절강병은 우선 우리 뒤를 따라오시오! 이번 싸움이 제일 중요하오!"

통역을 통해 이준성의 명령을 들은 조광은 부하들을 불러 비룡대대에 합류했다. 방금 전까진 상대를 적으로 오인해 죽기 살기로 싸웠지만 지금부터는 등을 맡겨야 하는 동지였다.

이준성은 곧 이번 전투에서 가장 까다로운 적과 부딪쳤다.

바로 시마즈 요시히로가 지휘하는 5,000명의 시마즈군이었다.

시마즈군은 포위당한 모리 데루모토의 병력을 구원하기 위해 서쪽에서 부리나케 올라오던 중이었다.

만약 비룡대대가 절강병과 계속해서 싸웠다면, 절강병은 시마즈군에게 후위를 기습당해 전멸을 피하기가 어려웠다. 실로 천만다행인 일이었다.

시마즈 요시히로는 결의가 대단해 보였다. 강원도 전투에서 아끼던 조카 시마즈 도요히사가 본대를 구하기 위해 장절한 희생을 해야 했던 이유가 바로 이 아시온 사단 때문이었다.

시마즈 요시히로에게 아시온 사단은 불구대천의 원수였다.

곧 이준성이 지휘하는 비룡대대, 절강병 4,500여 명과 시마즈 요시히로가 직접 지휘하는 시마즈군 정예 5,000명이 원주읍성 전투의 승리를 쟁취하기 위한 마지막 혈전에 돌입했다.

◆ ◈ ◆

이준성은 선두에 그가 보유한 모든 조총병을 배치했다.

시마즈 요시히로 역시 시마즈군 조총병을 전면에 내세웠다.

곧 양측 조총병은 유효사거리 안으로 들어가 조총 방아쇠를 당겼다. 양측 조총병의 실력과 그들이 쓰는 조총의 위력은 비슷했다. 그러나 결정적으로 다른 점이 한 가지 있었다.

화약으로 광사 1호를 쓰는 비룡대대 조총병은 시마즈군 조총병보다 더 먼 거리에서 더 강력한 탄환을 날릴 수 있었다.

동원한 조총병의 숫자는 시마즈군이 더 많았지만 양측이 세 차례에 걸쳐 일제사격을 교환했을 때 입은 피해는 시마즈군이 더 많았다.

이준성은 아군 조총병이 시마즈군 조총병을 압도하는 광경을 지켜보다가 흑룡중대를 불러 모았다.

조총 부대 간에 이루어진 원거리 교전에서 패한 시마즈군은 천천히 후퇴했다. 비룡대대는 이준성의 명령이 내려오지 않았기 때문에 자리를 고수했지만 조광의 절강병은 달랐다.

공을 세울 욕심으로 가득 찬 조광은 부하들에게 도망치는 시마즈군을 추격하라는 명령을 내렸다.

그러나 이는 시마즈 요시히로가 그들을 안으로 끌어들이기 위해 펼친 유인작전이었다. 갑자기 돌아선 시마즈군이 조총을 쏘며 반격했다.

깜짝 놀란 조광이 부하들에게 전진을 멈추라 명했을 때였다.

시마즈군 기병과 보병이 동시에 튀어나와 보병은 정면으로, 기병은 측면으로 공격해 들어왔다. 절강병은 그들이 자랑하는 원앙진으로 방어하며 피해를 최소화하는 데 주력했다.

이준성은 조광의 행동이 마음에 들지 않았지만 이는 그가 제어하기 힘든 문제였다. 그는 평양성에서 조광을 처음 만났을 때, 그에게 오면 도와줄 수 있다는 말만 했을 따름이었다.

즉 아직까지 그와 조광은 도움을 준 사람과 도움을 받는 입장일 뿐, 엄격한 상하관계를 맺은 상태가 아니었다. 명령을 따르지 않았단 이유로 조광을 문책할 순 없는 노릇이었다.

이준성은 비룡대대 병사들에게 절강병을 도우라 명령한 다음, 미리 불러 모은 흑룡중대와 전선 북서쪽으로 빠져나갔다.

이준성은 아군과 적당히 거리를 벌린 다음, 왼쪽 무릎으로 흑표의 왼쪽 가슴을 살짝 죄었다. 영리한 흑표는 즉시 왼쪽으로 회전하기 시작했다. 그를 따르는 흑룡중대 기병 100여 기 역시 왼쪽으로 회전했지만 흑표처럼 빠르지는 못했다.

왼쪽으로 회전한 이준성의 눈앞에 시마즈군의 측면이 나타났다. 그러나 시마즈 요시히로 역시 흑룡중대의 우회를 눈치 챈 상태였다. 즉시, 측면에 장창병을 배치해 대기병작전을 시행했다.

이런 급박한 순간에 완벽한 대응을 해 오는 점을 보면 역시 시마즈군은 절대 얕볼 수 없는 상대였다.

이준성은 왜도를 칼집에 집어넣은 다음, 안장에 달린 주머니에서 대나무 통 세 개를 꺼냈다.

바로 광사 1호를 넣어 새로 제작한 천뢰 2호였다. 천뢰 2호는 속이 빈 대나무 통에 무연화약인 광사 1호, 쇳조각, 뇌홍, 도화선을 넣어 제작했다.

아직 양산체제를 갖추지는 못했지만 비룡대대와 흑룡중대, 천마대대 기병이 사용할 재고는 확보해 둔 상태였다.

이준성은 천뢰 2호 세 개를 입에 문 다음, 자유로워진 왼손으로 말안장 앞부분에 달린 덮개를 열었다. 덮개 밑에 있는 통에는 아직 열기가 식지 않은 참숯이 몇 개 들어 있었다.

이준성은 만족한 표정으로 고개를 끄덕였다.

그가 행주산성에 가 있는 동안, 흑표를 대신 관리한 강주봉이 그를 위해 완벽한 준비를 해 둔 상태였다.

강주봉은 안장 옆에 달린 가죽 주머니에 천뢰 2호 10여 개를, 안장 앞에 있는 통에 빨갛게 달군 숯을 넣어 두었다. 또 안장 뒤에는 투척할 때 쓰는 단창 5개를 매달아 두었다.

원래 안장 앞에 달린 통에 든 숯은 기병이 불화살을 쏠 때 사용하는 장비였는데, 지금은 불화살 대신에 다른 용도로 쓸 예정이었다.

이준성은 입에 문 천뢰 2호 세 개를 다시 왼손으로 잡은 다음, 통에 든 숯으로 천뢰 2호에 달린 도화선에 불을 붙였다.

흑표의 머리 뒤로 바람이 세차게 불어와 처음 몇 번은 실패했지만, 시마즈군 측면이 30여 미터 즈음 남았을 땐 마침내 천뢰 2호 세 개의 도화선에 모두 불을 붙이는 데 성공했다.

이준성은 불이 붙은 천뢰 2호 세 개를 앞으로 힘껏 던졌다. 쇳조각 덕분에 무게중심이 잘 잡힌 천뢰 2호는 공중에서 빙글빙글 돌다가 시마즈군 장창 부대 머리 위로 떨어졌다.

천뢰 2호 세 개 중 한 개는 도중에 불이 꺼졌지만, 나머지 두 개는 도화선이 끝까지 타서 안에 든 뇌홍에 불을 붙였다.

펑펑!

천뢰 2호 두 개가 연달아 폭발하며 시마즈군 장창 부대 한쪽에 구멍을 뚫었다.

그러나 시마즈군 역시 정예병답게 대처가 빨랐다. 쓰러진 동료를 뒤로 끌어낸 다음, 새 병력으로 빈자리를 메워 대기병작전을 계속 수행할 수 있게 하였다.

이대로 계속 돌격하면 이준성과 흑표는 대기병용 장창에

꿰뚫리는 신세를 면치 못했다.

흑표야 마갑을 장착해 괜찮았지만, 그는 갑옷을 갈아입을 새가 없어 방어가 취약했다.

이준성은 오른쪽 무릎으로 흑표의 오른쪽 가슴을 죄었고, 그 즉시 흑표는 오른쪽으로 돌며 시마즈군이 그에게 찌른 장창을 피해 옆으로 도망쳤다.

시마즈군 장창 부대 병사들의 시선이 이준성을 따라 움직일 때였다. 뒤이어 도착한 흑룡중대 기병들이 이준성과 같은 방법으로 천뢰 2호를 투척했다.

흑룡중대 각 기병은 교범에 따라 천뢰 2호 세 개에 불을 붙여 투척했다. 흑룡중대가 100명인 점을 감안하면, 총 300개의 천뢰 2호가 시마즈군 장창 부대 안에서 폭발해야 했다.

그러나 훈련과 실전은 다르기 마련이었다. 300개 중에서 시마즈군 장창 부대에 떨어져 폭발한 천뢰 2호는 50여 개 남짓이었다. 점화에 성공하는 확률이 20퍼센트를 넘지 못한 것이다.

이유는 여러 가지였다.

도화선에 불을 붙이는 데 실패한 경우와 도화선에 불은 붙였지만 날아가다가 꺼진 경우가 제일 많았다. 또 아예 불발이 발생해 실패하는 경우와 투척이 빗나가는 경우도 있었다.

이준성은 적의 대기병작전을 분쇄하기 위해 그가 심혈을 기울여 고안한 이 전술에 개량이 필요하다는 점을 절감했다.

그러나 어쨌든 천뢰 2호 50개는 제대로 성공한 셈이었다. 폭음이 울릴 때마다 폭발 반경 2, 3미터 내에 있는 왜군 장창병이 비명과 신음을 지르며 쓰러졌다.

물론 즉사에 이를 만큼 치명적인 피해를 주지는 못했지만, 그들을 잠시 전열에서 이탈하게 만들 정도의 피해를 주는 일은 어렵지 않았다.

이준성은 흑표의 왼쪽 가슴을 무릎으로 죄어 방향을 다시 바꾸었다. 그는 곧 천뢰 2호가 남긴 피해를 완벽히 극복하지 못한 시마즈군 장창 부대 하나를 포착해 내는 데 성공했다.

이준성은 등자에 건 다리로 흑표의 배를 강하게 때렸다. 콧김을 씩씩 불며 잔뜩 흥분해 있던 흑표가 꾹 눌러놓았던 스프링이 튀어 오르듯 튀어 나가 구멍이 뚫린 방향으로 돌입했다.

이준성은 오른손의 언월도를 두 손으로 바꿔 쥔 다음 아래쪽으로 휘둘러 갔고, 순식간에 장창병 두 명의 몸통이 잘려 날아갔다.

그때, 왼쪽에서 장창 네 자루가 그와 흑표를 사이좋게 찔러 왔다. 그는 언월도를 왼쪽으로 휘둘러 장창을 막아 낸 다음, 왼손으로 왜도를 뽑아 장창병 세 명의 목을 연달아 잘랐다.

이준성은 순식간에 주위에 있는 장창병 대여섯 명을 죽여 공간을 만들었다. 가로세로 3미터에 불과한 공간이었지만,

하구로가 지휘하는 흑룡중대 기병들이 뛰어들기에는 충분했다.

곧 중무장한 100여 기의 기병이 장창 부대 안을 헤집으며 시마즈군의 대기병작전을 무력화하기 시작했다.

흑표는 시마즈군 장창병이 찌른 장창에 세 차례나 찔렸지만, 두꺼운 마갑이 지켜 준 덕에 적진 안에서 주저앉는 불상사는 일어나지 않았다.

흑룡중대의 지원을 받은 이준성은 마침내 끝이 없을 것 같은 장창의 숲을 돌파하는 데 성공했다.

이젠 거칠 것이 없었다.

장창 부대 뒤에는 칼, 단창, 언월도를 든 일반보병만 있을 뿐이었다. 이준성은 언월도와 왜도로 시마즈군 보병을 쉴 새 없이 베어 가며 적진을 계속 돌파했다.

잠시 후, 그가 노리는 목표물이 마침내 모습을 드러냈다. 그의 목표물은 바로 시마즈군이 내건 열십자 모양 군기 아래에서 근위대의 호위를 받으며 한창 전투를 지휘 중이던 시마즈 요시히로였다.

50대 후반에서 60대 초반으로 보이는 시마즈 요시히로는 살집이 두둑해 싸움에 능한 장수라기보다는 부유한 상인에 가까웠다.

다만 이런 급박한 상황 속에서도 흔들림 없는 표정으로 지휘채로 쓰는 부채를 휘두르며 지휘하는 모습으로 그가 산전

수전 다 겪은 노련한 지휘관임을 알 수 있었다.

이번에 시마즈 요시히로를 죽이지 못하면 왜군을 물리치는 데 애를 먹을 가능성이 높다고 판단한 이준성은 무리해서 돌파를 시도했다.

반면 장창 부대가 뚫렸단 사실을 안 시마즈 가문 가신들은 즉시 근위대를 내보내 이준성과 흑룡중대의 접근을 차단했다.

근위대가 자기 목숨을 바쳐 이준성과 흑룡중대를 저지하는 사이, 가신단은 시마즈 요시히로를 탈출시켰다.

이준성은 언월도로 근위대 두 명을 도륙한 다음, 도망치는 시마즈 요시히로를 추격했다.

시마즈군 근위대는 주군을 지키기 위해 계속 달려들었지만, 그 역시 이번에는 각오를 단단히 한 터라 비축해 둔 에너지를 모두 끌어올려 돌파했다.

이준성의 무시무시한 돌파에 결국 사츠마의 자랑인 근위대마저 뚫리는 모습을 본 시마즈 가문 가신단은 본인들이 직접 나서기로 결정했다.

아직 수염조차 나지 않은 소년부터, 얼굴에 주름이 자글자글한 노인까지 고함을 지르며 덤벼 왔다.

"씨발! 작작 좀 하자!"

이준성은 불나방처럼 달려드는 시마즈 가문 가신단을 제거하며 시마즈 요시히로를 계속 추격했다.

가신단이 워낙 결사항전으로 나오는 탓에 다리와 옆구리에 부상을 입은 이준성은 잠시 고민했다.

여기서 더 추격하면 시마즈 요시히로를 처단할 순 있을 테지만, 자신 역시 중상을 면키 어려울 듯 보였다.

그때, 흑룡중대장 하구로가 부하 10여 기와 함께 바람처럼 나타나 이준성 옆에서 시마즈 가문 가신단을 대신 상대했다.

"타이밍 한번 기가 막히는군!"

하구로의 지원 덕분에 그에게 쏟아지던 압력이 조금 줄어든 느낌을 받은 이준성은 지체 없이 앞으로 돌파해 들어갔다.

시마즈 요시히로는 시동이 끄는 말에 올라 남쪽으로 도주 중이었다. 마침내 가신단의 장벽을 가까스로 돌파한 그는 시마즈 요시히로의 꽁무니에 따라붙어 언월도로 시동을 먼저 벤 다음, 왜도로 시마즈 요시히로의 등을 재빨리 잘라 갔다.

그러나 날이 빠진 왜도는 시마즈 요시히로가 입은 두꺼운 갑옷을 가르지 못했다. 이준성은 급히 오른손의 언월도로 시마즈 요시히로의 머리를 내리찍었다.

한데 이번에는 급히 달려온 가신단이 옆에서 방해했다. 그가 내려친 언월도는 결국 시마즈 요시히로의 머리 대신 어깨에 틀어박혔다.

시마즈 요시히로는 말 위에 쓰러졌지만 죽지는 않았다. 이준성은 시마즈 요시히로의 숨통을 끊기 위해 세 번째 공격을 가하려 했다.

그러나 어느새 되돌아온 시마즈 가문 가신단이 그 앞을 막아서는 바람에 세 번째 공격은 시도하지 못했다.

그는 결국 멈춰 서며 거머리처럼 끈질긴 가신단부터 상대했다.

그가 시마즈 가문 가신단에게 분풀이를 하는 동안, 전투는 싱겁게 끝나 버려 왜군은 원주읍성 포위를 푼 상태에서 남쪽으로 도망쳤다.

원주읍성 남쪽에 주둔한 후쿠시마 마사노리가 가장 먼저 도망쳤다. 뒤이어 동쪽에 주둔한 호소카와 타다오키가 도망쳤으며, 서쪽에 주둔한 시마즈 요시히로는 부상당한 상태에서 소수의 병력만 살려 남쪽으로 도주했다.

포위당해 가장 큰 피해를 입은 모리 데루모토의 모리군은 서쪽으로 탈출했다가 남쪽으로 방향을 바꿔 도망쳤다.

대첩이라 부를 수 있는 수준의 대승이었지만 이번 전투에 참가한 왜군의 주요 영주를 잡지 못했다는 점은 못내 아쉬웠다.

어쨌든 이리하여 원주전투는 아시온 사단의 대승으로 끝났다.

읍성 수비를 맡는 바람에 체력 소모가 거의 없던 백랑대대를 외곽에 배치해 혹시 있을지 모를 왜군의 재침입에 대비한 이준성은 원주읍성에 들어가 정문부, 강문우를 만났다.

이준성이 행주산성에 가 있는 동안 정문부는 강원도의 행정과 경제 부분을, 강문우는 군사적인 부분을 맡아 처리했다.

이준성은 양옆에 선 정문부와 강문우의 어깨에 두 팔을 올렸다.

"고맙소. 두 사람이 일을 아주 잘 처리해 준 덕에 행주산성에서 왜놈들을 신나게 때려눕혀 줄 수 있었소. 앞으로 이런 일이 종종 생길지 모르니까 그때 역시 지금처럼만 해 주시오."

정문부는 어깨 위에 올라와 있는 이준성의 두꺼운 팔을 힐끔거리며 불편한 기색을 숨기지 못했다.

이준성의 팔뚝은 신이 근육을 점토삼아 정성스레 빚은 것처럼 훌륭했지만, 그가 불편한 기색을 드러낸 이유는 전혀 다른 곳에 있었다.

정문부는 식년시를 갑과 성적으로 합격한 엘리트였다. 식년시란 3년마다 치러지는 정규 과거 시험을 가리키는 말이었다.

또 그 식년시의 갑과에 들었다는 말은 문과 합격자 33명 중에 3등 안에 들 만큼 시험 성적이 뛰어났단 의미였다.

식년시 외에 부정기시험에 속하는 증광시, 알성시 등이 있어 관직에 진출할 기회는 생각보다 많은 편이지만, 역시 팔도의

모든 유생이 참가하는 식년시야말로 과거의 꽃이라 부르기에
모자람이 없었다.

한데 정문부는 그런 식년시에서 전국 3등에 든 수재였다.
그가 엘리트란 점은 그가 북평사 전에 거친 관직을 보면 더
자세히 알 수 있었다.

그는 홍문관 수찬, 사간원 정언, 사헌부 지평을 역임했다.
이 세 관직은 삼사라 불리는 홍문관, 사간원, 사헌부의 실무
관에 해당하며 판서, 정승으로 가기 위해 꼭 거치는 관문이
었다.

예절을 중요시하는 유학을 평생 공부했으며 관직에 진출
한 이후에는 법도를 중시하는 중앙 조정에서 요직을 두루 역
임한 정문부는 상관이 자기를 친구처럼 대하는 일에 익숙하
지 않았다.

더욱이 이준성은 그냥 상관이 아니었다. 어쩌면 건국의
시조로 칭송받을 가능성이 아주 높은 사람이었다.

나이 차이는 별로 나지 않지만 그가 28년을 살아오면서 처
음 겪어 보는 상황이기 때문에 어색함을 느낄 수밖에 없었
다.

반면 강문우의 반응은 더 흥미로웠다.

그는 이런 상황에 익숙한 듯 표정의 변화가 없었다.

이준성은 정문부를 보며 피식 웃었다.

"북평사는 이런 행동이 영 어색한가 보군."

정문부는 솔직하게 답했다.

"그런 면이 없지 않아 있습니다."

"익숙해지는 편이 좋을 거요. 나란 놈은 원래 이런 성격이니까."

어색함이 조금 가신 정문부가 물었다.

"한데 오늘처럼 전투에 계속 참가하실 생각이십니까?"

"그럴 생각인데, 북평사는 그 점이 마음에 들지 않는 모양이오?"

정문부가 굳은 표정으로 대답했다.

"장군님 신변에 불운한 일이 생기면 조직 전체가 흔들릴 수 있기 때문에 드리는 말씀입니다. 앞으론 자제하심이 어떻겠습니까? 휘하에 강문우, 원충서, 유응수와 같은 훌륭한 장수들이 있으니 굳이 참전할 필요까진 없지 않겠습니까?"

이준성은 단호한 표정으로 고개를 저었다.

"내가 잘 쓰는 속담 중에 아끼다가 똥 된다는 말이 있소. 난 후방에 있으면 쓸모없는 똥에 불과하지만, 전장에 있으면 훌륭한 거름역할을 할 수 있는 사람이오. 북평사는 지금 내가 가장 잘하는 일을 하지 말라며 설득하는 거나 같소."

정문부는 한발 물러섰다.

"좋습니다. 대신 혼인을 좀 더 서두르시는 방법은 어떻습니까?"

이준성은 눈을 크게 뜨며 되물었다.

"지금 나에게 후계자로 삼을 애를 만들라는 거요?"

이준성의 반응에 오히려 정문부가 더 놀란 눈치였다.

"그렇게 놀라실 일까진 아니라 생각합니다만."

그때, 지금까진 조용하던 강문우가 재빨리 거들었다.

"북평사의 말을 따르시는 게 좋겠습니다. 어떤 조직이든 대계를 세우려면 무엇보다 후계가 튼튼해야 하는 법 아니겠습니까?"

이준성은 두 사람의 어깨에 올렸던 팔을 슬쩍 내리며 웃었다.

"그 문제는 천천히 논의합시다. 나 역시 불알 달린 사내라 열 여자 마다하지 않기는 하지만, 강제로 혼인당하는 건 싫으니까."

감영에 도착한 이준성은 의원에게 상처부터 치료를 받았다. 행주산성에서 입은 어깨의 상처는 거의 다 나았지만, 이번 전투에서 다리와 옆구리에 또 상처를 입어 치료가 필요했다.

물론 다 가벼운 상처였다. 요양할 수준까진 아니었다.

치료를 마쳤을 때, 이준성의 입성 소식을 접한 주요 인사들이 동헌으로 모여들었다. 문관 쪽에서는 정문부, 최배천, 이붕수 등이, 무관 쪽에서는 강문우, 원충서, 유경천, 지달원 등이 모여 거의 30여 명에 가까운 사람이 집결을 마쳤다.

이준성은 이번 위기를 합심하여 잘 넘긴 문관과 무관 양쪽을 번갈아 가며 칭찬한 다음, 권분동을 불러 명령을 내렸다.

"그들을 데려와라."

"예."

대답한 권분동은 조광을 포함한 절강병 지휘관 세 명을 동헌으로 데려왔다.

동헌 안에 범상치 않은 사내들이 열을 지어 서 있는 모습을 본 조광은 잠시 멈칫하다가 정면을 보았다.

정면에 놓인 큰 의자에 이준성이 다리를 꼰 자세로 앉아 있었다.

한데 이준성의 덩치가 워낙 큰 탓에 앉은 자세에서조차 좌중을 압도하는 면이 있었다. 평양성에서는 그저 덩치가 큰 사람이라 생각했는데 새로운 장소에서 다시 만난 그는 거악처럼 보였다.

긴장한 조광은 마른침을 삼킨 다음, 도열한 사내들의 따가운 시선을 받으며 앞으로 걸어갔다.

이준성 앞에 도착한 조광은 손바닥과 주먹을 맞잡아 앞으로 내밀었다. 중국식 인사법인 포권이었다. 고개를 끄덕여 답례한 이준성은 권분동을 불러와 대화를 통역하게 하였다.

조광은 그들이 지금까지 겪은 우여곡절부터 먼저 설명했다.

조광의 이야기를 대충 해석하면 이러했다.

이 모든 일의 시작은 이준성이 평양성에서 조광을 찾아가 절강병에게 살길을 알려 주겠다며 접근한 일이었다.

이준성의 정체를 모르는 조광은 당연히 그 말을 신뢰하지 않았지만 혹시 하는 마음에 이준성이 보낸 은호대대 병사 두 명의 동행을 허락했다.

당시 조명연합군 총사령관 요동총병 이여송은 절강병에게 그들이 평양성 전투에서 활약하면 은자 5,000냥을 준다는 약속을 했었다.

이를 철석같이 믿은 절강병은 평양성 전투에서 뛰어난 활약을 펼친 다음, 이여송이 약속을 지키길 기대했다.

그러나 이여송은 군자금이 넉넉하지 않다는 이유로 약속 이행을 차일피일 미루었다.

결국 화가 난 절강병이 이여송을 찾아가 약속을 지킬 것을 강하게 요구하기에 이르렀다.

이여송은 절강병의 요구를 들어주는 척하며 그들을 후방인 의주로 돌려보냈다.

의주에 가면 이여송이 약속한 은자 5,000냥을 줄 것이라 생각했지만, 정작 그들을 기다린 것은 은자가 든 궤짝이 아니었다. 절강병을 죽여 없애려는 함정이었다.

조광은 이여송에게 의주로 가라는 명령을 들었을 때부터 평양성에서 만났을 때 들었던 이준성의 말이 머릿속을 떠나지 않았다.

이준성은 당시 조광에게 이여송이 약속을 지키기는커녕 그들을 함정에 빠트려 죽일 거란 경고를 했었다.

점점 이준성이 말한 대로 일이 돌아감을 느끼던 와중에 함정의 존재를 확인한 조광은 바로 동행하던 은호대대 병사 두 명에게 부탁해 이준성이 있다는 원주로 도주하기 시작했다.

한데 그사이 예상치 못한 사건이 발생했다.

왜군이 원주읍성을 포위한 것이다. 절강병과 동행하던 은호대대 병사 두 명은 즉시 은호대대장 강태봉에게 연락을 취했다.

연락을 받은 강태봉은 절강병과 이준성 사이를 오가며 원주읍성을 포위한 왜군을 격파할 작전을 세우는 일에 일조했다.

그 다음은 다른 사람들이 아는 대로였다.

이준성이 모리군을 유인한 틈을 이용해 매복해 있던 절강병이 모리군 뒤를 기습해 원주대첩의 승기를 가져올 수 있었다.

이준성은 자리에서 일어나 조광에게 물었다.

"당신들은 어떤 마음가짐으로 이곳에 왔소?"

통역을 들은 조광이 고개를 갸웃거리며 대답했다.

권분동은 지체 없이 조광의 말을 통역했다.

"이해를 못 한 모양입니다. 그게 무슨 뜻이냐 묻습니다."

"이여송이 준다 했던 은자 5,000냥을 내가 대신 줄 것 같아

온 거요? 아니면 살길을 찾기 위해 간절한 마음으로 온 거요?"

잠시 후, 조광의 대답을 들은 권분동이 재차 통역했다.

"어차피 자기들은 이제 갈 데가 없답니다. 무단 탈영했기 때문에 원대복귀는커녕 고향으로 갈 수조차 없는 신세랍니다. 그런 이유로 장군님이 받아 주시면 충성을 바치겠답니다."

이준성은 오연한 시선으로 조광을 내려다보며 차갑게 물었다.

"그럼 어째서 아직 서 있는 거요? 명군 역시 자신이 평생 모셔야 할 주군을 봤을 땐 그에 어울리는 예절이 있을 거 아니오?"

권분동의 통역을 들은 조광은 지체 없이 바닥에 무릎을 꿇었다. 조광을 따라온 다른 두 장수 역시 같이 무릎을 꿇었다.

이준성은 앞으로 성큼성큼 걸어가 그들을 일으켜 세운 다음, 그들의 무릎과 팔꿈치에 묻은 흙과 먼지를 털어 주었다.

조광 등은 당황했다. 차갑기 그지없던 이준성의 태도가 갑자기 돌변하여 봄날 훈풍처럼 부드럽게 바뀌었기 때문이었다.

이준성은 피식 웃으며 그들의 의문을 해소해 주었다.

"난 내 편이 아닌 사람들에겐 아주 엄격한 편이지만, 나를 따르는 부하들에게는 관대한 편이오. 배신만 않으면, 부하들이 먼저 나를 버리지 않는 한 나 역시 그들을 버리지 않소."

이준성은 병사에게 의자 세 개를 더 가져오라 명령한 다음, 그 의자에 조광 등을 앉혔다.

착석을 마친 다음에는 부하들에게 조광 일행과 얼굴을 익히며 통성명할 시간을 주었다.

잠시 후, 강문우가 일행을 대표해 보고했다.

"왜군의 피해는 전사 3,130여 명, 부상자 1,300여 명, 포로 800여 명입니다. 즉 이번 전투에서 왜군은 5,600명에 달하는 인적 손실을 보았습니다. 그에 비해 아군은 2,510명의 사상자가 발생했습니다. 그중 전사자는 819명이며 중상자는 457명입니다. 그 외 나머지는 회복이 가능한 경상자입니다."

강문우는 이어서 전투 중에 노획한 갑옷과 무기, 군마, 군량, 화약 등을 보고했다.

왜군은 진채를 거둘 시간이 부족했던 탓에 상당히 많은 전리품을 아시온 사단에 남겨 주었다.

이준성은 시신을 처리하는 문제와 부상자를 후송하는 문제 등을 강문우에게 일임한 다음, 이번에 받아들인 절강병 1,800명을 위해 절강연대란 이름의 새 부대를 하나 창설했다.

한편, 행주산성과 원주읍성에서 연달아 패한 왜군은 결국 상륙 거점이 있는 경상도 해안가로 후퇴하는 결정을 내렸다.

이준성은 이번 기회에 상륙 거점인 경상도 해안가를 탈환해 왜군을 한반도에서 완전히 몰아내야겠다는 결심을 하였다.

날이 풀리길 기다린 이준성은 최소한의 방어병력만 남긴 상태에서 남쪽으로 내려가 경상도 북부부터 점령해 들어갔다.

아시온 사단은 보름 후 왜군이 집결한 경상도 해안가에 도착해 진채를 세웠다. 이제 왜군은 링의 코너에 몰린 셈이었다.

독재자

4장. 육지에 떠 있는 섬

이준성은 은호대대 병력을 1,000명으로 늘렸다. 기존에 있던 은호대대 병력의 대부분이 함경도와 강원도 출신이었던 탓에 정보 수집과 선무공작에 힘든 점이 있었던 것이다.

하여 엄격한 심사를 거쳐 평안도, 경기도, 충청도, 전라도, 경상도에서 병력을 선발했다.

선발한 병력은 원주 교외에 위치한 은호대대 신병훈련소에서 간단한 훈련을 받은 다음 배치받은 지역에 잠입했다.

은호대대는 크게 두 가지 임무를 수행했다.

하나는 정보 수집이었다.

은호대대 병사들은 왜군과 그들의 잠재적인 적이라 할 수 있는 조선 조정, 조명연합군의 정보를 수집해 은호대대 본부로 보냈다. 본부에 있는 병력은 이를 정리, 분석하여 그 결과를 이준성에게 직접 보고했다.

다른 하나는 민간인, 즉 백성을 대상으로 하는 선무공작이었다.

은호대대는 이준성과 아시온 사단이 봉기한 이유와 목적, 그동안의 상세한 활약상이 담긴 소문을 그들에 관해 잘 모르는 평안도, 경기도, 삼남 지역의 백성들에게 퍼트렸다.

또 동시에 조선 왕실, 조선 조정, 조명연합군이 저지른 실수와 실책, 범죄에 약간의 과장을 섞어 만든 소문을 민간에 흘려 백성들이 조선 왕실과 조정을 점차 증오하게 만들었다.

그러나 진부한 표현이기는 하지만 민심을 얻기 위해선 이 정도론 모자랐다.

200년 가까이 큰 실책 없이 백성을 다스려 온 조선이었다.

또 건국 초기에 권력투쟁에서 밀려나는 바람에 지방으로 내려온 신진사대부가 백성의 신체는 물론이거니와 그들의 정신세계까지 같이 지배하는 바람에 조선 왕실에 충성을 바치는 민중을 돌아서게 하기가 쉽지 않았다.

이를 타개하기 위해 이준성은 현대 정치인이 사용하는 선거 전략을 도입했다.

바로 공약이었다. 그는 빈부 격차 해소, 부패척결, 낮은 세금, 신분제 철폐, 기본권 보장, 종교의 자유 등을 공약으로 만들어 민간에 퍼트렸다. 이를 테면 은호대대 병사들은 그가 각 지역에 보낸 선거운동원인 셈이었다.

백성들은 이준성이 내건 공약을 믿지 않았다. 공약 중 일부는 아예 그런 개념조차 없을 때여서 민중을 설득하는 데 애를 먹었다.

그러나 이준성은 백성이 이해할 수 있을 때까지, 백성이 이를 받아들일 수 있을 때까지 선무공작을 지속했다.

덕분에 아시온 사단이 경상도에 나타났을 땐 제법 많은 백성이 그들의 등장을 환영했다. 또 제법 많은 지원병이 아시온 사단에 입대하기 위해 불원천리 마다하지 않고 찾아왔다.

그러나 이러한 선무공작은 두 가지 부작용을 불러왔다.

우선 김면, 곽재우, 정인홍, 김성일이 이끄는 경상도 의병이 아시온 사단의 의도와 정체를 의심해 협력을 거부했다. 또 이 소문이 왕실과 조정에 흘러들어 그들을 긴장하게 했다.

이러한 부작용을 우려한 정현룡, 정문부, 강문우 등이 이준성에게 은호대대의 정책을 재고해 달라 강력히 요청했다.

그러나 그는 따르지 않았다. 오히려 은호대대로 하여금 그와 아시온 사단이 백성의 뇌리에 마치 그리스 비극에 나오는 비운의 영웅처럼 각인되도록 만드는 데 더 심혈을 기울였다.

어쨌든 그 와중에 경상도 해안에 도착한 이준성과 아시온 사단은 부산왜성 북쪽에 있는 어느 야산 위에 진채를 세웠다.

행주대첩과 원주대첩의 연이은 대패 때문에 경상도 남해안 지역으로 일제히 후퇴한 왜군은 상륙 거점을 보호할 목적으로 1593년 한 해 동안 무려 15개에 달하는 왜성을 축조했다.

물론 그중 가장 중요한 성은 모리 데루모토의 모리군이 축조한 부산왜성이었다.

왜군은 개전 초기부터 부산포를 상륙 거점으로 이용해 왔기 때문에 부산왜성을 빼앗기면 경상도 동쪽과 서쪽에 주둔한 왜군이 서로를 지켜 줄 수 없을 뿐만 아니라 가장 중요한 상륙, 보급거점을 잃어버리게 되는 셈이었다.

한데 아시온 사단이 부산왜성에서 직선거리로 불과 5킬로미터밖에 떨어지지 않는 어느 야산 위에 진채를 세운 것이다.

이준성은 부하 장수들을 한데 모은 자리에서 이렇게 천명했다.

"우린 이 산을 끝까지 사수한다!"

그 한마디면 충분했다.

장수들은 근처 백성들이 뒷산, 앞산, 뒷동산, 옆산이란 이름으로 부르는 작은 야산을 튼튼한 요새로 개조하기 시작했다.

요새를 만들기 위해서는 세 가지 문제를 반드시 해결해야 했다.

바로 물, 식량, 무기였다.

물이 없으면 일주일을 버티지 못했다. 식량이 떨어지면 보름을 버티지 못했다. 무기가 없으면 원시인처럼 싸워야 했다.

왜군은 장기 농성과 공성을 해 본 경험이 아주 많았다. 전국시대가 이어진 100년 동안, 왜군은 점령 불가능한 산성을 만드는 데 심혈을 기울였다.

반대로 그런 산성을 공격해야 하는 왜군 쪽에선 성을 점령하기 위한 온갖 방법을 연구했다.

덕분에 왜군은 농성하는 농성군을 상대로 화공, 수공, 땅굴, 공성탑, 보급 차단, 주요인물 암살, 내부 분열, 선동 등 공성에 필요한 갖가지 방법과 수법을 다양하게 겸비할 수 있었다.

그런 왜군을 상대로 장기간에 걸친 농성을 성공적으로 진행하기 위해서는 물, 식량, 무기 이 세 가지 필수 조건이 넘치다 못해 발에 채일 만큼 많이 확보하는 일이 아주 중요했다.

세 가지 중 의외로 가장 구하기 쉬운 것은 물이었다.

애초에 이 야산을 택한 이유가 몇 미터만 파 내려가면 물이 풍부한 지하수가 곳곳에 존재하기 때문이었다.

지하수가 펑펑 쏟아지는 대수층까진 아니지만, 유진을 이용한 계산에 따르면 아시온 사단 병력 전체가 최소 3년 이상 쓸 수 있는 지하수가 있어 물이 없어 말라죽을 걱정은 하지 않았다.

다른 필수 물자인 식량은 두 가지 방법으로 충당했다.

먼저 철우대대장 신세준이 노토의 협력을 받아 마련한 양, 염소, 돼지와 같은 가축을 키울 농장을 요새 안에 따로 만들었다.

또 암석지대에 창고를 만든 뒤 강원도, 경기도, 충청도, 경상도, 전라도에서 이준성의 대의에 협력하는 백성들이 보내준 곡식을 저장해 최소 6개월 이상의 군량을 확보했다.

마지막으로 무기는 아예 생산 시설 하나를 요새로 이전해 와 해결했다. 황돈대대장 조인호가 직접 기술자 100여 명과 함께 요새에 들어와 대장간, 공방 등을 차려 무기를 생산했다.

화살과 창대를 만들 때 쓰는 목재와 화살촉, 창극, 칼날 등을 만들 때 쓰는 쇠는 일단 3개월 치를 확보한 다음, 나머지는 왜군에게서 노획하는 방법으로 충당하기로 하였다.

또한 화약은 요새 안에서 만들 방법이 없기 때문에 저장해둔 화약을 쓰다가 역시 노획하는 방법을 이용하기로 하였다.

장수들이 1만 8천 명에 달하는 전 병력을 동원해 야산 위에 튼튼한 요새를 구축하는 동안, 이준성은 조정, 의병, 수군이 세 곳에 강신, 윤탁연 등의 이름을 빌려 지원을 요청했다.

물론 조정, 의병, 수군이 그가 보낸 지원 요청을 승낙할지는 미지수였는데, 의외로 답은 조정이 가장 먼저 보내 주었다.

유진과 인드라망 덕에 중세 한문을 읽는 데 어려움은 없었다.

한데 조정이 보낸 답신을 읽어 내려가던 이준성이 히죽 웃었다.

옆에서 지켜보던 강문우가 물었다.

"왜 그러십니까?"

이준성은 다 읽은 서신을 강문우에게 건넸다.

"한마디로 정의하면 우리에게 그만 나대란 내용이었소."

조정이 답한 내용은 이러했다.

현재 명나라 조정이 심유경을 고니시 유키나카에게 파견해 협상하는 중이니 더 이상 왜군을 자극하지 말란 내용이었다.

강문우가 다 읽은 서신을 접으며 물었다.

"조정이 하란 대로 군을 뒤로 물리실 생각입니까?"

"난 청개구리 같은 놈이요. 어릴 때부터 하지 말라면 더했지."

강문우는 그럴 줄 알았다는 표정으로 일어났다.

"장군들에게 공사를 더 서두르라 하겠습니다."

그러나 그가 생각하기에 공사 속도는 큰 문제가 아니었다.

오히려 그가 직면한 가장 큰 문제는 왜군의 반응 그 자체였다.

물론 그가 차지한 야산이 왜군의 허리를 양단할 수 있으며 왜군의 상륙 거점이 있는 부산포를 위협할 수 있는 최적의 위치란 점에선 그와 왜군 둘 다 동의하는 바일 터였다.

그러나 왜군은 이 상태를 유지하며 명나라가 보낸 심유경과 협상 테이블을 차릴 수 있었다.

굳이 이준성과 아시온 사단을 공격하여 위험을 먼저 제거하려 들 필요가 없는 것이다.

만약 왜군이 정말로 그들이 야산에 요새를 구축하도록 내버려 둔다면, 이는 최악의 결과였다.

이준성이 1만 8천에 달하는 병력을 모은 다음, 막대한 자금을 동원해 세운 이 계획 전체가 헛짓거리로 판명 난 셈인 것이다.

즉, 이 요새는 왜군이 공격을 해 줘야 그 가치를 인정받을 수 있는 셈이었다.

그러나 한편으론 왜군이 언젠간 반드시 공격해 올 거라 믿었다.

이시다 미쓰나리, 마시타 나가모리와 같은 문관파는 명나라와의 협상이 더 중요하단 생각에 조선과의 싸움을 회피하려 들지 모르지만, 구로다 나가마사, 후쿠시마 마사노리와 같은 무단파는 성격이 불같아 참지 못할 가능성이 아주 높았다.

이준성은 그런 이유로 공사 속도보다 왜군의 반응에 더

촉각을 기울였다. 효과만 있다면 목욕재계한 다음, 정화수를 떠 놓은 상태에서 그가 아는 모든 신에게 간청할 생각까지 하였다.

다행히 왜군은 이준성을 더 애태우지 않았다.

요새 구축이 3할쯤 끝난 봄, 마침내 왜군이 반응을 보였다. 왜군은 100명 규모의 정찰 부대를 잇달아 파견해 요새 안 병력은 얼마인지, 공사 속도는 어떠한지를 세밀하게 정찰했다.

이준성은 굳이 병력을 보내 왜군 정찰 부대를 쫓아내지 않았다. 오히려 정찰 부대가 잘 정찰할 수 있도록 도움을 주었다.

왜군 정찰 부대가 돌아간 후 닷새쯤 지났을 때였다.

이준성이 요새 이름으로 천룡의 성이란 거창한 명칭을 붙였을 무렵, 성 외곽을 지키던 전초기지에서 급보가 당도했다.

"왜, 왜군이 몰려옵니다!"

이준성은 짜증을 내며 소리쳤다.

"왜군 몇이 어느 방향으로 오는지 같이 보고해야 할 것 아냐!"

혼이 난 간부는 다시 나가 상세한 내용을 파악해 돌아왔다.

"왜군 2,000명이 남서쪽 방향에서 몰려오는 중입니다!"

이준성은 일어나서 천룡의 성을 그린 작전지도를 응시했다.

"음, 남서쪽이면 흑표대대장 명회가 맡은 지역이군."

이준성과 함께 평양성 전투, 행주대첩, 원주대첩을 연달아 경험한 명회는 그 능력을 인정받아 공석이던 흑표대대장으로 취임했다.

이준성은 강원도에서 이곳 경상도 해안가로 내려오는 동안 명회, 유웅수, 이유일, 한인제와 같이 갓 임관한 장교를 대상으로 거의 매일 밤 전술, 전략을 강의해 그들이 장수로서 한 사람 몫을 할 수 있게 만들었다.

이준성은 다시 자리에 앉으며 소리쳤다.

"부관!"

강주봉이 즉시 달려와 대답했다.

"예, 장군!"

"흑표대대장에게 가서 내가 전에 시킨 대로 하라 전해!"

"알겠습니다."

강주봉은 사령부 전령을 남서쪽 방어를 책임진 흑표대대에 보내 이준성의 명령을 전달했다. 흑표대대장 명회는 지체 없이 이준성이 명령한 대로 왜군과 적당히 싸우다가 후퇴했다.

아시온 사단 병사들이 힘들게 만든 목책을 돌파한 왜군은 기세 좋게 안으로 밀고 들어와 흑표대대를 밀어붙였다.

흑표대대는 연패를 거듭하며 성 위로 계속 밀려났다. 기세가 오른 왜군은 사령부 근처까지 단숨에 돌파해 들어왔다.

왜군이 쏜 조총 총성이 이준성이 있는 사령부까지 들려왔다.

◆　◈　◆

이준성은 총성이 시끄러운 듯 귀를 파며 외쳤다.

"어이, 누구 한 명이 흑표대대장 명회에게 가서 사령부 안까지 들어온 왜놈들이 내 목을 딴 후에야 반격할 건지 물어봐라!"

그로부터 얼마 후, 흑표대대가 갑자기 맹렬한 반격을 가해 기세 좋게 올라오던 왜군을 성 밖으로 밀어내기 시작했다. 이준성은 망루에 올라가 왜군이 쫓겨나는 모습을 지켜보았다. 왜군을 몰아내는 흑표대대 선두에는 명회가 서 있었다.

잠시 후, 명회가 두정갑에 피를 잔뜩 묻힌 모습으로 나타났다.

"흑표대대의 피해는 지금까지 전사 39명, 중상자 31명입니다."

이준성은 망루의 난간을 꽉 움켜쥐며 물었다.

"왜군의 피해는?"

명회는 미간을 살짝 찌푸리며 대답했다.

"왜군이 사상자를 모두 수습해 가서 확인할 방법이 없었습니다."

"왜군이 사상자를 모두 수습해 갔다는 말은 퇴각할 때 그만큼 여유가 있었단 뜻이겠군. 알았다. 나 대신 병사들에게 고생했다는 말을 전해 다오. 참, 전사자의 장례식은 언제 할 거지?"

"준비를 마치는 대로 행할 예정입니다."

"참석할 테니까 자세한 일정을 강 부관에게 알려 줘라."

"알겠습니다. 그럼 소장은 이만 부대로 돌아가겠습니다."

군례를 취한 명회는 흑표대대로 돌아가 전장을 마저 수습했다. 그날 저녁, 전사자의 유해를 화장하는 장례식이 열렸다.

금강대대장 일우와 금강대대 소속 승병이 주도한 장례식은 시종일관 엄숙한 분위기에서 이뤄졌다.

이준성은 강문우, 원충서, 지달원 등과 장례식에 참석해 전사자의 명복을 빌었다. 불교식 장례가 끝난 후엔 전사자의 시신을 화장했다.

이준성은 시신을 화장할 때 생긴 연기가 별이 가득한 밤하늘로 솟구치는 모습을 보며 눈을 감았다. 지금까지 잃은 부하가 3,000명이 넘지만 오늘 열린 장례식은 느낌이 달랐다.

지금까지 잃은 부하들은 모두 승리를 위해 싸운 전투에서 잃었다. 그러나 오늘 잃은 부하들은 아니었다. 오늘 잃은 부하들은 패배하기 위해 싸운 전투에서 전사한 부하들이었다.

이준성은 눈을 뜨며 속으로 중얼거렸다.

"너희들의 희생을 절대 개죽음으로 만들지 않겠노라 맹세하마."

강문우, 원충서 등은 이준성을 힐끗 보다가 다시 일우가 목탁을 두드리며 읊조리는 나직한 불경 소리에 귀를 기울였다.

오늘 장례식에 참석한 강문우, 원충서, 지달원, 유응수 등은 모두 평생 유학을 공부한 유학자였다.

그러나 이준성이 반역의 기치를 처음 내걸었을 때부터 종교의 자유를 천명했기 때문에 불교식 장례를 저항 없이 받아들였다.

그들의 진짜 속마음까진 알 수 없지만, 이준성을 주군으로 모시는 한 그가 가진 생각까지 공유할 수 있어야 몸과 마음이 편했다.

다음 날, 왜군은 재차 공격을 시도했다. 이번에는 어제보다 많은 5,000명의 병력을 동원했다. 그러나 동쪽으로 쳐들어온 왜군은 최악의 상대와 맞서야 했다.

바로 비룡연대였다. 4,000명으로 늘어나며 기존 대대에서 연대로 편제를 바꾼 비룡연대는 항왜와 조선인 출신 병사들이 섞인 혼성부대로 이준성의 직할부대였다.

다른 부대는 강문우가 지휘하지만 이 비룡연대만큼은 처음부터 이준성의 지휘를 받으며 지금까지 싸워 온 거의 모든 전투에서 최고의 활약을 펼쳤다.

특히 부대에 항왜가 많단 점 때문에 왜군을 상대하는 데 있어 가장 적합한 부대라 할 수 있었다.

왜국에는 아시가루와 사무라이를 상대로 무예를 가르치는 무예사범이란 직업이 존재했다. 물론 조선이나 명나라 모두 그런 일을 하는 사람이 따로 있지만, 왜국은 유독 더 발전해 소설에서 흔히 써먹는 문파란 단어처럼 유파란 게 존재했다.

도제식으로 운영하는 유파에선 스승이 자기가 깨우친 무예를 제자들에게 전수했다.

여기서 말하는 제자란 무예를 수련하는 일반적인 성격의 제자뿐 아니라 영주, 사무라이, 아시가루에 이르기까지 무기를 쓰는 모든 사람을 가리켰다.

왜군은 그들이 배운 무예 덕에 조선군을 상대로 치른 백병전에서 압도할 수 있었다. 그중 가장 대표적인 사례가 바로 손날치기였다.

손날치기란 자신의 칼과 상대의 칼이 부딪쳐 서로 맞닿았을 때, 갑자기 칼의 궤도를 바꾸어 칼을 쥔 상대의 손목을 내려치는 기술이었다.

조선군은 왜군이 갑자기 펼친 손날치기에 당해 손가락 또는 손등이 잘려 나가 치명적인 부상을 입었다. 다른 부상은 치료하면 다시 싸울 수 있지만, 손가락이 잘리면 아예 무기를 잡지 못했다.

간단하지만 아주 효과적인 기술이었다.

그러나 항왜가 대부분을 차지하는 비룡연대는 왜군의 이런 수법에 당하는 일이 적었다. 아니, 비룡연대만이 아니었다.

지금은 아시온 사단 전체가 왜군 수법을 익혀 오히려 이를 역이용하는 수준에 와 있었다. 동쪽으로 쳐들어온 왜군은 말 그대로 그들의 천적이라 할 수 있는 부대와 만난 것이다.

그러나 오늘은 달랐다.

비룡연대의 무패신화는 오늘 처참하게 끝을 맺었다.

심지어 비룡연대가 싸운 왜군은 전력이 형편없이 약한 부대였기 때문에 주위에 주는 충격이 더했다.

눈썰미가 좋지 않은 사람조차 오늘 쳐들어온 왜군에는 멀쩡한 병사보다 그렇지 않은 병사가 더 많단 사실을 알 수 있을 만큼 전력이 형편없었는데, 부상을 입었든지 아니면 나이가 많거나 적어 제대로 싸우기 힘든 병사로 채워져 있기 때문이었다.

사령부 근처까지 밀린 비룡연대는 다른 부대의 도움을 받은 후에야 간신히 왜군을 성 밖으로 다시 쫓아낼 수 있었다.

이번에는 어제보다 피해가 늘어 전사 152명, 중상자 311명이 발생했다. 그날 저녁, 천룡의 성 상공에는 시신을 화장할 때 생긴 연기와 재가 가득해 더 이상 별을 볼 수 없었다.

이준성은 그날 밤 주요 지휘관을 소집해 물었다.

"병사들의 사기는 어떻소?"

그러나 지휘관들은 서로 눈치만 볼 뿐 대답하는 사람이 없었다.

결국 가장 상급자인 강문우가 나섰다.

"좋지 않습니다. 연이은 패배로 사기가 바닥으로 떨어졌습니다."

이준성은 고개를 끄덕였다.

"그럴 거요. 하지만 이럴 때 사기를 끌어올리는 장수야말로 진정한 장수라 할 수 있소. 잘나갈 때 사기를 끌어올리는 장수는 우리 머리 위에 떠 있는 별만큼이나 많지만, 분위기가 좋지 않을 때 사기를 끌어올리는 장수는 아주 적으니까."

이준성은 공사를 더 서두르란 명령을 내리는 것을 끝으로 장수들을 돌려보냈다. 그날 저녁, 이준성은 다시 한 번 작전을 점검했다.

그가 마음속으로 정한 작전의 명칭은 리틀크릭이었다. 리틀크릭은 미국 버지니아주에 있는 군사시설로 네이비씰의 고향과 같은 기지였다.

이준성은 미국 서부해안을 덮친 대지진이 있기 바로 직전해에 한미연합특수전훈련을 위해 리틀크릭을 찾아 네이비씰 최정예인 데브그루와 훈련을 했었다.

직업으로 화기를 다루는 사람들은 휴식을 취할 때조차 총을 쏘는 행위를 즐기는 경우가 많았다.

데브그루 역시 마찬가지였는데, 그들은 휴가를 며칠 받았을 때 자기들의 사냥클럽에 그를 끼워 주었다. 그는 데브그루 사이에 끼어 사냥 시즌이 돌아온 버지니아의 숲에서 사슴을 사냥하며 휴가를 만끽했다.

사슴은 인간을 포함해 그가 지금까지 보아 온 어떤 생명체보다 감각이 예민한 것 같았다. 바람에 실린 체취 또는 몇 백 미터 떨어진 곳에서 들려온 나뭇가지 부러지는 소리로 귀신같이 사냥꾼의 존재를 감지하고는 재빨리 덤불 속에 숨었다.

그런 사슴을 사냥하기 위해서는 사슴이 안전하단 느낌을 받게 해 줘야 했다. 몇 시간씩, 심지어는 하루 종일 엉덩이를 차가운 땅바닥에 붙인 자세로 기척을 죽여야 사슴을 사정거리 안으로 들어오게 할 수 있었다.

그는 휴가 동안 사슴을 딱 한 마리 잡았는데, 뿔이 거의 1미터에 달하는 수사슴이었다. 그가 잡은 사슴은 한 마리에 불과했지만, 가장 잡기 힘든 사슴이기 때문에 데브그루는 그에게 1등 상을 주었다.

지금 역시 마찬가지였다.

그는 왜군이란 사슴을 노리는 사냥꾼이었다.

사슴이 안전하단 느낌을 받은 후에야 모습을 드러내듯이, 왜군 역시 안전하단 느낌을 받은 후에야 발톱을 드러낼 것이다.

왜군은 이준성을 시노카미라 부르며 두려워했다. 그는 가토 기요마사, 나베시마 나오시게란 만만치 않은 영주 두 명을 완벽히 제거했을 뿐만 아니라 안변, 평양성, 행주산성, 원주읍성에서 내로라하는 왜국 영주들에게 굴욕을 선물했다.

평양성에서는 강주봉을, 행주산성에서는 강태봉이란 가명을 사용해 활동했지만, 이름보다는 이준성의 체격과 무용에 관심이 더 많은 왜군은 모두 같은 사람임을 파악한 상태였다.

조선군은 아직 파악하지 못한 듯했지만 직접 당해 본 왜군은 이준성과 같은 인물이 두 명 또는 세 명이 동시에 나타날 리 없단 합리적인 판단하에서 그런 결론을 내린 듯했다.

왜군은 이준성이 만든 천룡의 성이 그들을 엿 먹이기 위한 또 다른 함정은 아닌지 정찰을 통해 완벽히 파악하려 들었다.

한데 천룡의 성은 야산에 급조한 요새였다. 그들이 해안가에 쌓은 왜성처럼 방어가 단단하지 않았다. 또 두 차례에 걸쳐 위력정찰을 했지만 그다지 강하단 느낌을 받지 못했다.

더욱이 그 위력정찰 중에 이준성을 보았단 왜군이 없었다.

마침내 그들은 안전하다는 느낌, 아니 이길 수 있다는 느낌을 받은 듯, 두 번째 위력정찰이 있은 지 열흘이 지났을 때 대규모 병력을 동원해 천룡의 성으로 쳐들어왔다.

왜군은 전격전을 수행하듯 순식간에 진격해 와 천룡의 성 사방을 에워쌌다.

한데 가까운 곳에 주둔한 왜군부터 달려와 순차적으로 포위한 것이 아니라, 왜군 전체가 동시에 들이닥쳐 포위했다.

그 말인즉슨 열흘 동안 멀리 떨어진 곳에 있는 병력을 이곳으로 불러들여 이번 작전을 준비했다는 뜻이었다.

이제 왜군에게 사방을 완전히 에워싸인 천룡의 성은 육지에 있지만 바다에 둘러싸인 섬이나 다름없는 상태로 변했다.

이준성은 사령부 위에 세운 10미터 높이의 망루에 올라가 인드라망으로 주위를 둘러보았다. 왜군이 세운 각양각색의 군기 수배 개가 왕의 국장 행렬을 따르는 만장처럼 펄럭였다.

이준성은 군기의 형태와 무늬로 이번 포위전에 참가한 왜국 영주들의 이름을 찾아보았다.

모리 데루모토, 후쿠시마 마사노리, 구로다 나가마사, 고바야카와 다카카게, 호소카와 타다오키, 우키타 히데이에, 고니시 유키나카, 오토모 요시무네 등 10여 명이 넘어가는 영주들이 포위전에 참가했다.

이준성은 병력 숫자를 대충 세어 보았다.

최소 8만 명에 달하는 왜군이 이번 포위전에 참가했는데, 현재 남은 왜군의 병력 규모로 봤을 때 왜성을 지키는 최소한의 병력만 남긴 상태에서 거의 전 병력을 동원한 듯했다.

이준성은 망루를 내려와 밑에서 대기하던 지휘관들을 만났다.

"내가 세어 보니 우릴 포위한 왜군의 숫자가 10만 명을 넘더군."

지휘관들은 서로의 얼굴을 바라보며 감정을 드러내지 않기 위해 노력했다. 그러나 이준성의 눈을 피할 수는 없었다.

이준성은 일부러 실제보다 숫자를 더 부풀려 말한 다음, 지휘관들의 표정을 면밀히 관찰했다. 몇 명은 겁을 먹은 듯했고, 또 몇 명은 낙담한 듯했다.

그러나 많은 숫자의 지휘관들은 비장한 표정을 지으며 결의를 다지는 모습을 보였다.

물론 별종은 어디나 있기 마련이었다.

원충서가 바로 그런 별종이었다.

"하하하! 우리가 승리하면 한 번에 10만 명을 없앴다는 뜻이니, 왜놈들을 깡그리 없앨 날이 그리 멀지 않은 것 같습니다."

이준성은 원충서의 어깨를 툭 치며 같이 웃었다.

"아주 바람직한 자세군. 쉽지 않겠지만 다들 이 원 장군과 같은 마음을 가져 보도록 하시오. 우리가 여기서 왜놈들을 개박살 내 버리면 이 지긋지긋한 전쟁이 마침내 끝나는 거니까."

"예!"

이준성은 지휘관들의 힘찬 대답을 들으며 밑으로 내려갔다. 폭풍 전이 더 고요하듯 바람조차 불어오지 않는 날이었다.

◆ ◈ ◆

천룡의 성을 포위한 왜군은 사흘 동안 움직이지 않았다. 왜군이 공격하지 않는 이유에 관해 여러 추측이 뒤따랐지만, 이준성은 왜군의 지휘 체계에 문제가 있을 것이라 내다보았다.

왜군 총사령관은 우키타 히데이에였다. 도요토미 히데요시가 직접 임명한 총사령관이기 때문에 감히 그의 권위에 도전할 만큼 간 큰 자는 없을 것이다.

그러나 우키타 히데이에에게 왜군을 이끌 자격이 있느냐 물어본다면, 그건 또 아니었다.

우키타 히데이에는 올해 21살이었다. 참전한 영주 중에 가장 연장자라 할 수 있는 고바야카와 다카카게와는 40살에 가까운 차이가 났다.

물론 나이가 어리다는 점이 꼭 약점으로 작용하진 않았다. 곽거병처럼 10대 후반부터 20대 초반에 세운 공적으로 중국 역사에서 손꼽히는 무장 반열에 오른 경우가 아예 없진 않았다.

그러나 우키타 히데이에가 군을 이끌 수 있는 10대 후반엔 이미 도요토미 히데요시가 왜국을 통일하기 직전이어서 활약할 기회가 많지 않았다.

그렇다면 조상에게 물려받은 재산이 아주 많은 우키타 히데이에가 이번 침략 전쟁에 가장 많은 병력과 물자를 동원한 공을 인정받아 총사령관을 맡았을 경우를 고려해 봐야 했다.

그러나 실제로 우키타 히데이에는 1만 명을 동원했을 뿐이었다. 반면 모리 데루모토는 3만 명을 동원했다. 범모리가로 치면 그 숫자는 더 늘어나 거의 4만 5천 명에 육박했다.

즉 병력과 물자를 가장 많이 동원한 영주가 총사령관을 임명받았어야 한다면, 그건 우키타 히데이에가 아니라 모리 가문의 모리 데루모토여야 했다.

그렇다면 답은 한 가지였다.

바로 우키타 히데이에가 도요토미 히데요시의 극진한 총애를 받은 덕에 그 후광으로 총사령관에 올랐단 뜻이었다.

우키타 히데이에는 도요토미 히데요시의 양자였다. 그냥 양자가 아니라, 우키타 히데이에의 친모가 도요토미 히데요시의 첩으로 들어가는 바람에 양자의 자격을 얻은 경우였다.

이런 배경을 가진 우키타 히데이에는 발언권이 약할 수밖에 없었다.

수십 년 동안 사선을 넘나들며 활약한 고바야카와 다카카게나 시마즈 요시히로 같은 영주의 눈에는 우키타 히데이에가 양부의 후광을 업은 애송이로 보였을 것이다.

이런 문제로 인해 군사 감독관을 맡아 조선에 건너온 문관인 이시다 미쓰나리가 왜군 전체를 조율하기에 이르렀다.

문제는 이 이시다 미쓰나리가 후쿠시마 마사노리, 구로다 나가마사, 호소카와 타다오키와 같은 무단파와 여러 가지 이유로 갈등을 빚었다는 점에 있었다.

총사령관의 통솔력이 약한 상황에서 사람들과 친화적이지 못한 성격을 지닌 이시다 미쓰나리가 성격이 불같은 무장들을 통제하다 보니 갈등의 골은 점점 깊어져 손쓸 수 없는 지경에까지 이르렀다.

즉 개판 5분 전인 상황이었다. 아니, 어찌 보면 이미 개판이라 할 수 있었다.

이준성은 이런 정보를 바탕으로 이시다 미쓰나리가 우키타 히데이에 뒤에서 공성 작전을 주도했을 테지만, 무단파가 크게 반발하는 바람에 공격이 이루어지지 않는 거라 예상했다.

조선에서 세운 전공의 크기에 따라 귀국했을 때 도요토미 히데요시가 하사하는 영지의 규모가 달라지기 때문에 무단파 영주들은 자기들이 활약할 기회를 더 원할 테지만, 무단파와 갈등의 골이 깊은 이시다 미쓰나리는 자기와 친한 우키타 히데이에, 고니시 유키나카, 오타니 요시쓰구와 같은 자들에게 중요한 공격을 맡겼을 가능성이 현재로선 높았다.

이준성은 그 틈을 미진한 부분을 보완하는 데 이용했다. 목책은 더 높게, 참호는 더 단단하게, 함정은 더 교묘하게 만들었다. 왜군은 그로부터 3일이 더 지난 후에야 공성에 나섰다.

이시다 미쓰나리는 군사적인 재능이 형편없단 평가가 지배적이지만 행주대첩의 굴욕적인 패배로 교훈은 하나 얻은 듯했다.

바로 행주대첩에서처럼 병력을 축차투입하면 손실이 늘어나 점점 감당할 수 없는 지경에 이른단 교훈이었다.

물론 방어하는 아시온 사단 입장에선 그리 반가운 일이 아니었다. 야산 둘레가 넓지 않아 전 병력을 한 번에 동원하진 못하지만 최소 1만에 이르는 병력이 전 전선을 공격해 왔다.

이준성은 성 정상에 설치한 망루에 올라가 전황을 지켜보았다. 그에게는 인드라망이 있어 시야에 제한을 받지 않았다.

마침내 왜군 선두가 전혀 방해를 받지 않은 상태에서 천룡의 성 사방을 맹렬히 들이쳤다.

전황은 평범하게 흘러갔다. 아시온 사단은 3미터 높이의 목책 위에서 활과 조총을 쏘며 왜군을 저지했다. 왜군 역시 활과 조총을 쏘며 반격했다.

다른 점이 한 가지 있다면 왜군은 그 틈에 목책에 달라붙어 밧줄, 사다리와 같은 공성용 무기로 목책을 넘으려 들었다.

망루 위에서 인드라망으로 전황을 지켜보던 이준성은 왜
군이 우세를 점한 곳에 예비 병력을 투입해 상황을 역전시켰
다. 그렇게 치열한 공방이 펼쳐졌고, 승리의 추는 어느 한쪽
으로 쉽게 기울지 않았다.

결국 전투개시 첫날은 서로 전력을 탐색하는 선에서 그쳤
다. 그로부터 닷새 동안, 아시온 사단과 왜군의 전투는 첫날
과 비슷한 양상을 보이며 흘러갔다.

가끔 왜군 정예부대가 목책을 넘어와 3선 참호까지 돌파하
기는 했지만, 아시온 사단이 재빨리 반격해 왜군을 몰아냈다.

전투가 벌어진 지 엿새째 되던 날 밤, 이준성은 지휘관을
소집해 물었다.

"지금까지 입은 아군 손실은 어떻소?"

사단 참모 지달원이 병력 피해를 집계해 보고했다.

"엿새 동안 벌어진 전투에서 발생한 사상자는 총 1,211명
입니다. 사상자 중에 부상자가 많기는 하지만, 도검에 부상당
한 부상자보다 조총 탄환에 맞은 부상자가 훨씬 많아 이번 전
투 동안 전선에 복귀하는 것은 사실상 불가능합니다."

"무기 재고는?"

지달원은 서류를 몇 장 넘긴 다음에 보고를 이어 갔다.

"이상 없습니다. 작전 계획대로 충분한 재고를 유지 중입
니다."

이준성은 지휘관들을 바라보며 주의를 주었다.

"지금까지의 양상을 고려하면 내일쯤엔 왜군 주력이 본격적으로 나설 거라 생각하오. 지금까지 했던 전투보다 훨씬 치열해질 가능성이 높으니 각 부대 지휘관들은 병사들의 사기와 체력이 떨어지지 않게 각별히 유념하도록 하시오."

"예!"

지휘관들은 맡은 부대에 돌아가 내일 전투에 대비했다.

이준성의 예상은 정확히 맞아떨어졌다.

다음날, 왜군 주력이 본격적인 공성에 나섰다.

어제보다 거의 두 배에 달하는 조총 탄환과 화살이 날아듦과 동시에 왜군이 지축을 흔드는 함성을 내지르며 전 전선에 걸쳐 맹공을 퍼부었다. 그날 정오에는 결국 왜군 일부가 북쪽 목책을 넘어와 3선 참호까지 점령하는 데 성공했다.

이준성은 급히 명령을 내렸다.

"천마대대를 내보내 왜군을 빨리 몰아내라!"

잠시 후, 예비대로 남아 있던 천마대대가 성 안에 만들어 놓은 기병용 도로를 따라 내달려 위기에 처한 북쪽 전선을 구원했다. 중기병 2,000명은 왜군 보병 부대에게는 확실히 천적과 같아 거의 무너졌던 전선을 다시 안정시키는 데 성공했다.

그러나 이를 지켜보는 이준성의 표정은 그리 밝지 않았다. 몇 장 없는 히든카드 중 한 장을 개전 초기에 소진한 것이다.

왜군은 오후에 공성 방법을 바꾸었다.

바람이 남쪽에서 북쪽으로 강하게 분다는 사실을 눈치 챈 왜군은 남쪽 전선에 궁병을 도열시킨 뒤 불화살을 쏘았다.

곧 불화살 수백 발이 천룡의 성 남쪽 전선 위에 떨어졌다. 왜군의 화공에 대비해 성 안에 있는 나무와 풀, 관목, 낙엽 등을 싹 치워 놓기는 했지만 강풍을 등에 업은 불화살은 위력이 대단해 남쪽 전선 전체에 연기와 불꽃이 크게 일었다.

인드라망은 아주 뛰어난 조력자이지만 이런 상황에서는 별반 도움이 되지 않았다. 몸에 불이 붙은 부하들이 비명을 지르며 참호 밖으로 뛰어나오는 모습을 보는 건 전혀 즐겁지 않았다.

이준성은 예비부대로 하여금 미리 준비해 둔 소화수로 화재를 진압하게 했다. 그러나 강풍을 등에 업은 불길은 쉽게 꺼지지 않아 남쪽 전선 전체를 50미터 뒤로 물릴 수밖에 없었다.

간신히 그날 전투를 마감한 아시온 사단은 생각보다 큰 인적, 물적 피해에 낙담했다. 부상병을 수용하는 부상병동은 화상을 입은 병사들이 지르는 비명 때문에 조용할 때가 없었다.

그날 저녁, 왜군은 그들이 차지한 남쪽 목책에 공성탑을 여러 개 세웠다. 현장에서 급조한 공성탑이긴 하지만 높이가 15미터에 달해 공성탑 꼭대기에서 조총을 쏘면 이준성이 있는 망루 근처까지 도달할 만큼 아시온 사단에 위협적이었다.

더 큰 문제는 다음 날 새벽에 벌어졌다.

왜군은 지금까지 하지 않았던 야간공격을 기습적으로 감행해 북쪽 전선 일부를 점령하는 데 성공했다.

밤에는 전투가 없을 거라 예상해 휴식을 취하던 북쪽 전선의 병사들은 상당한 피해를 입은 상태에서 전선을 뒤로 물릴 수밖에 없었다.

이젠 왜군이 남쪽과 북쪽을 점령해 요새의 이점을 거의 상실한 상황이나 마찬가지였다. 상황이 심각한 곳은 3선 참호를 왜군에게 내준 다음 2선 참호로 후퇴해 전선을 형성했다.

이준성은 새벽 일찍 망루에 올라가 전선을 둘러보았다. 새벽 산안개가 끼어 있어 인드라망 적외선 모드를 가동했다. 곧 북쪽과 남쪽 안으로 돌파해 들어와 있는 왜군 공성탑이 보였다.

강문우가 물었다.

"어떻게 하시겠습니까?"

"힘들겠지만 어떻게든 오늘 하루만 더 버텨 봅시다."

"북쪽과 남쪽 전선을 돌파한 왜군이 측면으로 기동해 퇴로를 막아 버리면 동쪽과 서쪽을 지키는 아군이 갇힐 위험이 있습니다. 그러면 포위당해 병사 수천 명이 죽어 나갈 겁니다."

이준성은 고개를 끄덕였다.

"알고 있소. 그러나 우린 도박을 해야 하오. 우리가 이번

기회를 놓치면 왜군은 자라가 등껍데기에 머리를 감추듯 왜
성으로 돌아가 방비를 단단히 할 거요. 그럼 우린 끝이오. 수
군이 왜군 탈출로를 막아 주는 기적이 일어나지 않는 한, 몇
년이 걸릴지 모르는 공성 작전을 벌여야 하오. 아마 수만 명
이 죽어 나가겠지. 난 그런 상황을 견딜 자신이 없소."

강문우는 여전히 걱정을 떨쳐 버리지 못하는 모습이었다.

"전쟁에서 도박보다 위험한 작전은 없습니다."

"난 내 생각을 바꾸지 않을 작정이오."

한숨을 내쉰 강문우는 고개를 끄덕이며 돌아갔다.

그날 벌어진 전투는 치열하다 못해 끔찍했다.

남쪽을 점령한 왜군은 동쪽으로 기동해 동쪽 전선을 지키
는 아군 퇴로를 차단하려 들었다. 또 북쪽을 점령한 왜군은
서쪽으로 기동해 서쪽 전선을 지키는 아군을 포위하려 들었
다.

이준성은 예비전력 일부를 급파해 어떻게 해서든 동쪽과
서쪽 전선에 남은 아군이 포위당하는 일이 없도록 만들었다.

지금까지 발생한 양측 사상자의 두 배에 이르는 사상자가
그날 전투에서 발생했다. 아시온 사단의 결사적인 방어에 기
가 질린 왜군은 결국 그날 저녁 더 이상의 공격을 포기했다.

아시온 사단은 동쪽과 서쪽 전선에 실낱같은 숨통을 뚫
어 놓은 상태에서 전투를 마쳐 간신히 패배의 늪에서 벗어났
다.

다음 날 새벽, 강주봉의 도움을 받아 투구와 갑옷을 착용한 이준성은 망루에 검은색 깃발을 걸라는 명령을 내렸다.

　검은색 깃발은 반격의 봉화를 뜻했다.

　아시온 사단 병사들은 곧 있을 최대 규모의 전투를 위해 갑옷과 투구를 고쳐 썼으며 무기에 묻은 피를 벗겨 냈다. 또 물과 음식을 배불리 먹어 에너지를 비축했으며 충분한 휴식을 취해 떨어진 체력을 보충했다. 모든 준비를 끝낸 그들에게는 명령에 따라 적진으로 돌격하는 일만이 남아 있었다.

독재자

5장. 반격의 봉화

　왜군이 4배가량 더 많다곤 하지만 아시온 사단이 개전 이래 형편없이 밀린 이유는 적보다 숫자가 적어서가 아니었다.

　아시온 사단은 지금까지 치른 모든 전투에서 왜군보다 숫자가 많은 적이 없었다. 또 공성보다 농성하는 쪽이 훨씬 유리하단 점을 감안하면 분명 의외의 상황이 아닐 수 없었다.

　그러나 그 이유는 예상 외로 간단했다. 바로 아시온 사단이 지금까지는 전력을 다하지 않았기 때문이었다.

　아니, 엄밀히 말하면 전투에 참가한 병사들은 죽을힘을 다해 싸웠지만 사단이 가진 전력을 모두 동원하며 싸우진 않았단 뜻이었다.

이른 새벽, 이준성은 잠이 덜 깬 흑표의 얼굴을 쓰다듬었다.

"오늘 활약하면 말 농장에 보내서 예쁜 암말과 결혼시켜주마."

이준성을 말을 알아들었는지는 모르겠지만 반쯤 감겨 있던 흑표의 눈이 번쩍 뜨였다.

말을 관리하는 사육사에 따르면 흑표는 이제 다섯 살이었다. 슬슬 자식을 볼 시기였다. 흑표처럼 뛰어난 군마라면 자식들 역시 아주 형편없진 않을 거란 예감이 들었다.

이준성은 흑표가 흥분해 울기 전에 얼른 재갈을 물렸다. 흑표는 재갈이 마음에 들지 않는 듯 이빨로 몇 번 깨물었지만 난동을 부리거나 하지는 않았다.

흑표의 고삐를 쥔 이준성은 성에 짙게 내려앉은 산안개 속으로 걸어 들어갔다. 그가 걸어가는 방향은 동쪽 전선이었다.

동쪽 전선은 어제 성 남쪽을 점령한 왜군에 의해 포위당하기 직전까지 몰렸었다. 성 남쪽을 점령한 왜군은 동쪽으로 기동해 동쪽 전선을 지키는 백랑연대의 후위를 차단하려 들었다.

만약 왜군의 시도가 성공해 후위를 완벽히 차단당했다면, 백랑연대는 꼼짝없이 갇혀 지금쯤 전멸했을 것이다.

능선에 내려앉은 짙은 산안개를 은폐물로 삼아 동쪽 전선에 도착한 이준성은 곧 두 명의 지휘관과 만났다.

한 명은 동쪽 전선의 책임자인 백랑연대의 신임 연대장 유응수였다.

유응수는 나이가 이제 20대 중반에 불과하지만 일군을 이끌 능력이 충분했다. 성격은 아주 냉정한 편이었다. 냉정하기가 북극 얼음보다 차가워 당황하는 법이 없는 사내였다.

천마연대장 원충서가 폭발적인 4번 타자라면, 유응수는 무사 만루 상황에서 당황하는 법이 없는 강심장을 지닌 투수였다.

유응수 옆에는 역공의 한 축을 담당할 비룡연대장 하구로가 서 있었다.

원래 비룡연대 흑룡중대장을 맡았었던 하구로였지만, 경상도로 내려올 때 이준성은 하구로를 비룡연대 연대장으로 진급시킨 뒤 그에게 비룡연대의 지휘권을 위임했다.

공석인 비룡연대 흑룡대대장엔 항왜인 우메즈를 앉혔다.

하구로가 절도 있게 군례를 취했다.

"오셨습니까?"

이준성은 하구로의 어깨를 툭 치며 웃었다.

"그사이 우리말이 많이 늘었군. 전에는 영 알아먹기 힘들어서 고역이었는데, 이젠 일단 무슨 말을 하는지는 알 수 있겠어."

하구로가 쑥스러운 듯 얼굴을 붉혔다.

슈메, 하구로, 카네 이 세 명은 이준성이 대호골에 있을 때부터 따르던 항왜였다. 하구로와 슈메는 우리말을 할 줄 아는 카네에게 말을 배워 지금은 다른 항왜에게 가르쳐 주는 수준까지 와 있었다.

이준성은 유웅수와 하구로를 보며 물었다.

"준비는?"

유웅수와 하구로가 동시에 대답했다.

"모두 끝났습니다."

이준성은 단단히 주의를 주었다.

"명심해라. 이건 어렸을 때 하던 꼬리잡기랑 비슷한 거야. 속도만 조절하면 술래를 함정으로 쉽게 몰아넣을 수가 있지."

"예."

대답하는 두 사람을 보며 고개를 끄덕인 이준성은 흑표 위에 올라탔다. 곧 그 주위로 비룡연대 흑룡대대 기병이 집결했다. 흑룡중대가 인원이 500명으로 늘어난 후엔 흑룡대대라는 이름으로 바뀌었다.

물론 그들의 임무는 동일했다. 이준성의 근위대로서 목숨 바쳐 주군을 호위하는 임무였다.

이준성은 뒤를 돌아보았다.

흑룡대대를 지휘하는 우메즈가 그를 향해 머리를 숙여보였다. 자신들은 적에게 돌격할 준비가 모두 끝났다는 의미였다.

그런 흑룡대대 뒤로 마사카츠가 지휘하는 청룡대대, 진에 몬 형제가 지휘하는 적룡대대, 강억필 형제가 지휘하는 백룡 대대, 이유일이 지휘하는 황룡대대가 순서대로 자리를 잡았 다.

비룡연대장 하구로는 300여 명으로 이루어진 금룡대대에 둘러싸여 비룡연대 제일 끄트머리로 이동했다. 금룡대대는 연대장 하구로를 호위하며 연대 사령부의 역할을 하는 부대 였다.

비룡연대가 진형을 잡는 동안, 유웅수는 북쪽으로 올라가 그곳에 대기하던 백랑연대 정예병의 준비를 다시 점검했다.

이준성이 비룡연대, 백랑연대와 동쪽 전선에서 하는 일을 강문우가 서쪽 전선에서 천마연대, 흑표연대와 하는 중이었 다.

물론 그들의 목표는 왜군이 차지한 북쪽 전선이었다. 즉 이준성이 남쪽 전선을, 강문우가 북쪽 전선을 나눠 맡았다.

이준성은 성 사방에 쉴 새 없이 전령을 보내 준비 상태를 점검했다. 전령 수십 명이 백랑연대, 천마연대, 흑표연대, 천 궁연대, 금강연대, 자유연대를 돌아다니며 이준성이 내린 명 령을 수행했다.

자유연대는 경상도에 도착해 새로 창설한 연대였다. 이름 에서 알 수 있듯 노비로 이루어져 있었다.

이준성이 신분제를 철폐할 거란 공약을 선전했을 때, 당연히 팔도의 노비들이 가장 크게 이 공약을 반겼다.

16세기 말엽인 지금은 노비법이 가장 엄격할 때였다. 세조가 경국대전에 집어넣은 국법에 따라 부모 중 한 명이 노비면 자식은 무조건 노비였다.

아버지의 신분에 따르는 종부법은 조선 초기에, 어머니의 신분을 따르는 종모법은 조선 후기에 시행했기 때문에 그 중간에 해당하는 16세기 말엽인 지금은 노비법이 가장 엄격한 시기였다.

한데 시간이 지날수록 양인과 노비가 신분을 넘어 혼인하는 양천교혼이 증가하는 추세여서 노비의 수가 양인의 수를 위협할 지경에 이르렀다.

기록에 따르면 몇십 년 후인 17세기에는 전체 인구에서 노비가 차지하는 비율이 30에서 40퍼센트에 이르렀다. 다시 말해 전체 인구의 3분의 1이 노비란 소리였다.

한데 문제는 노비가 주인의 소유물에 해당해 국민이 지켜야 할 의무에서 모두 면제받는다는 점에 있었다.

즉 노비는 납세, 국방의 의무가 없었다. 전체 인구의 3분의 1이 세금을 내지 않으며 국방의 의무까지 하지 않는데 나라가 제대로 돌아갈 턱이 없었다.

그에 조선은 부랴부랴 노비법을 완화하는 노력을 하지만 18세기 초에 들어서야 제대로 정착되었다.

이준성은 은호대대를 시켜 신분제 철폐 공약을 은밀히 선전했지만, 불과 1달이란 짧은 시간에 모여든 노비 출신 자원병이 3,000명을 상회했다.

그만큼 조선에 노비의 숫자가 많으며 또 그만큼 자유를 갈망하는 노비 역시 많다는 뜻이었다.

그는 황급히 황돈대대가 생산한 무기를 노비 출신 자원병에게 쥐여 주어 무장시킨 뒤 그들을 자유연대에 배치했다.

이준성은 전령의 보고를 받으며 산안개가 걷히길 기다렸다. 마침내 해가 중천으로 움직이기 시작했을 때, 높아진 기온으로 인해 산안개가 걷히며 전장이 일목요연하게 드러났다.

이준성은 동쪽 전선을 지키는 백랑연대와 서쪽 전선을 지키는 흑표연대에게 왜군을 깊숙이 유인하라는 명령은 내렸다.

이준성은 이내 동쪽 전선에서 남쪽으로 달려 나가 그곳을 지키는 왜군과 충돌하는 백랑연대의 모습을 볼 수 있었다.

이미 승리를 확신한 왜군은 백랑연대의 공격을 우습게 여겼다. 막판에 몰린 아시온 사단이 최후의 발악을 하는 거라 여긴 듯했다.

실제로 전황은 최후의 발악처럼 흘러갔다. 처음에는 백랑연대가 왜군을 약간 밀어내는 듯싶었지만, 곧 왜군의 지원군이 합세하며 백랑연대를 다시 동쪽 전선으로 밀어냈다.

이준성은 초조한 눈빛으로 백랑연대의 위치를 살폈다.

백랑연대가 오스카상을 탄 배우처럼 연기를 잘해 줘야 왜군이 안전하다 느끼는 위치보다 더 깊이 그들을 끌어들일 수 있었다.

이준성은 마침내 백랑연대 후위가 왜군을 꼬리에 매단 상태에서 그가 마음속으로 정한 라인을 넘는 모습을 보며 고개를 돌려 성 정상에 있는 망루를 관찰했다.

그러나 그가 원하는 표시는 보이지 않았다. 반대편 서쪽 전선에서는 작전이 예상대로 이루어지지 않았다는 의미였다. 그는 고민했다.

동쪽과 서쪽 전선이 쌍둥이처럼 움직이지 않으면 작전에 차질을 빚을 위험이 있었다. 그는 역시 작전은 작전일 뿐이라는 생각이 들었다. 책상머리에 앉아 아무리 고민해 작전을 세운들, 실전에 들어가면 5분 만에 박살 나는 게 작전이었다.

이준성은 결단을 내렸다.

"동쪽을 맡은 부대부터 제압사격을 실시해라!"

이준성의 명령을 받은 부관 강주봉은 즉시 노란색 깃발을 흔들었다.

잠시 후, 강주봉이 흔든 노란색 깃발을 발견한 망루 위의 통신병이 망루 동쪽과 남쪽 난간에 노란색 깃발을 내걸었다. 노란색 깃발은 모든 원거리 무기를 가동하란 신호였다.

그러나 망루 동쪽과 남쪽 난간에만 깃발이 올라왔기 때문에 서쪽과 북쪽에서는 이번 명령을 따르지 않았다.

곧 성 동쪽과 남쪽에 배치한 비룡연대, 백랑연대, 금강연대가 순차적으로 보유한 원거리 무기를 전부 쏟아부었다. 지금까지 꽁꽁 숨겨 두었던 각궁과 왜의 장궁, 조총 등이 일제히 화살과 탄환을 발사했다.

물리적인 양을 정확히 계산하기는 불가능하지만, 개전 초기와 비교하면 거의 두 배, 세 배에 이르는 양이었다.

이는 한 가지 사실을 의미했다. 아시온 사단이 일부러 전력을 감춰 둔 상태에서 싸웠단 뜻이었다.

사방에서 빗발치듯 날아드는 조총 탄환이 왜군의 살과 그들이 입은 갑옷을 관통하며 치명상을 안겼다. 광사 1호로 발사한 탄환은 흑색화약으로 쏘던 탄환보다 위력이 월등했다.

조총 탄환에 직격당한 왜군 외곽부대가 도미노처럼 무너졌다. 그러나 진정한 지옥은 이제부터 시작이었다. 각궁과 노획한 장궁으로 쏜 화살이 포물선을 그리며 쏟아져 내렸다.

왜군 입장에서 보면 앞과 옆에서는 조총 탄환이, 머리 위에서는 화살이 새카맣게 쏟아지는 형국이었다.

왜군 역시 급히 조총 부대와 궁병 부대를 내보내 반격을 시도했다. 그러나 아시온 사단 병사들이 더 먼 거리에서, 더 유리한 고지를 차지한 상태에서 조총과 활을 발사하는 바람에 오히려 투입한 조총 부대와 궁병 부대가 보병보다 빨리 죽어나갔다.

이준성은 부하들이 원거리 무기로 왜군을 압도하는 모습을 지켜보다가 고개를 돌려 망루를 관찰했다. 망루 지붕에 파란색 깃발이 걸려 있었다. 이준성은 속으로 조용히 환호했다.

파란색 깃발은 북쪽을 점령한 왜군을 유인하기로 한 명회의 흑표연대가 유인에 성공했다는 표시였다.

이준성은 즉시 동쪽과 남쪽에만 걸어 두었던 노란색 깃발을 서쪽과 북쪽까지 확장하란 명령을 내렸다. 잠시 후, 성 서쪽과 북쪽에 주둔한 흑표연대, 천마연대, 자유연대가 활과 조총을 쏘았다.

그때, 조총을 쏘던 백랑연대 조총병이 바닥을 뒹굴었다. 왜군이 개미떼처럼 달라붙은 공성탑 안에서 탄환과 화살이 날아들었던 것이다.

이준성은 지체 없이 명령했다.

"천궁연대에게 포신이 녹을 때까지 계속 쏘란 명령을 내려라!"

잠시 후, 천궁대대가 발사한 유성 2호가 소름끼치는 포성을 내며 날아올랐다가 포물선을 그리며 왜군 위에 떨어졌다.

펑펑펑펑!

지면에 작렬한 유성 2호가 폭발하며 사방에 불꽃과 쇳조각을 토해 냈다. 불꽃은 곧 공성탑으로 옮겨 붙었으며 쇳조각은 공성탑 안과 밖에 있는 왜군의 사지를 무참히 찢어발겼다.

유성 2호 일부는 운 좋게 공성탑 안에 떨어져 폭발했다. 곧 불이 붙은 왜군이 비명을 지르며 공성탑 밖으로 뛰어내렸다.

그때, 망루 지붕 꼭대기에 하얀색 깃발이 내걸렸다.

하얀색 깃발은 왜군이 지원군을 성 안으로 밀어 넣었단 뜻이었다. 아시온 사단의 강력한 반격에 당황한 왜군 수뇌부가 황급히 남은 예비부대를 전부 성 안에 밀어 넣은 것이다.

이는 왜군의 돌이킬 수 없는 실책이었다.

이준성은 왜군이 병력을 전부 밀어 넣기를 기다렸던 것이다.

철컥!

이준성은 투구에 달린 바이저를 밑으로 내렸다.

"가자!"

소리친 이준성은 왜군 측면으로 가장 먼저 돌격해 들어갔다.

왜군 역시 100년 동안 전쟁만 해 온 전쟁의 귀신이었다. 이런 상황에서는 측면이 가장 위험하단 사실을 모를 리 없었다.

왜군은 측면에 나타난 이준성과 흑룡대대 중기병 500명을 저지하기 위해 조총 부대와 궁병 부대를 보내 방어를 강화했다. 조총 부대와 궁병 부대 뒤에는 다시 장창 부대를 배치해 거의 2, 3중에 가까운 완벽한 대기병 체제를 갖추어 놓았다.

한편, 왜군 측면으로 돌격해 들어가는 이준성의 왼손에는 횃불이 들려 있었다. 전에는 달군 숯을 말안장 통에 넣어 사용했지만, 실전에서는 사용이 쉽지 않단 결과가 나오는 바람에 돌입할 때 아예 횃불을 가져가는 방법으로 선회했다.

이준성은 인드라망으로 100여 미터 거리에 있는 왜군 측면 방어 부대가 조총을 조준하는 모습을 보았다. 횡대로 길게 늘어선 조총병의 숫자는 대략 600에서 700명으로 보였다.

탄환 대부분은 그 뒤를 바짝 쫓아오는 우메즈의 흑룡대대 기병에게 날아갈 테지만 그 역시 적지 않은 탄환에 맞을 각오를 해야 했다. 그러나 그는 그리해 줄 생각이 전혀 없었다.

이준성은 오른손으로 안장 가죽 주머니에 들어 있는 운룡 1호 5개를 꺼냈다.

명칭은 거창하지만 사실 운룡 1호는 별것 아니었다. 흑색 화약으로 만든 천뢰 1호에 발연제, 즉 연기를 많이 나게 하는 재료를 섞어 제작한 조잡한 연막탄이었다.

이준성은 조총 유효사거리 안으로 들어갔을 즈음, 재빨리 횃불로 운룡 1호 도화선에 불을 붙여 앞으로 던졌다.

공중에서 폭발한 운룡 1호가 사방으로 짙은 연기를 뿜어냈다. 인드라망 시스템을 보유한 그는 연기에 제약을 받지 않지만 조준을 해야 하는 왜군 조총병은 당황할 수밖에 없었다.

곧이어 흑룡대대 기병 500명이 일제히 투척한 운룡 1호가 그들과 왜군 조총 부대 사이에 떨어지며 연기가 피어올랐다.

연기 속에 숨어 버린 이준성과 흑룡대대 기병을 보며 당황한 표정을 짓던 왜군 지휘관은 말발굽 소리가 지척에서 들린 후에야 황급히 발사 명령을 내렸다.

이준성은 급히 상체를 낮춰 흑표 뒤에 숨으며 속도를 높였다. 조총 탄환 하나가 흑표의 머리를 맞췄지만, 흑표 역시 약간 움찔했을 뿐 다리를 멈추진 않았다. 운 좋게 도탄이 일어나 관통하진 않았던 것이다.

이준성은 뒤를 힐끔 돌아보았다.

흑룡대대 기병 30명이 이번 일제사격에 당해 쓰러졌다. 그러나 피해는 그뿐이었다. 가뜩이나 명중률이 형편없는 조총으로 연막 속에 숨어 접근하는 그들을 정확히 쏘긴 어려웠다.

운룡 1호가 만들어 낸 연기에 왜군 조총 부대가 조총을 쏠 때 발생한 연기가 더해져 마치 짙은 안개가 내려앉은 듯했다.

왜군 조총 부대는 그 안개 속에서 점점 크게 들려오는 기병의 말발굽 소리를 들으며 공포에 질려 눈이 점점 커져 갔다.

그나마 왜군 지휘관은 부하들보다 훨씬 냉정한 편이었다. 그는 재빨리 조총 부대를 뒤로 물린 뒤 장창 부대를 앞에 세웠다. 조총이 실패했기 때문에 이젠 장창으로 막아야 했다.

그러나 왜군 조총 부대와 장창 부대가 교차하는 바로 그 시점에 이준성은 이미 30여 미터까지 거리를 좁힌 상황이었다.

"오는 게 있으면 가는 것 역시 있는 법이지. 아니, 지금 이 상황은 되로 주고 말로 받는단 표현이 더 맞을지 모르겠군."

오른손으로 천뢰 2호를 꺼내 든 이준성은 왼손에 쥔 횃불로 천뢰 2호 도화선에 불을 붙인 다음 30미터 앞으로 던졌다.

천뢰 2호가 왜군 머리 위에서 폭발하며 달궈진 쇳조각을 사방으로 토해 냈고, 폭발 반경에 있는 왜군이 비명을 지르며 나자빠졌다. 이준성은 가죽 주머니에 들어 있는 천뢰 2호 10여 개를 전부 던진 다음에 횃불까지 던져 손을 비웠다.

퍼퍼퍼펑!

천뢰 2호가 쉴 새 없이 폭발하며 왜군의 혼을 쏙 빼놓았다. 당황해 흩어지는 부하들을 왜군 지휘관이 다시 도열시켰을 때는 이준성이 이미 그들 측면 바로 앞에 당도해 있었다.

운룡 1호와 천뢰 2호 덕분에 조총과 같은 원거리 무기의 방해를 크게 받지 않은 상태에서 측면에 도착한 이준성은 등에 사선으로 비껴 찬 언월도를 뽑아 양손으로 힘차게 베어 갔다.

언월도는 장창을 든 왜군 두 명의 몸통을 반으로 갈라놓았다.

이준성은 반대편에서 찔러 들어오는 창 세 자루를 허리를 젖혀 피해 낸 다음 다시 한 번 언월도로 아랫부분을 베어 갔다. 언월도가 이번에는 창병 세 명의 허리를 연속으로 갈랐다.

그때, 이준성을 바짝 쫓아오던 흑룡대대 기병이 천뢰 2호를 던지며 돌격했다. 이준성은 흑표를 뒤로 당겨 폭발 범위를 벗어났다. 귀청을 찢는 폭음이 쉴 새 없이 울리며 왜군 측면을 방어하던 방어 부대가 천뢰 2호 폭발에 찢겨나갔다.

흑표의 기수를 다시 돌린 이준성은 천뢰 2호의 폭발 충격에서 아직 벗어나지 못한 왜군 속으로 돌진해 들어갔다.

왼쪽에 서 있는 왜군의 얼굴에 왜도를 찔러 넣은 그는 오른손에 쥔 언월도를 들어 올려 오른쪽에서 달려드는 왜군의 머리에 내리쳤다. 왜군은 투구와 머리가 동시에 쪼개져 즉사했다.

이준성을 본 왜군은 시노카미라 외치며 두려움에 떨었다. 시노카미는 왜군이 이준성을 부르는 별명으로 죽음의 신이란 뜻이었다.

이준성의 무지막지한 덩치와 그가 애용하는 언월도는 그의 트레이드 마크와 같았다. 중갑옷으로 온몸을 가린 상태였지만 왜군은 그를 단번에 알아볼 수 있었다.

흑룡대대 기병 500기의 활약 역시 만만치 않았다. 적진에 뛰어든 그들은 왜군을 군마로 들이받으며 앞으로 돌진했다.

물론 대미를 장식한 부대는 하구로가 지휘하는 비룡연대 주력이었다. 청룡대대, 적룡대대, 백룡대대, 황룡대대 병사들은 다이아몬드 형태로 진형을 구성한 다음, 흑룡대대가 만들어 놓은 틈으로 쏟아져 들어와 왜군 측면을 점령해 들어갔다.

이는 마치 전격전을 연상시켰다.

전격전을 하려면 제공권을 가진 공군이 있어야 하지만 16세기 말엽인 지금은 공군이 필요 없기 때문에 기갑 부대 역할을 하는 흑룡대대 중기병과 기계화 부대, 보병 부대 역할을 하는 비룡연대 주력만 있으면 흡사한 효과를 낼 수 있었다.

전격전의 백미는 이동이 느린 보병 부대를 포위하는 데 있었다.

이준성은 포위를 완성하기 위해 끊임없이 돌파했다. 앞을 가로막는 왜군을 쉼 없이 베어 가며 300여 미터를 전진했을 때, 마침내 남쪽으로 들어온 왜군을 포위하는 데 성공했다.

흑표를 멈춰 세운 이준성은 하구로를 불러 명령했다.

"비룡연대는 이곳에 저지선을 구축해라!"

비룡연대장 하구로는 즉시 경험이 가장 많은 청룡대대와 적룡대대 두 부대를 내보내 남쪽 전선에 저지선을 구축했다.

성 안에 갇힌 왜군은 저지선을 돌파해 밖으로 도망치려 들었다. 또 성 밖에 있는 왜군은 저지선을 돌파해 안에 갇힌 동료들을 구해 내려 들었다. 하지만 청룡대대와 적룡대대 두 부대는 앞뒤로 포위당한 상황에서 자리를 끝까지 사수했다.

이준성은 하구로에게 다시 명령을 내렸다.

"놈들을 태워 버려라!"

"예!"

힘차게 대답한 하구로는 병사들에게 불화살을 쏘게 했다. 곧 불화살 수백 발이 남쪽 전선 전체에 불벼락을 쏟아부었다.

불화살에 맞은 왜군은 비명을 지르며 바닥을 데굴데굴 굴렀다. 그러나 그들의 고통은 거기서 끝나지 않았다.

불화살이 개전 초기에 매설해 둔 지뢰 2호의 도화선에 불을 붙였다. 곧 지뢰 2호가 연달아 폭발하며 왜군의 진입을 차단했다.

그러나 지뢰 2호가 만든 불은 자연적으로 꺼지든, 사람 손에 의해 꺼지든 꺼질 수밖에 없어 추가적인 조치가 필요했다. 이준성은 천궁연대장 김국신에게 엄호 포격을 명령했다.

잠시 후, 천궁연대가 쏘아올린 유성 2호가 남쪽 전선에 떨어져 불을 끄며 안으로 들어오려는 왜군을 또다시 저지했다.

포병의 기술 수준과 화포의 성능이 아직 정밀하지 못한 탓에 유성 2호 일부는 아군 머리에 떨어졌지만 전선을 수비하는 비룡연대 병사들은 물러서는 법 없이 위치를 사수했다.

비룡연대로 남쪽 전선을 차단하는 데 성공한 이준성은 위에 있는 백랑연대와 금강연대에 전령을 보내 안에 갇힌 왜군을 차근차근 조여 가게 했다.

성 안에 갇힌 왜군은 필사적으로 저항했지만 화살과 탄환, 천뢰 2호가 쉴 새 없이 날아드는 통에 시간이 지날수록 사기가 뚝뚝 떨어지는 중이었다.

인드라망으로 전황을 살펴본 이준성은 고개를 끄덕였다.

큰 사고가 일어나지 않는 한, 남쪽에 갇힌 왜군은 항복과 전멸 둘 중 하나를 택해야 했다. 이제 남쪽은 정리 단계에 있었다.

이준성은 고개를 들어 성 정상의 망루를 보았다.

망루 지붕에는 북쪽 전선을 맡은 강문우의 천마연대, 흑표연대, 자유연대의 정보가 올라와 있었는데, 아직 포위에 성공하지 못한 듯 지붕에 걸어 둔 깃발에 변화가 보이지 않았다.

"빌어먹을! 북쪽은 왜 이렇게 꾸물대는 거야!"

이준성은 흑표를 몰아 서쪽 전선으로 달려갔다.

서쪽 전선에서 출발해 북쪽 전선을 차단하기로 한 원충서의 천마연대는 중간에 갇혀 왜군과 치열한 접전을 벌이는 중이었다.

위에서 내려오는 명회의 흑표연대 역시 제몫을 다하는 중이지만, 급조한 자유연대가 밀리는 바람에 전선이 뒤죽박죽이었다. 이준성은 급히 천마연대 쪽으로 달려갔다.

올 때 흑룡대대만 데려왔기 때문에 남쪽 전선에 구멍이 뚫리는 일은 발생하지 않았다.

이준성은 400여 기로 줄어든 흑룡대대를 앞세워 왜군에 막힌 천마연대를 지원하기 시작했다.

이준성을 본 원충서가 호기롭게 외쳤다.

"하하. 조금만 더 참지 그러셨습니까? 장군님이 조금만 늦게 오셨으면 우리 애들이 북쪽 전선을 돌파했을 텐데 말입니다!"

"내가 안 왔으면 돌파하는 데 백만 년은 더 걸렸겠지!"

대답한 이준성은 앞으로 달려 나가 언월도를 크게 휘둘렀다. 왜군 서너 명이 한 뭉텅이로 잘려 나갔다.

그는 왜군을 베어 내며 북쪽으로 계속 돌파해 들어갔다. 그가 돌파해 들어가는 경로에 위치한 왜군은 시노카미라 소리치며 도망갔다.

이준성과 흑룡대대의 지원 덕분에 사기가 부쩍 오른 천마연대는 다시 힘을 내어 왜군을 뒤로 몰아붙였다.

거기다 명회가 지휘하는 흑표연대가 고전을 면치 못하는 자유연대의 몫까지 다한 덕분에 북쪽 전선을 거의 돌파하는 데 성공했다.

선두에 서서 전선을 돌파하던 이준성은 흑표의 속도를 줄였다. 앞서 달려간 흑룡대대 기병들이 마치 거대한 장애물에 막힌 것처럼 튕겨 나와 바닥을 뒹굴었다.

이준성은 인드라망으로 정면을 살펴보았다. 왜군 조총 부대가 능숙한 솜씨로 재장전을 마친 다음, 돌격하는 흑룡대대 기병을 조준했다.

다시 한 번 흑룡대대 기병들이 우르르 쓰러졌다.

이준성은 급히 왜군 조총 부대 뒤에 걸린 깃발을 보았다.

"타치바나 무네시게?"

그가 타치바나 무네시게의 정보를 확인할 때, 조총 부대의 총구가 한쪽으로 쏠리는 모습을 보았다. 조총 부대가 소수의 적을 집중 사격하여 반드시 죽이려 들 때 쓰는 방법이었다.

물론 그 소수의 적은 이준성 본인이었다.

"좆됐군!"

이준성은 급히 흑표의 말배를 차 조총의 조준을 피하려 했다.

그때, 총성 수십 발이 연속으로 울렸다. 이준성은 몸이 붕 뜨는 느낌을 받았다. 아니, 느낌이 아니라 실제로 떠올랐다.

쿵!

바닥에 떨어진 이준성은 비탈을 굴러 내려가며 옆을 보았다.

무릎을 꿇은 흑표가 다시 일어서기 위해 안간힘을 쓰다가 결국 모로 누워 더 이상 움직이지 않았다.

이준성은 옆에 있는 왜군 시체를 잡아 굴러가던 몸을 멈춰 세웠다. 큰 부상을 입은 듯 가슴과 배 부분이 불에 타는 듯이 화끈거렸다.

◆ ◈ ◆

타치바나 무네시게는 확실한 것을 좋아하는 성격이 분명했다. 그는 쓰러진 이준성을 콕 지목해 확인 사살을 명령했다. 곧 30여 개의 총구가 이준성을 향해 다시 한 번 모여들었다.

"씨발."

이준성은 급히 앞에 있는 왜군 시신 두 구를 끌어당겨 엄폐물로 삼은 다음, 그 뒤에 납작 엎드렸다. 거리가 아주 가까웠기 때문에 조총 탄환 20여 발이 시체에 박혔다. 다행히 흉갑을 걸친 시신 두 구를 완전히 관통한 탄환은 없었다.

이준성은 왜군의 동태를 살피며 유진을 불렀다.

"빨리 부상 상태를 점검해 줘."

-가슴에 박힌 탄환은 갑옷을 관통하지 않아 찰과상을 입히는 선에서 끝났습니다. 그러나 배에 박힌 탄환은 갑옷을 완전히 관통하는 바람에 피하 2센티미터 깊이에 박혀 있습니다.

"그럼 죽을 상처는 아니라는 거지?"

-지금까진 장기에 손상을 입은 징후는 보이지 않습니다만, 신속히 치료받지 않으면 감염으로 사망할 가능성이 있습니다.

"어쨌든 지금 당장 죽지는 않는다는 거 아냐?"

-그렇습니다.

"좋아, 이 개새끼들. 어디 한번 제대로 해보자고."

이준성은 바닥에 떨어져 있는 언월도를 주우며 상체를 조금 세웠다. 그때, 우메즈가 지휘하는 흑룡대대 기병이 타치바나 무네시게의 부하들에게 돌진하는 모습이 눈에 들어왔다.

"그만둬! 위험해!"

타치바나 무네시게의 부하들은 달려드는 흑룡대대 기병들

에게 조총과 활을 쏘았다. 흑룡대대 기병이 무수히 죽어 나갔다.

이준성은 급히 우메즈가 탄 군마를 찾았다.

우메즈는 조총 탄환과 화살을 피해 왜군에게 접근하는 데는 성공했지만 그 뒤에서 튀어나온 장창까지는 피하지 못했다.

우메즈가 잠시 멈칫하다가 바닥으로 떨어졌다. 그가 탄 군마는 그대로 달려 나가 왜군 몇 명을 들이받은 후에 쓰러졌다.

땅에 떨어진 우메즈가 비틀거리며 일어섰다. 몸 여기저기에 장창이 박혀 있었지만 장창이 중갑옷을 완전히 꿰뚫지는 못한 듯 그는 오른손에 쥔 왜도로 장창병 두 명을 베어 없앴다.

그러나 타치바나 무네시게의 부하들은 기병을 어떻게 하면 손쉽게 요리할 수 있는지 아는 듯했다.

갈고리로 우메즈의 다리를 걸어 넘어트린 다음, 장작을 패듯 우메즈의 얼굴과 목에 도끼질을 하였다.

곧 우메즈의 머리가 몸통에서 떨어져 나왔다. 참혹하게 잘린 우메즈의 머리가 성의 경사면을 따라 이준성이 있는 지점까지 데굴데굴 굴러 내려왔다.

이준성은 밑으로 굴러 내려가는 우메즈의 뒷머리를 잡은 다음, 뒤로 돌려 얼굴을 확인했다. 도끼로 여러 번 내리친 탓에 얼굴은 형태를 제대로 알아볼 수 없었다.

그는 우메즈의 머리를 그가 방패로 삼았던 왜군 시신 위에 올려놓았다.

"그곳에서 내가 네 복수를 어떻게 하는지 끝까지 지켜봐 다오."

벌떡 일어난 이준성은 왜군 시신 하나를 왼손으로 집어 들어 앞을 가렸다. 흑룡대대가 그를 구하기 위해 죽음의 돌격을 감행하던 중이기 때문에 그를 조준하는 조총은 그리 많지 않았다.

그는 방패로 삼은 왜군 시신을 앞세운 상태에서 왜군을 향해 돌격했다. 방패로 삼은 왜군 시신이 탄환에 맞아 몇 번 출렁이기는 했지만 그는 속도를 줄이지 않았다.

방패로 삼은 왜군 시신 뒤에서 상체를 잔뜩 숙인 자세로 달려가던 이준성은 곧 그를 찔러 오는 장창을 발견할 수 있었다.

장창 몇 개는 방패 밑으로 드러난 다리를 노려 왔다. 영리했다. 그러나 이준성은 그들이 생각지 못한 방법으로 대응했다.

이준성은 시신을 장창병에게 냅다 던진 다음 옆으로 크게 돌았다. 장창병이 찌른 창이 시신을 찢어발겼지만, 그는 이미 옆으로 돌아 나와 그들의 측면을 바라본 자세로 서 있었다.

장창병 몇 명이 놀라 부르짖었지만 이준성은 지체 없이 언월도를 휘둘렀다. 언월도에 왜군 대여섯 명의 몸통과 팔다리가 잘려 나갔다. 그러나 이 정도론 절대 만족할 수 없었다.

죽은 우메즈에게 맹세한 대로 장창 부대 안으로 뛰어들었다.

왜군 장창병의 평균 신장은 160센티미터 안팎이었다. 심지어 그보다 작은 장창병이 수두룩했다.

반면 이준성은 190센티미터의 신장에 100킬로그램에 가까운 체중을 지녔으며 유진 덕분에 신체 능력을 극대화하는 방법까지 터득했다. 또 중갑옷을 착용해 웬만한 도검으론 상처를 입지 않았다.

거리가 떨어져 있을 때는 조총으로 어떻게 해볼 수 있을 테지만 거리가 제로로 줄어든 지금은 양 우리에 뛰어든 늑대, 아니 호랑이와 다름없었다. 심지어 지금은 성난 호랑이였다.

이준성은 장창 부대를 헤집으며 미친 듯이 언월도를 휘둘렀다. 피와 살점, 내장 조각이 폭포수처럼 바닥으로 쏟아졌다.

사방에서 날아드는 장창을 언월도를 휘둘러 막아 낸 이준성은 상체를 숙이며 밑으로 언월도를 다시 한 번 휘둘러 갔다.

언월도가 갑옷을 입지 않은 왜군 대여섯 명의 다리를 잘라 냈다. 이준성은 다리가 잘려 바닥에 쓰러진 왜군을 굳이 처리하지 않았다. 어차피 그들은 죽을 운명이었다.

그는 장창 부대를 돌파해 조총 부대까지 사정거리 안에 두었다. 왜군 조총 부대는 다시 한 번 일제사격을 통해 그를 없애려 들었다.

심지어 이준성이 장창 부대와 섞여 있는 상황에서 조총을 쏘려 했다. 그를 죽일 수 있다면 장창 부대 몇백 명쯤은 희생할 수 있다는 뜻이었다.

그는 왼손으로 바닥에 쓰러진 왜군을 집어 들어 방패로 삼은 다음, 조총 부대를 향해 돌진했다.

그러나 이준성은 방패를 쓸 필요가 없었다.

살아남은 흑룡대대 기병이 마침내 왜군 중앙을 관통한 것이다.

이준성이 측면에서 왜군의 시선을 끌어 준 덕에 흑룡대대 기병 200여 기가 왜군 중앙을 관통해 조총 부대를 묵사발로 만들었다.

이번 전투로 대대장 우메즈와 200명에 달하는 전우를 잃은 흑룡대대 기병들은 악에 받쳐 적을 베어 갔다.

그때, 기병 하나가 주인을 잃은 군마 한 필을 그에게 가져왔다.

"이걸 타십시오!"

이준성은 흑룡대대 기병이 가져온 빈 군마에 올라탔다. 그러나 그 군마는 흑표처럼 힘이 세지 않아 그를 버거워하는 듯

한 모습을 보였다.

100킬로그램이 나가는 체중에 두꺼운 중갑옷으로 무장한 그를 태울 수 있는 군마는 그리 많지 않았다.

어쨌든 군마에 올라탄 이준성은 거의 무적이나 다름없었다. 언월도를 휘둘러 왜군의 머리와 팔, 허리를 단숨에 갈랐다.

왜군은 가끔 올가미, 갈고리, 구겸창과 같은 대기병용 무기를 동원해 이준성을 말 위에서 끌어내리려는 시도를 했지만, 흑룡대대의 호위를 받는 그를 제압하기는 쉽지 않았다.

여유를 찾은 이준성은 주위를 둘러보았다.

곧 북동쪽 능선에서 명령을 내리는 타치바나 무네시게가 보였다. 그를 따라다니는 우마지루시와 하타모토 덕분에 쉽게 찾을 수 있었다.

우마지루시는 왜국에서 영주의 위치를 표시할 때 쓰는 신호용 표식이었고, 하타모토는 영주의 깃발을 지키는 근위무사였다.

이준성은 지체 없이 그쪽으로 달려갔다.

흑표에 비해 느린 속도이긴 하지만 어쨌든 말은 그를 타치바나 무네시게가 있는 장소까지 무사히 데려다주었다.

이준성은 말 위에서 뛰어내리는 즉시 근위무사 두 명을 베어 갔다. 근위무사 두 명은 왜도로 그가 휘두른 언월도를 막으려 들었지만, 언월도는 왜도를 부순 다음 그들의 몸통까지 베었다.

몸통이 잘린 근위무사 두 명이 피를 쏟아 내며 네 조각으로 찢어졌다. 이준성은 바이저에 묻은 피를 닦아 내며 앞으로 달려갔다.

중갑옷을 입은 유럽의 기사들은 지상에서 100미터를 가기 위해 체력을 다 소진해야 하지만, 그는 평소와 다름없는 속도로 달려가 앞을 막아서는 근위무사를 베었다.

근위무사 10여 명은 목과 팔, 몸통 등 잘릴 수 있는 거의 모든 신체 부위가 잘려 나간 채 쓰러졌다. 그의 언월도를 막아 낼 수 있는 근위무사는 존재하지 않았다. 우메즈의 죽음으로 분노한 그가 비축해 둔 모든 에너지를 폭발시키며 왜군을 해치웠기 때문이었다.

그런 그의 앞에 마침내 타치바나 무네시게가 모습을 드러냈다.

타치바나 무네시게는 20대 중반으로 보였다. 그는 그리 많지 않은 나이에 2,000여 명에 불과한 병력으로 승전을 거듭하던 아시온 사단 주력의 맹공을 거의 1시간 이상 버텼다.

타치바나 무네시게는 이미 틀렸단 생각을 한 듯 얼른 할복할 준비를 하였다. 선 채로 걸친 갑옷을 벗은 다음 날카로운 단도를 꺼내 배를 갈라 갔다.

그런 타치바나 무네시게 뒤에는 가이샤쿠를 하려는 가신 한 명이 칼은 든 채 서 있었다.

그러나 이준성은 그렇게 해 줄 생각이 없었다.

급히 달려가 언월도로 타치바나 무네시게의 단도를 후려
쳤다.

할복에 실패한 타치바나 무네시게가 가신에게 뭐라 소리
쳤다. 가신은 즉시 뽑아 든 칼로 타치바나 무네시게의 목 뒤
를 내리쳤다.

원래는 배를 가른 후에 가이샤쿠를 해야 하지만, 상황이
급한 탓에 가이샤쿠부터 먼저 하려는 모양이었다.

이준성은 발길질로 타치바나 무네시게를 냅다 걷어찬 다
음 언월도로 가신의 몸통을 쪼개 버렸다. 타치바나 무네시게
는 최후의 발악을 하려는 듯 손에 쥔 단도로 그를 찔러 왔지
만 약한 단도론 그가 입은 중갑옷에 흠집조차 내지 못했다.

"지랄하네."

이준성은 철 보호대를 낀 왼 주먹으로 타치바나 무네시게
의 얼굴을 후려쳤다. 타치바나 무네시게는 마치 발레리노처
럼 자리에서 한 바퀴 빙 돈 다음 바닥에 철퍼덕 쓰러졌다.

타치바나 무네시게는 완전히 기절한 듯 전혀 움직이지 않
았다.

이준성은 흑룡대대 기병을 몇 명 불러 기절한 타치바나 무
네시게를 포박하게 한 뒤 여전히 저항 중이던 타치바나 무네
시게의 부하들에게 그의 말을 통역하란 명령을 내렸다.

그의 말은 간단했다.

항복하지 않으면 타치바나 무네시게를 고문하다가 천천히 죽이겠단 내용이었다. 곧 가신단을 시작으로 그때까지 살아남아 있던 타치바나군 500여 명이 전부 무기를 바닥에 버렸다.

이준성이 타치바나군을 막 제압했을 때, 명회의 흑표연대가 합류했다. 마침내 북쪽 전선 역시 포위에 성공한 것이다.

이준성은 흑표연대, 천마연대, 자유연대에 명해 포위망을 좁혀 저항하는 왜군을 제압하란 명령을 내렸다.

명령을 내린 이준성 본인은 북쪽 전선에 직접 차단선을 펼쳐 포위당한 왜군을 구하기 위해 밖에서 몰려오는 지원군을 차단했다.

전황은 남쪽 전선과 비슷하게 흘러갔다.

이준성은 천궁연대에 엄호 포격을 명령했다. 또 불화살을 쏘아 북쪽 전선에 매설한 지뢰 2호를 터트려 불의 장막을 만들었다. 왜군은 엄청난 화력에 놀라 결국 구원을 포기했다.

마침내 포위 작전이 완벽히 성공을 거둔 것이다.

이준성은 포위에 성공한 장수들이 보내오는 보고를 들었다.

"남쪽 전선에선 고니시 유키나카, 소 요시토시가 항복했습니다. 또 총대장 우키타 히데이에가 배를 갈라 자살했습니다."

뒤이어 북쪽 전선의 상황이 전해졌다.

"항왜 출신 병사들이 적장 중에 킷카와 히로이에, 쵸소카베 모토치카, 하치스카 이에마사 등이 패배의 책임을 지기 위해 할복한 사실을 확인했습니다. 모리 데루모토와 후쿠시마 마사노리, 고바야카와 다카카게는 끝까지 저항 중이지만, 오늘 밤 안으로 처리할 수 있을 거란 보고가 있었습니다."

이준성은 주먹을 움켜쥐었다.

상황이 복잡해 포위망에 가둔 왜군의 숫자를 정확히 계산할 순 없지만, 최소 4만에서 5만에 이를 것이다. 왜군이 이번에 동원한 8만 명의 반 이상을 한꺼번에 쓸어버린 쾌거였다.

그러나 저녁 무렵에 전해진 급보가 모두를 얼어붙게 만들었다.

은호대대장 강태봉이 보낸 급보에는 조선군이 토벌군을 편성해 그의 근거지가 있는 원주로 향한다는 내용이 적혀 있었다.

6장. 통한의 회군

그날 밤, 아시온 사단은 왜군을 포위한 상태에서 전투를 끝 냈다.

아니, 정확히 말하면 포기했다.

왜군 상대로 야간 작전을 시도할 수는 있지만, 그렇게 하면 근거지인 원주가 위험해져 양단간에 빨리 결정을 내려야 했 다.

이준성이 소집한 작전 회의에선 의견이 팽팽하게 갈렸다.

공격파를 대표하는 원충서가 벌떡 일어나 소리쳤다.

"우리가 포위한 왜군이 무려 4만입니다! 4만! 하루만 더 공 격하면 그 4만을 깡그리 없애 버릴 수 있는데 어찌 포기하려

하십니까? 왜군을 이렇게 몰아넣기가 어디 쉬운 줄 아십니까?"

퇴각파인 강문우가 한숨을 쉬며 고개를 저었다.

"누가 그걸 모르는가? 다만 우리가 여기서 하루를 더 지체하면, 원주가 토벌군 손에 넘어갈 수 있기 때문에 그러는 게지."

원충서가 급기야 화를 내며 책상을 두드렸다.

"원주읍성은 왜군 3만 명을 상대로 농성에 성공한 전례가 있습니다! 더구나 원주읍성을 지키는 장수가 대체 누굽니까? 바로 방어전의 달인으로 손꼽히는 유경천 장군이 아닙니까? 우리가 하루쯤 늦는다 해도 충분히 지킬 수 있습니다."

그때, 냉정한 유웅수가 조용히 반론을 제기했다.

"몇 달 전, 원주읍성이 왜군에게 포위당했을 때는 아시온 사단 주력이 성을 지키는 상황이었습니다. 또 때맞춰 장군님과 금강연대, 절강연대가 왜군 뒤를 기습했기 때문에 이길 수 있었습니다. 한데 지금은 원주읍성을 지키는 군대가 절강연대를 포함해 3,000명에 불과합니다. 조정이 토벌군으로 몇 명을 보냈는지는 정보를 더 알아봐야겠지만, 만약 그 숫자가 수비군이 방어할 수 있는 한계를 넘는다면 우린 천추의 한을 남길지 모릅니다. 지금 당장 퇴각해야 합니다."

설전이 몇 차례 더 이어졌지만 상대를 설득하는 데는 끝내 실패했다. 지휘관들은 결국 판정을 내려 달라는 듯이 이준성을 쳐다보았다. 이준성은 지금까지 얘기를 듣기만 했다.

이준성은 아시온 사단 작전참모 지달원에게 불쑥 물었다.

"지 참모는 어떻게 생각하오?"

사람들의 주목을 받은 지달원은 얼굴을 살짝 붉히며 대답했다.

"당장 퇴각해야 합니다. 아니, 어쩌면 이미 늦었을지 모릅니다. 이런 회의를 하기 전에 퇴각하는 게 가장 좋았을 테니까요."

원충서가 톡 쏘아붙였다.

"우리가 당장 퇴각해야 하는 이유가 무엇이오?"

"우리가 하루 늦게 출발한다는 말은 원주읍성에 하루 늦게 도착한다는 의미와 동일하지 않습니다. 여기엔 함정이 있지요."

"함정?"

지달원이 원충서를 보며 고개를 끄덕였다.

"그렇습니다. 조선 조정이 우리를 반란군으로 선포하면 경상도에 주둔한 조선군과 의병 역시 우리를 반란군으로 여길 겁니다. 그렇다면 경상도에 주둔한 조선군과 의병이 다음에 할 일이 뭐겠습니까? 바로 우리 퇴로를 막아 우리가 원주읍성에 있는 유경천 장군의 병력과 합류하지 못하도록 막는 일일 겁니다. 물론 아시온 사단의 전력을 생각하면 조선군과 의병이 쳐 놓은 방어선을 어렵지 않게 뚫을 수는 있을 테지만,

방어선을 돌파하는 데 적게는 3, 4일, 많게는 5, 6일의 시간
이 필요할 겁니다. 다시 말해 우리가 하루 늦게 출발한다는
말은 경상도에 주둔한 조선군과 의병에게 우리 퇴로를 막을
수 있는 시간을 준다는 뜻과 같아 출발 시간은 불과 하루 차
이에 불과하지만 원주에 도착하는 시간은 하루가 아니라, 5,
6일의 차이가 난다는 말입니다. 한시가 급한 상황에서 5, 6
일 늦게 도착하면 원주읍성은 아주 곤란해질 겁니다."

이준성은 책상을 치며 일어섰다.

"지 참모의 말로 모두 납득했을 거요. 우리가 하루 늦게 출
발하면 포위한 왜군을 쓸어버릴 수 있을 테지만, 조선군과
의병이 우리 퇴로를 막아 원주읍성이 곤란해질 위험이 있소.
이런 이유로 나는 지금 즉시 퇴각할 것을 명하는 바이오."

결정은 내려졌다.

어쩌면 임진왜란의 승기를 완전히 가져올 수 있는 완벽한
기회를 포착한 상황에서 원주로 회군해야 하는 상황이기 때
문에 짐을 꾸리며 통한의 분루를 삼키는 병사가 적지 않았
다.

이준성은 떠나기 전에 그를 지키다가 장렬히 전사한 우메
즈의 시신을 수습해 직접 화장했다.

물론 우메즈의 시신만 화장하지는 않았다. 회군할 때 시
신을 가져갈 수 없기 때문에 천룡의 성 곳곳에서 전우와 동
료, 친구의 시신을 화장하는 연기가 치솟았다.

왜군 역시 이 연기를 보았을 테지만 밤에는 으레 연기가 올라왔기 때문에 의심하지 않았다.

우메즈의 유골을 유골함에 담아 수레에 실은 이준성은 마구간으로 발걸음을 옮겼다. 마구간은 현재 거의 비어 있었다. 말들 역시 사람처럼 회군을 준비하는 중이기 때문이었다.

그러나 단 한 마리의 말은 아직 마구간을 떠나지 못한 상태였다. 바로 북쪽 전선에서 타치바나군의 일제사격에 당해 부상을 입은 흑표였다.

그는 흑표가 쓰러졌을 때 즉사한 줄 알았지만, 나중에 시체를 수습하기 위해 다시 찾았을 땐 숨이 겨우 붙어 있는 상태였다.

그러나 회복은 불가능했다. 앞다리 두 개가 모두 부러져 살릴 방법이 없었다. 오히려 살아 있기 때문에 끔찍한 고통을 겪어야 하는 상황이었다.

이준성은 모로 누워 거친 숨을 몰아쉬는 흑표 옆에 앉아 얼굴을 쓰다듬었다. 흑표가 주인을 알아보는 듯했다. 발버둥을 치며 일어나려 했지만 부러진 다리론 부질없는 짓이었다.

이준성은 급히 흑표를 진정시켰다.

"미안하구나."

그 한마디면 충분했다.

영리한 흑표는 주인이 무슨 일을 하기 위해 자기를 찾아왔는지 아는 듯했다. 갑자기 발버둥을 멈춘 다음 그 큰 눈으로 이준성의 얼굴을 한동안 바라보다가 눈을 스르륵 감았다.

이준성은 허리에 찬 단도를 뽑아 흑표의 숨통을 단숨에 끊었다. 그가 고통을 겪는 흑표에게 해 줄 수 있는 유일한 일은 지금처럼 고통 없이 세상을 떠날 수 있게 해 주는 일이었다.

이준성은 앉아서 흑표의 숨이 완전히 끊어질 때까지 지켜보다가 강주봉이 미리 파 놓은 무덤에 흑표의 시체를 안장했다.

이준성은 다시 돌아왔을 때, 쉽게 알아볼 수 있도록 무덤에 작은 표지석을 세운 다음 주위를 둘러보았다. 어둠 속에서 포위망에 갇혀 있는 왜군의 실루엣이 눈에 들어왔다.

아마도 내일 아침에 벌어질 전투가 그들이 살아서 치르는 마지막 전투임을 직감한 왜군은 뜬 눈으로 밤을 지새울 것이다.

그러나 날이 밝은 후에는 그들 앞에 전혀 예상치 못한 풍경이 펼쳐져 있을 것이다. 주위를 포위했던 적이 온데간데없이 사라져 버렸을 테니까.

몇몇은 안도하겠지만 몇몇은 추격을 주장할 것이다. 적이 승기를 완전히 잡은 상황에서 도주했단 말은 적에게 무슨 문제가 생겼음을 의미하기 때문이다.

이준성은 왜군 바깥쪽을 포위한 부대부터 퇴각을 명령했다.

"기도비닉을 유지해라. 소리를 내는 놈은 즉결처분할 것이다."

엄명을 받은 병사들은 왜군이 눈치 채지 못하도록 소리를 최대한 죽인 상태에서 서서히 피어오르기 시작한 산안개 속으로 들어가 반대쪽으로 탈출했다. 왜군 바깥쪽을 포위한 부대가 퇴각한 다음에는 안쪽을 포위한 부대가 뒤이어 퇴각했다.

이준성은 퇴각을 직접 지휘한 다음 강문우를 불러 명령했다.

"우리가 가는 길목에 함정을 설치하시오."

"예."

강문우는 시키는 대로 길목에 지뢰 2호를 이용해 함정을 설치했고, 특공대를 남겨 그곳을 지키게 했다.

이준성은 성 정상 망루에서 산안개가 짙게 깔린 성 안을 내려다보다가 강주봉이 가져온 군마에 올라 떠났다.

그를 마지막으로 천룡의 성에 남아 있는 아시온 사단 병사는 아무도 없었다.

그날 새벽, 아시온 사단이 도망쳤다는 사실을 눈치 챈 왜군은 급히 추격 부대를 편성해 쫓아왔다.

그러나 이를 예상한 이준성이 특공대로 하여금 함정을 이용해 막게 하는 바람에 왜군은 오히려 전투 막판에 쓸데없는 피해를 입어야 했다.

한편, 왜군을 따돌린 이준성은 특공대가 합류하기를 기다렸다가 전군에 속도를 높이라 명령했다.

조선 조정의 명을 받은 조선군과 의병이 퇴로를 차단하면 골치가 아파질 수밖에 없었기 때문이다. 아시온 사단은 부상자와 포로를 합쳐 2,000명에 달하는 인원을 호송해야 했기 때문에 속도가 아주 빠르지는 않았지만 다행히 길을 막는 조선군과 의병의 모습은 발견하지 못했다.

그러나 행운은 오래가지 않았다.

은호대대보다 며칠 늦긴 했지만 조정이 보낸 전령 역시 경상도에 주둔한 조선군과 의병에 어명을 전달한 듯했다. 의병으로 보이는 병사 수천 명이 아시온 사단 뒤를 추격해 왔다.

이준성은 즉시 강문우를 불러 명령했다.

"추격군은 내가 막겠소. 장군은 본대를 지휘해 최대한 빨리 죽령을 넘도록 하시오. 죽령이 막히면 일이 어려워지니까."

강문우가 걱정하며 권했다.

"추격군을 막는 일은 다른 장수에게 시키심이 어떻겠습니까?"

이준성은 단호한 표정으로 고개를 저었다.

"이 일은 나밖에 할 사람이 없소. 장군은 어서 출발하시오!"

소리친 이준성은 강문우가 탄 군마의 엉덩이를 후려쳤다.

군마는 앞다리를 들어 올렸다가 쏜살같이 앞으로 달려 나갔다.

강문우를 떠나보낸 이준성은 금강연대와 고갯길로 향했다. 고갯길 좌우에 매복하기 좋은 지점이 있어 금강연대를 그곳에 매복시킨 이준성은 강주봉만 대동한 상태에서 고갯길 입구로 말을 달려 내려갔다.

입구에 도착한 그는 팔짱을 낀 자세로 의병이 나타나길 기다렸다. 그를 따라온 강주봉은 깃대에 흰 깃발을 달아 의병이 잘 볼 수 있게 휘둘렀다.

그로부터 10여 분쯤 지났을 때, 8,000여 명으로 이루어진 의병 부대가 고갯길 쪽으로 짓쳐들어왔다. 그러나 막무가내로 공격해 오지는 않았다. 강주봉이 휘두르는 흰 깃발을 본 듯했다.

이준성은 천천히 멈춰 서는 의병 부대를 보며 히죽 웃은 다음 강주봉만 대동한 상태에서 앞으로 말을 몰아갔다. 강주봉은 여전히 흰 깃발을 든 상태로 그런 그의 뒤를 쫓아왔다.

고개에서 300미터 떨어진 논밭 가운데 멈춰선 이준성은 배에 힘을 잔뜩 준 다음, 100미터 앞에 있는 의병에게 소리쳤다.

"그쪽 대장에게 할 말이 있다! 보다시피 우린 두 명인 데다 무기 역시 소지하지 않았다! 함정은 절대 아니라는 뜻이다!"

잠시 웅성거리던 의병 쪽에서 세 명이 말을 몰아 달려왔다.

　이준성은 그들을 재빨리 훑어보았다.

　40대로 보이는 중년 사내가 단연 눈에 띄었다. 붉은 비단으로 만든 바람막이를 걸친 데다 눈처럼 흰 백마 위에 앉아 있기 때문에 눈에 띄지 않으려야 않을 수가 없는 차림새였다.

　중년 사내 옆에서는 60대로 보이는 백발의 노인이 말을 몰아 달려왔다. 노인은 풍채가 아주 좋았다. 또 눈빛에 기백이 살아 있어 내력이 범상치 않은 노인임을 느낄 수가 있었다.

　그런 두 사람의 뒤에는 병색이 완연한 노인 한 명이 거의 군마에 몸을 기대다시피 하는 자세로 말을 몰아 달려왔다.

　세 사람은 이준성과 10미터 떨어진 지점에 말을 멈춰 세웠다.

　이준성은 세 사람을 보며 미소를 지었다.

　"겁 없이 자신들 앞을 막아선 사내가 누군지 궁금해할 것 같아 미리 말해 두는데, 내가 바로 당신들이 쫓는 이준성이오."

　세 사람은 이준성의 미세한 표정 하나 놓치지 않겠다는 듯 뚫어져라 그를 보았다. 그러나 그를 훑어보는 세 사람의 표정에 실린 감정은 제각각이었다.

　중년 사내는 감탄했다는 표정인 반면에 눈에 잔뜩 힘을 준 노인은 원수를 본 사람처럼 증오의 눈빛으로 이준성을 노려 보았다. 또 병색이 완연한 노인은 무언가를 걱정하는 눈빛으로 그를 바라보았다.

이준성이 이번에는 잇몸까지 드러나는 환한 미소를 지었다.

"내가 너무 잘생겨서 쳐다보는 건 알겠지만 남자들이 그렇게 쳐다보니까 조금 소름이 돋소이다. 그보다 난 이미 이름을 밝혔는데 당신들은 어찌하여 이름을 밝히지 않는 거요?"

그 말에 병색이 완연한 노인이 앞으로 나와 대답했다.

"난 초유사 김성일이란 사람이외다. 내 옆에 있는 두 분은 경상도의 의병을 총지휘하는 곽재우 장군과 정인홍 장군이오."

김성일이 곽재우에 이어 정인홍을 소개할 때였다.

갑자기 환도를 불쑥 뽑아 든 정인홍이 이준성에게 돌진해 왔다.

이준성은 그가 말한 대로 무기를 전혀 가져오지 않았다. 옆에 있는 강주봉 역시 무기가 없기는 마찬가지였다.

그는 콧대 높은 조선 양반들이 양측의 수장이 모여 대화를 나누는 이런 자리에서 흉측한 무기를 뽑지 않을 거라 예상했다.

중종 시절에 도학 정치를 시행하다가 죽은 조광조는 여진족을 치는 전략을 논의할 때, 매복기습은 군자가 할 도리가 아니라는 말까지 했었다. 그러나 정인홍은 생각이 다른 듯했다.

　정인홍이 환도를 앞세운 자세로 말을 몰아 달려오며 고함쳤다.

　"역적은 본관의 칼을 순순히 받으라!"

　이준성은 피식 웃었다.

　"어이쿠. 내가 할 일까지 알려 주시다니 친절하기 짝이 없군."

　그러나 이준성은 정인홍의 칼을 순순히 받아 줄 생각이 없었다.

　그에게 무기는 없었지만 무기로 쓸 만한 물건까지 없진 않았다. 그는 강주봉에게 깃발을 건네받아 앞으로 찔러 갔다.

　정인홍은 솜씨 좋게 환도를 휘둘러 이준성이 찔러 온 깃대를 옆으로 쳐내려 했다. 그러나 깃발이 둘둘 말린 깃대는 잘 잘리지 않았다. 정인홍이 약간 당황한 시선으로 그를 바라볼 때였다. 이준성은 그를 죽일 의향까지는 없었기 때문에 깃대로 팔목을 살짝 내리쳐 그가 환도를 놓치게 만들었다.

　"크으."

　정인홍은 깃대에 맞아 부어오른 오른쪽 손목을 잡으며 괴로운 표정을 지었다.

그러나 이준성은 여기서 봐줄 생각이 없었다. 앞으로의 일을 생각해 죽일 의향만 없을 따름이었다. 그는 깃대의 날카로운 끝으로 정인홍의 목을 재빨리 찔러 갔다.

"흐음!"

정인홍은 선비답게 고고한 자세로 최후를 맞으려는 듯했다. 눈을 부릅뜬 자세에서 목으로 날아드는 깃대를 응시했다.

그러나 깃대는 정인홍의 목 앞 1센티미터 거리에서 멈추었다.

어지간한 정인홍조차 이번에는 본인이 꼼짝없이 죽을 거라 예상한 듯했다. 그는 깃대가 목 앞에서 멈추는 모습을 보곤 제풀에 놀라 그만 머리가 바닥을 향한 자세로 떨어졌다.

"이런!"

이준성은 말을 급히 옆으로 붙여 정인홍이 바닥에 떨어지기 직전 가까스로 그의 뒷덜미를 잡아 땅에 천천히 내려놓았다.

그러나 자존심 강한 정인홍은 이준성의 도움을 받아 위기를 모면한 상황이 영 마음에 들지 않는 눈치였다. 신경질적으로 팔을 뒤로 뻗으며 그를 도와준 이준성의 팔을 뿌리쳤다.

이준성은 말고삐를 당겨 물러서며 히죽 웃었다.

"노인네가 아침마다 산삼을 캐 잡수셨나. 왜 이렇게 힘이 좋아?"

그때, 곽재우와 김성일이 급히 말을 몰아 달려와 정인홍 앞을 막아섰다. 그들 역시 뒤에서 정인홍과 이준성 사이에 있었던 일을 똑똑히 보았기 때문에 이준성에게 뭐라 하기보다는 정인홍이 다치지 않았는지부터 살폈다.

다행히 정인홍은 털 끝 하나 다치지 않은 상태에서 다시 말에 올라탔다.

그러나 끝내 승복하지 않은 정인홍은 삿대질을 하며 욕과 저주를 퍼부었다. 욕과 저주는 대부분 이준성과 그를 따르는 부하들이 왕실을 배반한 역적이기 때문에 하늘의 심판을 받아 곧 삼족이 멸하는 처분을 받을 거라는 내용이었다.

건강한 정인홍보다는 병색이 완연한 김성일이 훨씬 냉정했다.

그는 정인홍을 진정시킨 다음 고개를 돌려 이준성에게 물었다.

"우리에게 할 말이란 게 대체 뭐요?"

이준성은 병색이 완연한 김성일의 얼굴을 보며 한숨을 쉬었다.

"그보다 쉬면서 건강을 회복하는 게 좋지 않겠소? 몸이 많이 안 좋아 보이는데, 이런 데서 무리하면 더 안 좋아질 거요."

김성일은 단호한 표정으로 고개를 저었다.

"내 건강은 내가 알아서 할 문제요. 신경 쓰지 마시오."

이준성이 알기로 김성일은 평가가 아주 엇갈리는 인물이
었다.

임진왜란 전에는 조선 역사에서 손꼽히는 가장 멍청한 실
수를 한 장본인이지만, 임진왜란이 일어났을 땐 가장 험지인
경상도의 초유사를 맡아 말 그대로 분골쇄신한 인물이었다.

그 분골쇄신이 말로만 분골쇄신이 아니라, 과로가 건강을
크게 해쳐 살날이 얼마 남지 않을 정도의 분골쇄신이었다.

이준성은 세 사람을 보며 불쑥 물었다.

"당신들이 보기에는 내가 정말 역적인 것 같소?"

김성일이 미간을 찌푸리며 물었다.

"왕실에 반기를 든 자가 역적이 아니면 대체 누가 역적이
겠소?"

이준성은 어깨를 으쓱했다.

"자기 자랑 같아서 이 말까진 안 하려 했는데, 당신들이 그
렇게 나오니 나 역시 얼굴에 철판 몇 장 깔아야겠소. 나는 함
경도 북부에서 왜장 가토 기요마사와 나베시마 나오시게가
이끌던 왜군 2만 명을 단 몇천 명의 의병으로 전멸시켜 함경
도를 수복한 장본인이오. 또 왜장 시마즈 요시히로를 쫓아내
강원도를 수복한 사람이며, 평양성 전투와 행주대첩, 원주대
첩에서 연달아 크게 활약해 주상전하께서 도성으로 환도하
시도록 만드는 데 결정적인 공훈을 세운 사람이오. 내 말을
의심하지 마시오. 절대 허풍이 아니니까. 평양성에서는 강주

봉이란 이름을, 행주대첩에선 강태봉이란 이름을 썼으니까 전투에 참가한 사람을 찾아 물어보면 그게 거짓이 아님을 바로 알 수 있을 거요. 한데 조정이 이번 왜란의 일등 공신이라 할 수 있는 나에게 역적이란 누명을 씌워 죽이려 드는데, 이게 어찌 사람의 도리라 할 수 있겠소?"

정인홍이 끼어들었다.

"나는 네놈이 순수한 의도에서 종묘사직과 백성을 위해 그랬다곤 믿지 않는다! 네놈이 역심을 품지 않았다면, 함경도 관찰사 윤탁연과 강원도 관찰사 강신을 유폐한 다음 정문부, 정현룡과 같은 자들로 하여금 대신하게 하지 않았겠지!"

이준성은 고개를 살짝 끄덕였다.

"영감님 말이 다 맞는 건 아니지만 나 역시 실수를 범한 부분은 있소. 인정하지. 그러나 윤탁연과 강신이 애초에 나를 죽이려 들지 않았으면, 내가 먼저 주상전하께서 임명하신 관원을 유폐한 다음에 정현룡, 정문부에게 그들을 대신하라 시키진 않았을 거요. 또한 내가 그런 일을 저지른 것은 오로지 백성을 위해서였지, 다른 마음은 없었소. 내가 만약 정말 역심을 품었으면, 경상도 해안까지 내려와 왜군을 상대로 개고생하기보다는 도성을 먼저 쳐서 결판을 냈을 테니까."

정인홍은 즉각 반박했다.

"네놈이 조명연합군의 군세가 두려워 주상전하께서 계시는 도성을 먼저 치지 않았단 사실을 우리가 모를 줄 알았느냐?"

이준성은 껄껄 웃었다.

"하하. 노인네가 간만에 재밌는 소리를 하는군. 이봐요, 영감님. 내가 지금까지 제거한 왜군이 최소 5, 6만이 넘어가는데 그런 내가 조명연합군 따위를 두려워할 거라 생각하오?"

이준성은 정인홍이 다시 입을 열기 전에 얼른 말을 덧붙였다.

"그보다 난 이번에 경상도 의병에게 아주 크게 실망했소. 당신들은 분명 내가 보낸 지원 요청을 받았을 거요. 내가 왜군을 부산포 인근으로 전부 끌어들일 테니 그쪽에서는 왜군이 남해안에 쌓은 왜성을 쳐 달란 요청 말이오. 아마 내 말대로 했으면 전쟁은 올해 안에 끝났을 거요. 왜군은 돌아갈 성이 없어져 버려 배에 올라 본국으로 도망쳤을 테니까. 하지만 당신들이 내 요청을 거부하는 바람에 전쟁은 앞으로 몇 년 더 길어질 수밖에 없어졌소. 아마 단단하기가 철옹성 같은 왜성을 공성하다가 수만 명이 죽어 나가겠지. 그 목숨 값은 이젠 내가 아니라 당신들이 치러야 할 거요."

정인홍은 얼굴이 벌게져 물었다.

"그럼 네가 삼남에 낸 소문은 어떻게 변명할 작정이냐?"

"신분제 철폐, 종교의 자유, 빈부 격차 해소 같은 소문 말이오?"

"그렇다."

이준성은 심드렁한 표정으로 물었다.

"그게 뭐 어쨌다는 거요?"

"이는 네가 왕실에 역심을 품었단 명확한 증거가 아니겠느냐?"

이준성은 피식 웃었다.

"당신은 조정과 왕실이 하는 일 중에 마음에 들지 않는 일이 있을 때마다 산림 자격으로 상소를 올린다 들었는데, 맞소?"

정인홍은 부정하지 않았다.

"그렇다. 조정과 왕실을 옳은 방향으로 이끌기 위해 주상 전하께 상소를 몇 번 올린 적 있다. 그게 뭐 어쨌다는 것이냐?"

"내가 하는 일 역시 그와 같기 때문에 하는 말이오. 나는 어느 날 장차 우리를 위협해 올 강대국 속에서 조선이 살아남으려면 몇 가지 정책에 반드시 수정을 가해야 한다는 확신이 들었소. 그중 가장 대표적인 정책이 바로 신분의 차별이오. 일단 사람이 사람을 소유한단 생각부터 마음에 들지 않을 뿐 아니라, 노비가 인구의 3, 4할을 차지하는 나라가 어떻게 제대로 돌아갈 수 있겠소? 이는 나라의 국방과 재정을 생각하면 당장 없애야 할 악법이라 생각하오. 또 당신들이 공부하는 유학은 인간의 본성과 사물의 본질을 꿰뚫는 학문으로 남아야지, 그게 정치, 사회, 문화를 지배하기 시작하면 그건 학문이 아니라 나라를 망하게 만드는 애물단지나 다름

없소. 난 이런 상황을 미연에 방지하기 위해 정교분리, 즉 정
치와 종교는 분리해야 한단 주장을 편 것이오. 다른 내용들
역시 마찬가지요. 다만 내가 당신과 다른 점이라면 이름값에
있을 거요. 내가 내 이름으로 주상전하께 폐단을 시정해 달
라 상소를 올리면 그걸 누가 읽어 주겠소? 아마 정신이 나간
놈이라며 잡아다가 목이나 치지 않으면 다행이지. 그러나 당
신은 조정에 친구가 많아 상소를 올리면 아무리 개똥같은 소
리라도 답장을 보내 주지 않소? 나는 그럴 수가 없기 때문에
내 주장을 조정에 전달하려면 먼저 백성들에게 내 주장을 소
상히 알린 다음, 조정이 다시 그 백성들의 소리에 귀를 기울
이게 하는 수밖에 없소."

　말을 마친 이준성은 유진으로 하여금 인드라망에 시간을
표시하게 했다. 지금쯤이면 강문우가 이끄는 아시온 사단 주
력이 꽤 거리를 벌렸을 시간이라, 그는 말을 뒤로 물렸다.

　"이쯤이면 궁금한 사항이 다 풀렸을 거라 생각하오. 방금
전까진 내가 오늘 당신들에게 한 말들을 장계에 가감 없이 적
어 전하께 올려 준다면 나 또한 순순히 포박을 받아 도성으로
갈 의향이 있었소. 하지만 영감님이 날 죽이려 드는 모습을
보니까 그럴 가능성이 없을 것 같아 이만 물러가야겠소. 나는
목이 잘려 머리만 도성으로 갈 생각이 없으니까."

　김성일 등은 멀어지는 이준성을 보며 고민하는 듯했다.

　그때, 이준성이 히죽 웃으며 그들에게 소리쳤다.

"노파심에서 하는 소린데, 절대 따라오지 마시오! 고갯길에 병사들을 매복시켜 놓았으니까! 우릴 따라오다간 내년 이맘때 단체로 제사를 지내는 동네가 수십 개는 족히 생길 거요!"

경고한 이준성은 완전히 돌아서서 강주봉과 고갯길로 달려갔다. 경고가 통했는지는 알 수 없지만 의병은 쫓아오지 않았다. 그는 금강연대를 불러 먼저 출발한 주력과 합류했다.

이준성의 기만책에 넘어간 의병은 아시온 사단이 넘어간 고갯길에 매복 부대가 있는지 확인하기 위해 거의 한나절을 소비했다.

그들이 고갯길에 매복한 병력이 없단 사실을 알아냈을 무렵엔 이미 아시온 사단이 죽령 초입까지 전진해 있었다.

강문우와 합류한 이준성은 죽령 초입에 부대를 멈추게 한 다음, 정찰 부대를 올려 보내 죽령 상황을 알아보게 하였다.

경상도에서 강원도로 들어가기 위해서는 태백산맥을 넘어야 하는데, 지형이 워낙 험해 무장이 가벼운 경보병이 아니면 통과하기가 쉽지 않았다.

그러나 아시온 사단에는 무거운 완구를 수레에 실어 옮겨야 하는 포병과 부상자, 포로 등 2,000명을 후송해야 하는 보병 부대가 있어 쉽지 않은 일이었다.

그런 이유로 경상도에서 강원도로 가려면 우선 죽령을 넘어 충청도로 들어간 다음, 거기서 동진해 강원도로 가야 했다. 죽령은 삼국시대부터 경상도와 충청도를 연결해 주는 교통의 요지였다. 죽령에서 가장 높은 지점은 해발 689미터였다.

만약 조선군이 죽령을 점령해 그들이 충청도로 들어가지 못하게 막는다면, 곤란을 겪을 수밖에 없는 상황이었다. 그는 그런 이유로 정찰 부대를 보내 죽령 상황을 알아보려 했다.

정찰 부대는 좋은 소식과 나쁜 소식을 동시에 가져왔다.

먼저 나쁜 소식은 죽령을 지키는 조선군이 있단 소식이었다. 반면 좋은 소식은 그 조선군의 숫자가 적을 뿐 아니라 최근에 징집한 징집병으로 무기와 훈련 상태가 좋지 않단 소식이었다.

그러나 그는 숫자에 관계없이 일단 조선군과는 싸우기 싫었다.

물론 두려워선 아니었다. 그저 조선 백성을 상대로 무기를 들이미는 게 왠지 꺼림칙했기 때문이었다.

이준성은 남쪽으로 특공대를 내보내 그들을 추격하는 경상도 의병의 발목을 묶은 다음, 은호대대 병사를 불러들였다.

그날 저녁, 이준성을 만난 은호대대 병사가 죽령을 몰래 넘어가 그 너머에 대기하던 강태봉에게 이준성의 명령을 전달했다.

강태봉은 즉시 은호대대 병사들을 동원해 유격전과 심리전을 같이 수행했다. 그들은 죽령을 지키는 조선군 진채에 불을 지르는 한편, 이미 죽령을 넘은 아시온 사단 병력 일부가 도성으로 진격해 선조를 죽일 거란 소문을 흘렸다.

죽령을 수비하던 순변사 이일은 우둔한 편이 아니었지만 드러난 정황은 그가 들은 소문과 일치하는 면이 있었다. 후방에 있는 진채에 불이 났다는 말은 그가 들은 소문처럼 이미 죽령을 넘어온 아시온 사단 병력이 존재한다는 뜻이었다.

문제는 그가 적에게 앞뒤로 포위당했다는 사실이 아니었다.

죽령을 넘은 그 병력이 정말로 선조가 환도한 도성으로 진격한다면 천추의 한을 남길 수 있었다. 얼른 죽령에 세운 진채를 버린 이일은 급히 도성으로 복귀했다.

권율이 지휘하는 조선군 대부분이 현재 강원도에 가 있는 탓에 그가 도성을 지키지 않으면 정말 선조가 위험할 수 있었다.

기만전술로 이일을 속여 죽령을 쉽게 넘은 이준성은 기다리던 은호대대장 강태봉을 만나 원주읍성 상황을 보고받았다.

강태봉은 이준성을 만나 보고했다.

"권율이 이끄는 조선군 2만 3천 명이 원주읍성을 포위한 상태지만 유경천 장군이 절강연대를 지휘해 열흘 가까이 성을 사수 중에 있습니다. 유경천 장군이 성에 뚫어 둔 비밀 통로를 통해 전해 온 소식에 따르면, 병사들의 사기가 여전히 높은 데다 군량과 식수, 화약, 화살, 유성 2호의 재고 역시 충분해 앞으로 열흘에서 보름가량 더 사수할 수 있다 했습니다."

"끝내주는군. 역시 수성의 달인이야."

만족한 이준성은 은밀한 목소리로 물었다.

"그런데 절강연대는 유경천 장군의 명령을 잘 듣는 편이라던가?"

강태봉은 즉시 고개를 끄덕였다.

"예. 유경천 장군의 명령을 고분고분 따른다는 말을 들었습니다."

"다행이군."

이준성은 그제야 마음을 조금 놓았다.

사실 조선군은 별로 두렵지 않았다.

이준성이 진짜 두려워한 대상은 바로 절강병이었다. 아시온 사단 편제에 합류한 지 얼마 지나지 않은 절강병을 경상도 해안까지 가는 긴 원정에 동행시킬 수 없었던 이준성은 절강병을 원주읍성에 남겨 수비군으로 삼는 결정을 내렸다.

한데 현재 원주읍성 수비군 숫자의 60퍼센트 이상을 차지하는 절강병이 유경천의 명령에 항명한다면, 성의 수비가 제대로 이루어질 리 만무했다.

거기서 한 걸음 더 나아가 절강병이 성 안에서 반란을 일으킨다면, 안팎에서 적을 만난 유경천은 그의 뛰어난 능력과는 관계없이 어려움에 처할 여지가 있었다.

한데 우려와 달리 절강병으로 이뤄진 절강연대가 유경천의 말을 잘 따른다 하니 기쁘지 않을 수 없었다.

이제 남은 문제는 원주읍성의 포위를 푸는 일이었다. 물론 가장 쉬운 방법은 1만 5천인 아시온 사단 주력으로 하여금 원주읍성을 포위한 권율의 조선군을 역포위하는 방법이었다.

그러나 이 방법은 그리 좋은 방법이 아니었다. 그사이 조선 왕실의 요청을 받은 명나라 대군이 원주읍성으로 달려온다면, 일이 아주 복잡하게 흘러갈 위험이 있었다.

지도를 보던 이준성 옆으로 지달원이 다가와 물었다.

"무슨 생각을 그리 골똘히 하십니까?"

"어떤 땅을 사야 나중에 땅값이 많이 오를까 생각 중이었소."

이준성이 평소에 농담을 잘한단 사실을 아는 지달원은 예의상 한번 웃어 준 다음 진지한 표정으로 다시 한 번 물었다.

"원주읍성을 포위한 권율 장군의 조선군을 걱정하시는 겁니까?"

이준성은 지도를 덮으며 고개를 저었다.

"이미 그 문제는 해결 방법을 찾았소."

"그렇습니까?"

이준성은 돌아서며 지달원에게 되물었다.

"상대에게 블러핑이 통하려면 어떻게 행동해야 하는지 아시오?"

지달원은 고개를 살짝 갸웃거리며 물었다.

"블러핑이란 말이 무슨 뜻입니까?"

이준성은 그제야 아차 싶어 자기 이마를 살짝 때렸다.

"습관이란 정말 무섭군. 마음을 놔 버리면 이렇게 툭툭 튀어나온다니까. 아, 블러핑이란 말은 허세를 떨어서 상대를 속인단 뜻이오. 노름판에서 자주 써먹는 말이지. 왜 있잖소? 실제 손에 든 패는 형편없는데 마치 아주 높은 패가 들어온 것처럼 행동해서 상대가 그 판을 포기하도록 하는 행동 말이오."

그제야 알아들었다는 듯 지달원이 고개를 끄덕였다.

"무슨 말씀이신지 알겠습니다. 그럼 그 블러핑이란 행동을 이용해 권율 장군의 조선군을 물리칠 계획을 세우신 겁니까?"

"그렇소. 하지만 권율 장군은 죽령을 방어하던 이일과 달라

쉽게 속아 넘어갈 사람이 아니오. 하지만 다행히 그런 상대에게 써먹는 블러핑이 따로 있소. 바로 공격하는 척해서 상대를 떠보는 게 아니라, 실제로 도성을 공격해 겁을 주는 거요. 권율 장군은 아마 이일이 가진 병력으론 임금이 있는 도성을 지키기 어려울 거라 판단해 퇴각할 수밖에 없을 거요. 블러핑이긴 하지만 가짜가 아니라 진짜 허세인 셈이지."

이준성은 즉시 블러핑을 맡을 부대를 구성했다.

다음 날, 이준성이 직접 지휘하는 비룡연대 흑룡대대와 천마연대 경기병 2,000여 기가 도성 방향으로 진격하기 시작했다.

이준성이 도성으로 진격하는 동안, 강문우가 지휘하는 아시온 사단 주력은 강원도 원주가 있는 북동쪽 방향으로 행군했다.

이준성이 직접 지휘하는 기병 부대가 도성으로 올라온단 소식은 조정과 왕실을 패닉에 빠져들게 만들기에 충분했다.

기병 2,000명이라면 그리 어려운 상대는 아니지만, 그가 은호대대를 시켜 기병 숫자를 실제보다 훨씬 많은 1만으로 부풀려 소문낸 덕에 조정과 왕실이 당황하게 만드는 데 성공했다.

이준성이 지달원에게 말한 블러핑이 통하는 순간이었다.

급히 개성으로 몽진을 떠난 왕실과 조정은 근처에 있는 모든 조선군과 의병에게 파발을 보내 이준성이 도성으로 올라오지 못하도록 저지하란 어명을 내렸다.

그러나 이준성은 경기도에 배치한 은호대대가 모아온 정보를 이용해 요격해 들어오는 조선군을 쉽게 따돌렸다.

이준성이 지휘하는 경기병 부대는 경무장이기 때문에 속도가 엄청 빨라 조선군은 그 속도에 제대로 대응하지 못했다. 근처 고을에서 병력을 서둘러 파견했을 땐 이미 그 고을을 통과한 후였다.

아직까지 길목을 지키는 전략보다 성을 중심으로 방어하는 농성 전략을 고수하던 조선군으로선 기병의 빠른 이동에 대처할 방법이 없었다.

이런 예는 병자호란에서 절정에 달하는데, 청군은 농성 전략을 고수하던 조선군을 상대로 압록강을 도하한 지 불과 8일 만에 도성을 점령하는 수완을 보였다.

남한강을 건널 때 위기가 약간 있긴 했지만 어쨌든 야음을 틈타 무사히 강을 건너는 데 성공한 이준성의 기병 부대는 곧장 도성으로 진격했다.

한편, 도성 수비를 맡은 이일은 성을 지키는 농성 작전을 결행해 그를 편하게 해 주었다. 이일이 성 밖으로 나와 기병 부대를 저지했다면, 작전에 차질을 빚을지 모르는 상황이었는데 상대가 먼저 포기한 것이다.

도성에서 북동쪽으로 불과 1킬로미터밖에 떨어지지 않은 어느 야산에 도착한 이준성은 도성 동대문 방향을 관찰했다.

도성은 한양 안에서 임금이 사는 왕성을 따로 떼어 내 부르는 명칭이었다.

즉 한양 안에 도성이 있는 거지, 도성의 다른 이름이 한양이 아니었다. 한양 안에 있는 도성은 홍인지문, 돈의문, 숭례문, 숙정문을 잇는 성벽에 둘러싸여 있었다.

지금의 서울로 따지면 도성은 종로구 전체와 종로구 근처에 위치해 있는 중구, 서대문구 등을 일부 포함하는 규모였다. 이준성이 지금 보는 동대문의 정식 명칭은 홍인지문이었다.

동대문에 딸린 옹성에는 조선군 수비병이 바글바글했다. 그가 도성에 도착했단 첩보를 받은 이일이 방어를 강화한 듯했다.

이준성은 강주봉에게 손을 내밀었다.

"여기까지 와서 그냥 돌아갈 수는 없지. 나에게 철궁을 다오."

강주봉은 즉시 이준성 전용으로 제작한 철궁을 그에게 건넸다. 이준성은 강주봉에게 받은 철궁의 시위를 몇 차례 당겨 보았다. 몇 달 동안 방치해 두었던 철궁이지만 뛰어난 장인이 만든 활답게 몇 달 전과 달라진 점을 찾아볼 수 없었다.

강주봉이 화살 통에서 화살을 고르며 물었다.

"불화살로 드릴까요?"

이준성은 피식 웃으며 강주봉의 어깨를 툭 쳤다.

"이봐, 저 문은 평범한 문이 아니야. 나라의 국보에 해당하는 문이지. 그런 문에 불화살을 쏠 만큼 난 모질지 못하다고."

"그럼 철시로 드리겠습니다."

이준성은 강주봉에게 철시를 받아 시위에 재었다. 이미 유진과 인드라망을 이용한 장거리 저격에 성공한 경험이 있는 그는 유진이 만든 가이드프로그램이 지시하는 대로 발사 각도를 조절한 뒤, 철시를 잰 시위를 힘껏 잡아당겼다.

나무와 풀, 깃발 등이 흔들리는 속도와 방향을 계산한 유진은 이준성에게 시위를 놓을 정확한 타이밍을 알려 주었다. 그는 인드라망에 발사 신호가 뜰 때 시위를 놓았다.

약간 낮은 포물선을 그린 철시가 눈으로 따라잡기 힘들 만큼 빠른 속도로 동대문을 향해 날아갔다. 이준성은 급히 표적을 확인했다.

철시는 그가 계산한 위치보다 10센티미터 위에 박혀 있었는데, 16세기에 수제로 만든 철궁과 1킬로미터란 표적과의 거리를 생각하면 그리 큰 오차는 아니었다.

철시는 화려한 갑옷을 착용한 조선군 장수의 머리에서 불과 30센티미터밖에 떨어지지 않은 나무 기둥 위에 박혀 있었다.

이준성은 이일의 얼굴을 모르지만 그 조선군 장수가 이일일 거라 생각하며 쏘았다. 그가 제대로 본 듯 놀란 장수는 급히 화포와 활을 쏘란 명령을 내렸다. 그러나 조선군이 발사한 포탄과 화살은 이준성과 그의 부하들에게 닿지 않았다.

이준성은 원주 방향으로 기수를 돌리며 소리쳤다.

"돌아가자!"

초조해진 선조가 원주에 주둔한 권율에게 급히 돌아와 자기를 호위하란 어명을 내렸단 사실을 은호대대에게 막 들은 참이기 때문에 돌아가는 발걸음은 아주 가벼운 편이었다.

독재자

7장. 심리전

 선무공작이 주로 적국의 민간인을 대상으로 하는 선전, 선동 활동이라면, 심리전은 적국의 정부와 군대, 집단, 개인 등을 대상으로 하는 기만, 선전, 선동 활동이라 부를 수 있었다.

 조선군을 왜군처럼 상대할 순 없기 때문에 이준성은 이 심리전을 이용해 유리한 고지를 점하는 방법을 쓸 생각이었다.

 물론 이준성은 심리전에 적합한 지식을 가진 정신과 의사가 아니었다. 임상 심리학자 역시 아니었다.

 그러나 그는 걱정하지 않았다. 유진이란 뛰어난 조력자가 있기 때문이었다.

유진은 웬만한 정신과 의사나 임상 심리학자를 능가하는 지식과 임상 경험을 보유한 상태였다.

물론 연구소 과학자들이 유진의 데이터베이스에 그런 특정 분야의 정보를 대규모로 업로드해 둔 이유는 이준성이 작전 중에 겪을 수 있는 트라우마, 정체성 혼란, 환각, 망상과 같은 인공두뇌의 부작용에 대처하기 위해서였다.

그는 유진의 데이터베이스 안에 들어 있는 그 정보를 이번 심리전에 적극 활용할 계획이었다.

그는 은호대대에게 권율의 조선군이 회군하는 경로를 알아내게 하여 그곳으로 기병 부대를 이동시켰다.

마치 범의 아가리에 머리를 들이미는 꼴이지만, 그는 전혀 걱정하지 않았다. 권율의 조선군과 싸우러 가는 길이 아니었기 때문이다.

데려온 기병 부대를 멀찍이 매복시켜 놓은 이준성은 강주봉과 은호대대 병사 몇 명만 대동한 상태에서 산으로 올라갔다.

은호대대 병사가 산 아래 길을 가리키며 이준성에게 설명했다.

"제가 받은 정보가 맞다면, 곧 저기에서 조선군이 나타날 겁니다."

이준성은 병사의 어깨에 손을 올리며 물었다.

"자네가 틀렸으면 그땐 어찌할 텐가?"

병사가 어깨를 으쓱해 보였다.

"저에게 틀린 정보를 준 놈부터 족쳐야겠지요."

이준성은 껄껄 웃었다.

"하하. 잘 빠져나가는데 그래? 아무튼 그 정보가 맞길 바라자고."

다행히 은호대대 병사는 그에게 권율의 조선군에 관한 정보를 알려 준 동료를 족칠 필요가 없었다.

그로부터 10분가량 지났을 때, 권율이 이끄는 조선군 2만여 명이 산 아래에 있는 길에 모습을 드러냈다.

이준성은 손가락을 튕겨 강주봉에게 신호를 보냈고, 그는 즉시 깃발을 높이 들어 올렸다.

깃발은 흰색이었는데 그 위에 한문으로 이런 글이 적혀 있었다.

[우선 도원수로 영전하신 것을 경하드리는 바입니다. 하고 싶은 말은 많지만 그 말을 다 쓰면 사람들이 나와 도원수 대감 사이를 의심할 것 같아 한 말씀만 더 드리겠습니다. 도원수 대감께서는 소인과 행주산성에서 하신 약속을 잊지 말아 주십시오. 언젠가는 그 약속을 지켜야 할 시기가 올 테니까요.]

깃발은 크기가 가로 3미터, 세로 5미터여서 무게가 많이 나갔다. 강주봉은 은호대대 병사들의 도움을 받아 산 아래 길을 지나가는 조선군이 잘 볼 수 있도록 깃발을 높이 들어 올렸다.

서예에 도가 튼 사람에게 부탁해 만든 깃발이기 때문에 문맹만 아니라면 누구나 다 그 글귀를 읽을 수 있었다.

조선군은 야산 중턱에 올라온 깃발을 보며 움찔하는 모습을 보였다. 그러나 야산으로 병력을 올려 보내 공격해 오지는 않았다. 이게 적의 유인작전일 수 있다는 생각을 한 듯했다.

조선군은 속도를 높여 빠져나갔다. 이준성은 조선군이 그 깃발을 물증으로 가져갈 수 있도록 깃발을 나무에 묶어 놓은 다음 매복해 있던 기병 부대와 합류해 원주로 돌아갔다.

원주가 얼마 남지 않았을 무렵, 그는 강태봉을 불러 물었다.

"원주는 지금 어떤가?"

"당장 복귀하란 어명을 받은 권율 장군이 급히 도성으로 퇴각한 덕분에 포위가 풀렸단 말을 들었습니다. 또 지금쯤 강문우 장군이 이끄는 아시온 사단 주력이 원주읍성에 도착했을 테니 조선군의 후속 공격 역시 걱정할 필요가 없을 겁니다."

"좋아. 원주는 그만하면 안심할 수 있겠군. 도성 쪽의 상황은?"

습관적으로 주위를 둘러본 강태봉이 목소리를 낮춰 대답했다.

"시키신 대로 적당한 인물을 하나 섭외한 다음, 그 인물로 하여금 서인 쪽 유력인사 몇 명을 뇌물로 포섭하게 했습니다. 아마 지금쯤 포섭당한 인사들이 작업에 들어갔을 겁니다."

이준성은 강태봉의 등을 몇 번 두드렸다.

"일을 아주 잘하는군."

"과찬이십니다."

"이젠 팔도에 소문을 내라. 어떤 소문인지는 알겠지?"

강태봉은 긴장한 표정으로 고개를 끄덕였다.

"예, 압니다. 이미 부하들에게 명령을 내려 두었습니다."

그로부터 얼마 후, 은호대대는 다시 한 번 팔도의 백성을 상대로 선무공작을 수행했다.

선무공작은 크게 두 종류로 나뉘어 이루어졌다.

첫 번째는 이준성과 아시온 사단이 현재 처한 상황을 백성들에게 상세히 알려 주는 선무공작이었다.

그 선무공작에는 이준성과 아시온 사단이 조선 왕실과 조정의 도움을 전혀 받지 못한 상태에서 경상도 남해안에 주둔한 왜의 대군과 건곤일척의 회전을 벌이는 동안, 정작 왜군을 물리쳐 백성을 평온하게 해 줄 의무가 있는 왕실과 조정은 그들을 도와주기는커녕 이준성과 아시온 사단에게 역모를 범했단 누명을 씌워 토벌하려 했다는 내용이 들어 있었다.

선무공작의 성과는 이준성의 예상치를 훨씬 웃돌았다. 민심이 극도로 흉흉해져 어떤 곳에서는 민란이 일어날 조짐마저 보였다.

이준성은 소문을 끊임없이 확대 재생산해 이슈가 쉽게 사그라지지 않게 하라는 명령을 은호대대에 내렸다.

두 번째 선무공작은 좀 더 개인적인 성격을 지닌 공작이었다. 공작의 목표가 조선군 총사령관인 권율 개인인 것이다.

은호대대는 먼저 이준성과 권율 사이에 있었던 일을 흘렸다. 이준성이 행주산성에서 위기에 처한 권율을 구해 준 일, 권율은 그 대가로 이준성의 장래를 돌봐주기로 한 일 등등.

물론 여기까지는 거의 사실이었다. 그러나 소문 마지막엔 약간의 창작을 집어넣어 좀 더 드라마틱하게 만들었다. 음식으로 따지면 마지막에 약간의 화학조미료를 첨가한 셈이었다.

은호대대는 어명을 받은 권율이 강원도에서 도성으로 급히 회군하던 와중에 이준성이 이끄는 반란군과 정면으로 마주치는 일이 일어났지만, 은혜를 입은 일을 아직 잊지 않았던 권율이 이준성을 그냥 풀어 주었단 말을 소문에 집어넣었다.

그동안 해 온 여러 번의 공작을 통해 경험을 충분히 쌓은 은호대대 병사들은 장사꾼, 선비, 스님, 거지 등으로 위장해 민중 속에 섞여 들어간 뒤 그들에게 떨어진 명령에 따라 이준성이 만들어 낸 정교한 시나리오를 민간에 퍼트렸다.

은호대대가 열심히 일하는 동안, 이준성은 원주읍성에 복귀해 수성에 공을 세운 유경천과 절강연대 병사들을 칭찬했다.

그러나 유경천과 절강연대 병사들은 이준성의 칭찬보단 휴식이 더 절실한 상황이었다. 적은 병력으로 2만 명이 넘는 조선군과 보름 동안 혈전을 벌인 그들은 완전히 탈진해 있었다.

물론 아시온 사단 병력 역시 지쳐 있긴 마찬가지였다. 50여 일에 이르는 긴 원정 동안 제대로 휴식을 취한 날이 손에 꼽을 만큼 적었다. 게다가 원주에서 부산포를 쉼 없이 왕복했다 보니 발이 멀쩡한 병사를 찾아보기 어려울 지경이었다.

이준성은 최소한의 경계 병력을 제외한 모든 병사에게 휴식을 취하게 했다. 또 철우연대 연대장 신세준에게 농장에서 키우는 가축 수백 마리를 도축해 병사들을 배불리 먹이란 명령을 내렸다. 병사들은 휴식을 취하며 굶주린 배를 채웠다.

그러나 병사들과 달리 이준성은 쉴 틈이 거의 없었다. 조선 조정이 또다시 토벌군을 파견할 게 분명했기 때문이다.

이준성은 토벌군이 오기 전에 이를 막을 비책을 준비해 두어야 했다. 물론 은호대대를 이용해 밑밥은 깔아 뒀지만 노리는 고기가 워낙 큰 탓에 철저한 준비가 필요한 상황이었다.

이준성은 꿀맛 같은 휴식을 취한 병사들을 불러 원주읍성을 개조하는 작업에 투입했다.

아주 중요한 작업이었기 때문에 비밀이 새어 나가지 않도록 보안 유지에 각별히 신경을 썼다.

이준성은 유진에게 그가 세운 계획을 시뮬레이션해 보도록 했다. 유진은 발생할 수 있는 거의 모든 변수를 프로그램에 집어넣은 다음, 성공 가능성을 수치로 계산해 알려 주었다.

-60퍼센트입니다.

"60퍼센트? 너무 낮은 거 아냐?"

-제 계산엔 문제가 없습니다.

"그럼 내가 세운 계획에 문제가 있단 소리군."

-그렇겠죠.

"쳇, 어째 성격이 점점 더 비뚤어지는 거 같은데?"

-저와 입씨름할 시간에 사용자의 계획을 좀 더 보강하는 편이 사용자의 시간을 더 유용하게 쓰는 거라 생각합니다만.

"좋아, 좋아. 그렇게 하자고. 대체 내 계획의 어디가 문제야?"

-제가 계산한 바에 따르면 사용자가 컨트롤할 수 없는 부문에 문제가 있습니다. 즉 도성에서의 작전이 실패로 돌아갈 확률이 크기 때문에 성공 가능성이 60퍼센트인 것입니다.

"그럼 성공 가능성을 높이려면 내가 도성에 가야 한단

소리야?"

-그렇습니다.

"그럼 여긴 누가 지휘하는데?"

-부하에게 맡기십시오. 그러면 성공 가능성이 80퍼센트로 올라갑니다. 물론 실패할 가능성은 여전히 20퍼센트입니다만.

"제길."

유진을 돌려보낸 이준성은 그 대신 원주읍성 작전을 지휘할 후보를 머릿속에 떠올려 보았다. 역시 한 사람밖에 없었다.

이준성은 강문우를 불러 몇 가지 밀명을 내렸다.

강문우는 크게 놀란 듯했지만 못 하겠단 소리는 하지 않았다.

이준성은 재차 당부했다.

"상황이 위험하게 돌아가면 최대한 방어적인 선택을 하도록 하시오. 문제가 생긴 부분은 내가 돌아와 마저 해결하겠소."

강문우는 조금 발끈한 표정을 지었다.

"장군님께서는 여전히 속하들을 믿지 못하시는 것 같습니다."

"솔직한 답을 원하시오?"

"솔직한 게 제일 좋겠지요."

"솔직히 말하면 아직 믿지 못하겠소. 하지만 나 없이 이번 작전을 성공시킨다면, 다음부턴 당신들을 최대한 믿어 보겠소."

강문우는 비장한 표정으로 일어섰다.

"그 약속 꼭 지키셔야 합니다."

군례를 취한 강문우는 찬바람을 일으키며 집무실을 나갔다.

어쨌든 강문우에게 원주읍성 지휘를 일임한 이준성은 조정이 다시 권율에게 토벌군을 주어 원주읍성을 치려 한단 보고를 받고는 바로 도성으로 출발했다.

병력이 많이 필요 없는 작전이기 때문에 솜씨 좋은 병사 몇 명만 추려 데려갔다.

그가 잡아야 하는 물고기는 지금 원주로 가는 중이지만 그는 그 물고기를 완벽히 잡기 위해 도성으로 가는 길이었다. 그의 도박이 성공할지, 실패할지는 오직 하늘만이 알 터였다.

◆ ◈ ◆

이준성은 성벽 사이에 우뚝 솟아 있는 웅장한 모습의 숭례문을 한참 올려다보았다.

그가 지금까지 본 숭례문은 육지의 섬처럼 도로 사이에

끼어 있는 모습이었다. 그러나 지금 본 숭례문은 양옆에 높은 성벽을 거느린 당당한 모습이었다.

확실히 도로 사이에 외롭게 서 있는 숭례문보단 단단한 성벽을 부하처럼 거느린 지금 모습이 훨씬 웅장한 인상을 주었다.

그가 태어나기 전의 일이지만, 21세기 초반에 어떤 정신병자가 숭례문에 불을 질러 민족의 정기를 훼손한 사건이 있었단 말을 들은 적이 있다.

물론 그 후에 원래 모습대로 복원하긴 했지만 역사성이 사라진 탓에 복제품이나 다름없었다.

숭례문에는 사람들이 잘 모르는 역사가 한 가지 숨어 있었다. 20세기 초반 한반도를 병탄한 일제는 조선의 흔적을 지우는 일에 열심이었다.

가장 대표적인 사례로 도성의 뼈대라 할 수 있는 성벽과 성문을 허물어 버린 일을 들 수 있었다.

한데 일제가 모든 성문을 허문 건 아니었다. 그들이 허물지 않은 성문이 두 개 있는데, 바로 숭례문과 흥인지문이었다. 일제가 그 두 성문을 허물지 않은 이유는 의외로 간단했다.

임진왜란이 일어났을 때, 가토 기요마사와 고니시 유키나카가 도성에 처음 입성했을 때 지나갔던 곳이 바로 숭례문과 흥인지문이었기 때문이다.

일제는 가토 기요마사와 고니시 유키나카의 공적을 기념
한단 이유로 두 성문을 그대로 남겨 두었다.

우리 입장에서는 역사적 건축물을 보존할 수 있어 다행이
지만, 보존이 가능했던 이유 자체는 어처구니없을 지경이었
다.

그런 의미에서 보면 이준성은 이미 그 나름의 복수를 한
셈이었다. 가토 기요마사는 이준성의 손에 의해 목이 잘려
죽었으며, 부산에서 포로로 잡힌 고니시 유키나카는 현재 다
른 포로들과 함께 함흥성 감옥 안에 갇혀 있었다.

부산에서 고니시 유키나카, 타치바나 무네시게, 소 요시토
시 등을 붙잡은 이준성은 그들을 원주까지 호송하는 데 성공
했다.

그러나 조선군이 원주를 점령하면 그들을 뺏길 수 있어 좀
더 안전한 함흥으로 보내 그곳에 잠시 가둬 두란 명령을 내
렸다.

그러나 이준성은 숭례문의 슬픈 역사 때문에 감상에 빠
질 틈이 없었다. 지금 그에게 숭례문은 잘 보존해야 하는 역
사적 유물이 아니라 그저 넘어야 할 장애물에 불과할 뿐이었
다.

이준성은 인드라망으로 숭례문 성문을 관찰했다. 조선군
병사 20여 명이 숭례문 입구와 출구를 막은 상태에서 검문소
를 운영 중이었다.

거기다 성루에 있는 병력까지 더하면 숭례문 근처에 있는 조선군 숫자가 순식간에 100명을 넘어갔다.

물론 실제론 이보다 더 나쁠 수 있었다.

이준성의 블러핑에 속은 왕실과 조정은 현재 개성에 머무는 중이었다.

은호대대의 보고에 따르면 왕실은 좀 더 안전한 평양성으로 가길 원한 반면, 조정은 도성으로 돌아가야 한다는 주장을 펼쳐 개성에서 오도 가도 못하는 중이었다.

만약 왕실과 조정이 도성으로 환도했다면, 경비는 지금보다 훨씬 삼엄해져 성문으로 들어갈 엄두가 나지 않았을 것이다.

성문을 통과할 때 난관이 있긴 하지만 대부분 극복 가능한 난관이었다. 통과할 때 검사하는 호패야 위조하거나 훔치는 방법으로 얼마든지 넘길 수 있었다.

또 성벽에 이준성의 초상을 그린 수배전단이 붙어 있긴 하지만 변장술을 쓰면 그를 알아보기란 사실상 불가능한 일이었다.

그러나 이준성에게는 절대 극복할 수 없는 난제가 하나 있었다.

바로 체형이었다.

190센티미터의 신장에 100킬로그램의 체중이 나가는 조선인은 거의 없었다. 더구나 그런 체형에서 웨이트트레이닝으로 만든 근육을 철갑처럼 두른 사내는 그가 유일했다.

얼굴은 다른 사람으로 감쪽같이 위장할 순 있을 테지만 그가 가진 외형, 즉 신장과 체중, 근육을 줄일 순 없는 노릇이었다.

아마 그가 숭례문으로 들어가려는 백성들 틈에 섞여 있으면 수비병은 1초가 채 지나지 않아 그를 의심할 것이다.

이준성은 그런 이유로 경비병의 주위를 분산시키는 고전적인 수법을 쓰기로 했다.

바로 성동격서였다. 그는 수레 바닥에 그가 들어갈 수 있는 크기의 목관을 만들어 넣은 다음 그 안으로 들어갔다.

잠시 후, 그의 부하들이 황소 두 마리가 끄는 수레를 숭례문 앞으로 밀어 갔다. 곧 검문소를 운영하는 조선군 몇 명이 다가와 수레를 끄는 부하들이 소지한 호패를 검사하면서 수레의 짐칸을 뒤지기 시작했다.

같은 작업을 반복적으로 계속하다 보면 언젠간 타성에 젖기 마련이었다. 수레를 조사하는 조선군 역시 마찬가지였다. 그들은 수레에 실린 쌀자루와 보리자루를 들어내 내부를 대충 살펴본 다음 이상 없다는 듯 성문 통과를 허락했다.

한데 수레가 성문 입구에 막 들어섰을 때였다.

붉은 철릭을 착용한 수문장이 수레 앞을 막아서며 소리쳤다.

"멈춰라!"

의심스런 눈초리로 수레 여기저기를 살펴보던 수문장이 갑자기 한쪽 무릎을 꿇더니 손에 쥔 칼집으로 수레 바닥을 툭툭 쳤다.

수레 바닥 목관에 숨어 있던 이준성은 움찔해 호흡을 멈추었다. 수문장이 칼집으로 칠 때 생긴 진동이 느껴질 정도로 그와 수문장 사이의 거리가 아주 가까웠다.

무릎에 묻은 흙을 털며 일어난 수문장이 싸늘한 미소를 지었다.

"다른 수레보다 바닥이 훨씬 두껍군. 게다가 일부는 비어 있기까지 해. 마치 바닥 안에 뭔가를 숨겨 둔 거처럼 말이야."

말을 마친 수문장은 번개 같은 솜씨로 칼을 뽑아 수레를 끌던 이준성의 부하를 겨누었다. 다른 병사들 역시 창과 칼로 주위에 있던 다른 부하들을 위협하며 수레를 에워쌌다.

그때, 전혀 생각지 못한 일이 발생했다. 숭례문 근처에 있는 어느 민가 안에서 폭음이 울리며 불꽃이 크게 치솟았다.

폭발은 한 번으로 끝나지 않았다. 마치 연쇄작용이 일어나는 거처럼 연달아 폭발이 일어나 일대 전체가 혼란에 휩싸였다.

"반란군이 쳐들어왔다!"

누가 외쳤는지는 모르지만 그 한마디가 주는 파급력은 가히 엄청났다. 공포에 질린 백성들이 좀 더 안전한 성 안으로 들어가기 위해 성문 앞으로 우르르 모여들었다.

그 모습을 보며 잠시 고민하던 수문장은 성루에 있는 다른 무관에게 성문을 닫아 수레가 안으로 들어가지 못하게 막으란 명령을 내렸다.

명령을 내린 다음엔 무슨 일인지 알아보기 위해 부하들과 함께 폭발이 일어난 장소로 서둘러 달려갔다.

그러나 수문장이 예상하지 못한 점이 한 가지 있었다. 성문을 막아서는 조선군과 안으로 들어가려는 백성 사이에 심한 몸싸움이 일어나는 바람에 성문을 닫으라는 명령을 받은 무관이 제때 성문 앞에 도달하지 못한 것이다.

이준성이 숨어 있는 수레는 마치 인파의 파도에 휩쓸리듯이 앞으로 점점 떠밀려 가다가 결국 성 안으로 들어가는 데 성공했다.

무관이 백성 몇 명을 본보기로 벤 후에야 성으로 들어가기 위해 병사들과 몸싸움을 벌이던 백성들이 놀라 흩어졌다.

백성들을 쫓아 버린 무관은 그제야 부하들에게 성문을 닫으란 명령을 내릴 수 있었다. 곧 육중한 성문이 쿵음을 내며 닫혔다. 성문을 닫은 무관은 돌아서서 수문장이 감시하라 한 수레를 찾았다. 그러나 수레는 이미 모습을 감춘 후였다.

한편 성문을 빠져나온 후에 수레부터 유기한 이준성은 은호대대가 도성에 마련한 안가에 숨었다. 은호대대가 도성에서 공작을 벌인 지 벌써 반년이 넘게 흘러 이미 체계가 제대로 잡혀 있었다.

도성 안에는 은호대대가 은밀히 마련한 안가가 대여섯 곳에 이르렀으며 활동하는 병사는 50여 명에 이르렀다. 또 포섭한 사람까지 합치면 100명에 육박했다.

안가에 도착한 이준성은 강태봉을 만나 보고를 받았다. 강태봉은 그보다 닷새 먼저 들어와 상황을 점검하던 중이었다.

이준성이 도성 지도를 보며 물었다.

"목표물의 소재는 모두 확인했나?"

"예, 모두 확인했습니다."

"목표물을 감시하는 인력은 여유 있게 배치해 두었겠지?"

"그렇습니다. 변동이 발생하면 그들이 바로 보고해 올 겁니다."

"잘했다."

고개를 끄덕인 이준성은 즉시 일을 시작하란 명령을 내렸고, 강태봉은 바로 움직였다.

그는 다음날 도성을 나와 조정과 왕실이 현재 머무르는 개성으로 잠입해 들어갔다. 잠입한 다음에는 은호대대가 포섭한 서인 쪽 인사를 동원해 조정과 왕실에 권율에 관해 안 좋은 소문을 슬슬 흘렸다.

그들이 처음에 흘린 소문은 권율이 역적의 우두머리인 이준성과 행주산성에서부터 교분을 나누었다는 소문이었다.

소문은 곧 빵 반죽처럼 금세 부풀어 올라 권율과 이준성이 망년지교를 맺었다는 소문으로 변했다.

심지어 나중엔 이준성을 잡을 좋은 기회가 있었지만 행주산성에서 목숨을 구해 준 은혜를 잊지 못해 권율이 놓아줬다는 소문까지 덧붙었다.

조정과 왕실은 즉시 조사단을 꾸려 진상 조사에 착수했다. 얼마 후, 행주대첩에 참가한 복수의 관계자로부터 이준성이 강태봉이란 이름으로 행주산성에서 활약하던 와중에 위기에 처한 권율을 구해 주었다는 증언과 권율이 그 대가로 이준성의 뒤를 봐주겠단 약속을 했다는 증언이 쏟아져 나왔다.

또 어명을 받은 권율이 도성으로 급히 돌아가던 도중에 이준성이 이끌던 소규모 부대와 마주쳤지만 그냥 가게 두었다는 증언이 추가로 나왔다. 심지어 이번에는 물증까지 존재했다.

이준성의 글귀가 담긴 하얀색 깃발이 조사단 손에 들어간 것이다. 조사단은 그들이 밝혀낸 사실을 곧장 왕실과 조정에 보고했고, 당연히 왕실과 조정은 발칵 뒤집혔다.

현재 도원수 권율은 2만 명에 이르는 대군을 동원해 원주 읍성을 장악한 반란군과 전투를 벌이는 중이었다. 한데 그런 권율이 반란군에 합류한다면 조선은 말 그대로 끝장이었다.

이젠 서인뿐 아니라 동인 쪽까지 나서서 불충한 권율을 당장 개성으로 소환하여 국문해야 한다는 상소를 올리기 시작했다.

왕실과 조정이 어떻게 하면 그들에게 피해가 가지 않는 선에서 도원수 권율을 안전하게 처리할 수 있을지 고민하는 중일 때, 도성에 머물던 이준성은 은호대대 병사의 안내를 받아 북촌에 위치한 어느 저택으로 걸음을 옮기는 중이었다.

늦은 시간이기 때문에 야간 순찰을 도는 순라꾼만 잘 피하면 문제가 발생할 여지가 전혀 없었다. 무사히 저택에 도착한 이준성은 계단을 올라가 문고리를 쾅쾅 세게 두드렸다.

이준성은 문이 열리길 기다리며 담 너머로 저택을 슬쩍 훑어보았다. 행랑채와 바깥채, 안채, 사랑채 모두 불이 환하게 켜져 있었다. 자정이 넘은 시간이란 점을 감안하면 꽤 의외가 아닐 수 없었다.

잠시 후, 정문이 열리기 무섭게 긴장한 표정의 중년 사내 한 명이 얼굴을 내밀며 그의 행색을 훑었다.

이준성의 옷차림이 평범하단 사실을 확인하고는 안도의 한숨을 살짝 내쉰 중년 사내는 다소 쌀쌀맞은 음성으로 물었다.

"누구요?"

"이 집 주인을 만나러 왔소."

"무슨 일인지는 모르겠지만, 용무가 있으면 내일 날이 밝은 후에 다시 오도록 하시오. 어르신은 이미 잠자리에 드셨소."

축객령을 내린 중년 사내가 문을 닫으려 할 때였다.

이준성이 급히 문 사이로 손을 집어넣어 막더니 히죽 웃었다.

"가서 주인에게 멸족을 피하게 해 줄 귀인이 왔노라 전하시오."

중년 사내는 멍한 눈으로 이준성을 바라보았다.

◆ ◆ ◆

중년 사내는 이준성의 말을 알아들은 듯했지만 충격이 너무 큰 탓에 거의 30초 동안 그를 바라보며 멍하니 서 있었다.

이준성은 미간을 찌푸렸다.

"어허. 금부도사가 들이닥쳐야 정신을 차릴 거요?"

행랑아범으로 보이는 중년 사내가 눈을 부릅떴다.

"그, 금부도사가 오는 중이오?"

이준성은 한숨을 내쉬며 재촉했다.

"언제 올진 모르지만 금부도사가 오는 거야 이미 기정사실 아니겠소? 멍청히 서 있지 말고 얼른 주인에게 가서 내 말이나 전하시오. 관에 누운 다음에 후회해 봐야 소용없으니까."

행랑아범은 눈동자를 열심히 굴리다가 결국 고개를 끄덕였다.

"이, 일단 여기서 기다리시오. 내 어르신께 말을 여쭈어보겠소."

안으로 들어간 행랑아범은 1분쯤 지나 다시 돌아왔다.

"들어오시오. 어르신께서 당신을 데려오라 하셨소."

이준성은 껄껄 웃으며 능청을 떨었다.

"하하. 잘했소. 아주 잘했어. 오늘 일이 잘 풀리면 당신은 권 씨 집안을 멸문지화에서 구해 낸 공을 인정받아 권 씨 집안의 후손들에게 대대손손 제삿밥을 얻어먹을 수 있을 거요."

행랑아범은 급히 밖을 살펴본 다음 입에 손가락을 갖다 댔다.

"조용! 조용하시오! 목소리가 너무 크잖소."

이준성은 뒷짐까지 지며 다시 껄껄 웃었다.

"하하. 사내가 그렇게 담이 작아서야 어디 큰일을 할 수 있겠소?"

더는 못 참겠다는 듯 행랑아범이 얼른 이준성의 소매를 잡아 안으로 끌어당겼고, 그는 못이기는 척 따라가 주었다. 행랑아범은 누가 볼 새라 얼른 문을 닫은 다음 뒤로 돌아섰다.

"허억!"

직후 행랑아범이 감탄인지, 경악인지 구분하기 힘든 신음을 토해 냈다. 행랑아범과 대화할 때, 이준성은 계단 밑에 서 있었다. 그 바람에 행랑아범은 그가 크단 생각을 하긴 했지만 지금처럼 190센티미터가 넘는 장신일 줄은 몰랐던 것이다.

행랑아범은 그리 우둔한 자가 아니었다.

이준성을 알아본 듯 몸을 사시나무 떨 듯 떨었다.

"다, 당신은 서, 설마…… 대역귀?"

이준성은 미간을 찌푸리며 물었다.

"대역귀? 내가 대역귀란 거요?"

그러나 행랑아범은 그의 질문에 대답하지 않았다.

그 대신 찢어지는 비명을 지르며 철퍼덕 주저앉았다.

이준성은 바닥에 주저앉아 덜덜 떠는 행랑아범을 보다가 고개를 들어 주위를 둘러보았다.

횃불과 몽둥이를 든 장정 30여 명이 집안 곳곳에서 달려나와 그를 에워싸기 시작했다.

그러나 이준성은 그들에게는 흥미가 없었다. 그의 흥미를 끈 건 바깥채 대청마루에 서 있는 두 명의 노인이었다. 자정이 훌쩍 넘은 시간이지만 두 노인 모두 의관을 갖춘 상태에서 걱정과 두려움이 담긴 시선으로 그를 지켜보았다.

이준성은 히죽 웃으며 소리쳤다.

"권 씨 집안은 귀한 손님 대접을 아주 엿같이 하는군!"

그때, 좀 더 어려 보이는 노인 쪽이 명령했다.

"쳐라!"

그러나 노인에게 이준성을 치라는 명을 받은 장정들은 겁에 질려 대충 공격하는 시늉만 할 뿐 쉽게 달려들지 못했다.

이준성은 귀찮은 표정으로 물었다.

"이러다 날 새겠군. 권 씨 집안 사내들은 다 겁쟁이인 모양
이지?"

그러나 다 겁쟁이는 아닌 모양이었다.

분노한 장정 몇이 욕지거리를 내뱉으며 달려들었다.

이준성은 허리를 젖혀 장정 하나가 휘두른 몽둥이를 가볍
게 피한 다음, 몽둥이를 쥔 장정의 팔에 수도를 내리쳤다. 장
정은 비명을 지르며 손에 쥔 몽둥이를 바닥에 떨어트렸다.

이준성은 바닥에 떨어진 몽둥이 자루를 발로 찍어 공중으
로 띄웠다. 그때, 또 다른 장정이 몽둥이를 그의 머리에 내리
쳤다.

이에 이준성은 왼손으로 공중에 뜬 몽둥이를 잡은 다음,
오른손을 앞으로 쑥 뻗어 머리로 날아드는 몽둥이를 낚아챘
다.

장정은 양손에 힘을 주어 그에게 잡힌 몽둥이를 빼내려 했
지만 마치 쇠 집게에 단단히 물린 물건처럼 요지부동이었다.

이준성은 용을 쓰는 장정을 보며 혀를 끌끌 찼다.

"힘을 주려면 이렇게 줘야지."

힘을 주어 몽둥이를 아예 빼앗아 버린 이준성은 놀라 물러
서는 장정의 가슴에 발길질을 하였다. 걷어차인 장정은 붕 떠
올랐다가 바닥에 떨어지며 대여섯 바퀴를 정신없이 굴렀다.

이제 이준성은 양손에 몽둥이를 하나씩 쥔 상태였다.

"죽어라!"

고함을 치며 달려든 장정 하나가 몽둥이로 그의 어깨를 내리쳤다. 그는 왼손에 쥔 몽둥이로 장정이 휘두른 몽둥이를 막아 낸 다음, 오른손에 쥔 몽둥이로 옆구리를 후려갈겼다. 옆구리를 정통으로 얻어맞은 장정이 바닥을 데굴데굴 굴렀다.

그 다음은 거의 일방적인 구타나 다름없었다.

장정들이 자살하기 위해 달려드는 불나방처럼 그에게 계속 달려들었지만 흠씬 매질을 당해 바닥으로 쓰러질 뿐이었다.

30명이 넘는 장정이 이준성 한 명을 감당하지 못해 바닥을 뒹굴었다. 이제 남은 장정은 나이가 좀 들어 보이는 두 명뿐이었다.

그 두 명은 다른 장정들과 달리 칼을 소지한 상태였다. 눈빛 역시 다른 장정들과 달리 얼음처럼 차가웠다.

그가 지금까지 때려눕힌 장정들은 아마 이 집안의 하인일 가능성이 아주 높았다. 그러나 마지막에 남은 두 명은 하인이 아니었다. 그들은 많은 실전을 경험한 베테랑이 분명했다.

이준성은 그들에게 손가락을 까닥거렸다.

"이봐, 언제까지 똥폼만 잡을 거야? 시간 없으니까 빨리하자고."

그 말을 들은 두 사람은 칼집에서 칼을 뽑아 양손에 단단히 쥐었다. 칼날은 얼굴을 비출 정도로 아주 잘 닦여 있었다.

오른쪽에 있는 사내가 먼저 공격해 왔다. 칼을 머리 위로 들어 올렸다가 재빨리 거리를 좁히며 사선으로 어깨를 베어 왔다.

이준성은 오른손에 쥔 몽둥이를 들어 올려 막아 갔다. 사내는 그럴 줄 알았다는 듯 칼을 급히 끌어당긴 다음, 가슴을 찔러 왔다. 칼을 거두는 동작과 다시 찔러 오는 두 가지 동작이 마치 물 흐르듯 자연스러워 마치 한 동작인 것처럼 보였다.

그러나 상대가 좋지 않았다.

다른 이였다면 당황해 그대로 가슴을 꿰뚫렸을 테지만, 이준성은 복싱의 풋워크로 가볍게 피한 다음 왼손에 쥔 몽둥이로 사내의 비어 있는 허리 부분을 강타했다. 허리를 맞은 사내는 맷집이 좋은 듯 상체를 숙이긴 했지만 쓰러지진 않았다.

"넌 이제 그만 쉬어."

이준성은 팔꿈치로 사내의 턱을 후려갈겼다. 이번 공격은 맷집으로 버틸 수가 없었는지 영하 180도 냉동고에 갑자기 들어간 사람처럼 몸이 굳어서는 앞으로 천천히 쓰러졌다.

몽둥이를 버린 이준성이 사내가 떨어트린 칼을 재빨리 주워 들려는 그때, 왼쪽 사내가 동료를 구하기 위해 등을 베어 왔다.

그러나 이준성은 마치 등에 눈이 달린 사람처럼 옆으로 몸을 굴려 공격을 피했다. 사내가 따라붙으며 재차 칼질을 하였지만 그땐 이미 그가 완전히 돌아선 상태였다.

왼쪽 사내를 보며 히죽 웃어 보인 그가 칼을 곧장 내리쳤다. 왼쪽 사내 역시 지체 없이 수중의 칼을 휘둘러 막아 왔다.

카앙!

쇳소리가 들리며 왼쪽 사내가 쥔 칼이 하늘로 날아갔다. 왼쪽 사내의 완력으론 이준성이 보유한 근력을 당해 낼 재간이 없었다. 칼과 칼끼리 부딪쳤을 때 이미 승부가 난 셈이었다.

왼쪽 사내는 손아귀가 찢어진 듯 피가 뚝뚝 떨어지는 손바닥을 부여잡은 자세로 급히 물러섰다. 이준성은 물러서는 왼쪽 사내의 목을 칼로 베어 갔다. 사내의 눈동자가 커졌다.

모든 사람이 사내의 목이 뎅강 잘려 둥실 떠오르는 광경을 상상했다. 그러나 칼은 사내의 얼굴과 정확히 1센티미터 떨어진 지점에 멈춰 있었다.

전력으로 휘두른 칼을 그런 거리에서 멈춰 세운다는 것은 사실상 불가능에 가까운 일이었다. 그러나 이준성은 불가능을 가능하게 만드는 사내였다.

그때, 대청마루에 서 있던 노인 두 명이 밑으로 내려왔다.

나이가 적은 노인 쪽이 삿대질을 하며 욕을 했다.

"대역귀놈아! 우리 집안과 무슨 원수를 졌기에 직접 찾아와 행패를 부리는 것이냐! 신고하기 전에 썩 꺼지지 못하겠느냐!"

이준성은 칼을 어깨에 걸치며 웃었다.

"아마 당신이 권순이겠군. 모욕적인 언사지만 당신 동생 얼굴을 봐서 오늘은 참겠소. 그보다 내가 행랑아범을 시켜 전한 말을 제대로 듣긴 한 거요? 난 당신네 집안을 절단 내기 위해 찾아온 귀신이 아니라, 당신들을 살려 주러 온 귀인이오. 금부도사가 어명과 함께 들이닥치기 전에 결정을 내리는 게 좋을 거요. 내 말을 들어 볼 건지, 아니면 줄줄이 포승줄에 엮여 임금이 있는 개성에 끌려가 개죽음을 당할 건지."

나이 든 노인이 흥분한 권순을 진정시키며 물었다.

"내 이름은 권개요. 내 짐작이 틀리지 않다면 당신은 역모의 수괴라는 이준성이 분명한데, 어찌 본인을 귀인이라 참칭하는 거요? 이 모든 사달이 당신 때문에 일어난 일이지 않소?"

이준성은 권개를 바라보며 진지한 표정으로 고개를 끄덕였다.

"맞소. 따져 보면 모든 책임은 나에게 있을 거요. 하지만 당신 가문이 화를 피하는 유일한 방법은 나를 따라 원주로 도망가는 거요. 아울러 그 방법만이 동생 권율을 살릴 수 있소."

권율의 둘째 형 권개와 셋째 형 권순은 행랑아범이 그랬던 거처럼 믿을 수 없는 제안을 하는 그를 멍하니 쳐다보았다.

권순이 다시 침까지 튀겨 가며 소리쳤다.

"우리를 잡아다가 동생을 협박하는 데 쓰려는 것이냐?"

"내가 비록 천하에 산재한 개자식들 중에서 둘째가라면 서러워할 개자식이긴 하지만, 그런 짓을 할 만큼 쓰레기는 아니오."

권개가 다시 동생을 진정시키며 물었다.

"그럼 우릴 잡아다가 어찌하려는 거요?"

"잡아가는 게 아니오. 모셔 가는 거에 가깝지. 소문을 들어서 알겠지만, 난 행주산성에서 권율 장군과 함께 왜군을 상대로 싸운 적이 있소. 그때 난 권율 장군의 인품에 아주 홀딱 반했소. 한데 그런 내가 조정이 권율 장군에게 누명을 씌워 죽이려 하는 걸 어찌 그냥 지켜볼 수 있었겠소? 사실 조정의 위협으로부터 권율 장군을 구해 내는 일 자체는 그리 어렵지 않소. 내겐 권율 장군을 만나 설득할 자신이 있으니까. 한데 곧 그 방법에 문제가 하나 있다는 사실을 깨달았소. 조정이 권율 장군의 가족을 인질로 삼은 뒤 협박해 도성으로 소환하면, 그가 어찌 어명을 거부할 수 있겠소?"

권개가 믿을 수 없다는 표정으로 물었다.

"그럼 지금 이 야심한 밤에 혼자 우릴 찾아온 이유가 모두 동생을 구하기 위해서란 말이오? 우릴 원주에 데려가 동생이 조정의 소환을 거부하는 데 걸림돌이 되지 않도록 말이오?"

"정확하오."

그때, 권순이 다시 끼어들었다.

"네놈은 동생의 사위가 누군 줄 아느냐?"

이준성은 피식 웃었다.

"병판 이항복 대감을 말하는 거요? 당신은 설마 병판 대감이 장인어른을 구하기 위해 역모 혐의를 받은 자를 옹호할 거라 생각하는 거요? 거참 순진하기 짝이 없는 노인네로군. 이봐요, 영감님. 왕실은 권력을 지키기 위해서라면 무슨 짓이든 할 수 있는 사람들이오. 심지어 권력을 차지하기 위해서 부모가 자식을 죽이고 형이 동생을 죽이는 판에 공신이 무슨 말발이 서겠소? 그날로 같이 목이 달아나는 거지."

권순은 여전히 똥오줌 못 가리기는 했지만 권개는 아니었다.

이준성의 설득에 마음이 흔들린 것이 분명했다.

권개가 조심스러운 목소리로 물었다.

"당신의 제안을 수락한다 가정했을 때, 우리 가족을 대체 어떻게 도성 밖으로 빼낸단 거요? 당신 혼자 그게 가능하겠소?"

이준성은 씩 웃은 다음 손가락을 튕겼다.

그 즉시 30명이 넘은 사내들이 담을 넘어 안으로 들어왔다.

8장. 공성계

권 씨 형제는 집 주위에 30명이 넘는 사내들이 숨어 있으리라곤 전혀 예상하지 못한 듯 당황한 기색을 여실히 드러냈다.

이준성은 사내들을 가리키며 설명했다.

"이들이 당신들의 안전한 탈출을 도울 것이오."

권개는 이제 마음이 70퍼센트쯤 돌아선 듯했다.

"성문은…… 성문은 어떻게 통과한다는 거요?"

"두 가지 방법을 준비해 두었소. 그러나 나를 따라간단 약속을 하기 전까진 알려 줄 수 없소. 당신이 도중에 마음을 바꾸면 우리가 만든 탈출 경로가 드러날 수밖에 없기 때문이지."

입술을 깨물며 고민하던 권개가 결국 하인들에게 명령했다.

"너희들은 일단 다친 사람부터 살펴보도록 해라! 또 몇 사람은 바깥채를 치워 손님들이 묵을 수 있도록 준비해 두어라!"

싸움에 참가하지 않은 늙은 하인들이 권개의 명령에 따라 다친 하인들을 행랑채로 옮겨 치료했다. 그가 사정을 많이 봐줬기 때문에 다친 장정 중에 상태가 심각한 사람은 없었다.

또 몇 명은 급히 바깥채를 치워 이준성과 그의 부하들이 쉴 수 있게 조치했다. 그사이 권개는 집안에 켜 둔 불을 모두 끄게 한 다음 식구들을 사랑채에 모아 회의를 주최했다.

물론 회의 주제는 이준성의 제안을 받아들일지 말지에 관해서였다. 그러나 권개가 이준성을 위해 바깥채를 비우는 결정을 내렸을 시점부터 결론은 이미 어느 정도 나온 셈이었다.

대역죄인을 안에 들였을 뿐 아니라, 심지어 숨겨 주기까지 한 상황에서 고를 수 있는 선택지는 한정될 수밖에 없었다.

이준성은 권개의 팔을 잡으며 고개를 저었다.

"이런 결정은 원래 가족 전체가 내려야 하는 법이오."

권개가 사랑채에 둘러앉은 노소 20여 명을 가리키며 대답했다.

"걱정 마시오. 현재 임지에 나가 있는 막내를 제외하면 집안의 모든 사내가 이곳에 모여 있는 셈이니까. 덕분에 오늘 회의의 결론이 곧 우리 집안의 의사를 대표한다 할 수 있소."

이준성은 고개를 저었다.

"꼭 불알달린 사내만 가족은 아니지 않소?"

이준성의 상스러운 말에 학자풍의 점잖은 사내 몇 명이 헛기침을 하며 못마땅한 기색을 내비쳤다.

그러나 권개는 그가 한 상스러운 말보다 그 말에 담긴 의미에 더 놀란 듯했다.

"가족회의에 아녀자들까지 부르라는 말이오?"

"당연히 불러야지요. 본인의 인생을 결정하는 일인데 아녀자란 이유로 회의에 참석하지 못하게 막는 것은 너무 불공평하지 않소? 당연히 여자들의 의견 역시 수렴해야 할 것이오."

이번에는 방금 전보다 헛기침을 하는 사내들이 더 늘어났다.

그러나 이준성은 고집을 꺾지 않았다.

권개는 어차피 그의 의견을 받아들일 수밖에 없는 입장이었다.

곧 권 씨 집안 아녀자들이 사랑채 안으로 하나둘 모여들었다. 그녀들은 회의에 불려나온 일이 얼떨떨한 듯했다. 그러나 집안의 큰일을 사내들과 같이 결정할 수 있다는 점은 은근 반기는 눈치였다.

물론 남편과 시아버지의 눈치를 보기는 했지만 당당한 구성원으로 인정받았다는 사실이 기쁜 듯했다.

그때, 이준성의 눈이 살짝 커졌다. 거동이 불편한 노파를 부축하며 사랑채 안으로 들어온 10대 후반 소녀가 그의 눈길을 잡아끌었다.

지금 기준으론 어떤지 모르겠지만, 그의 기준으로는 보기 드문 미인이었다. 동그란 이마와 초롱초롱한 눈, 작지만 아담한 코와 입술이 완벽한 조화를 이루었다.

키 역시 상당히 커서 168센티미터를 넘을 듯했다. 지금 기준으로 따지면 상당한 장신으로 웬만한 사내보다 머리 하나가 더 있었다. 또 팔다리 역시 모델처럼 아주 길쭉길쭉했다.

소녀는 아직 머리에 쪽을 지지 않아 윤기가 흐르는 댕기머리를 등 뒤로 늘어트렸는데, 이는 아직 혼인 전이란 의미였다.

무심코 고개를 돌리다가 이준성과 눈이 마주친 소녀는 부끄러웠는지 귀까지 빨개져선 얼른 노파 뒤에 숨었다.

잠시 후, 권개의 주도로 권 씨 집안 여자들까지 모두 참석한 전체 가족회의가 열려 이준성의 제안을 따를지 말지를 논했다.

물론 그들이 선택할 수 있는 선택지가 하나밖에 없기 때문에 명목상 회의에 불과했지만 반론이 없진 않았다.

우선 가장 큰 걸림돌은 역시 명예였다. 평생 유학을 공부한 유학자의 입장에서 조선 왕실을 배신하는 일이 말처럼 쉽지 않은 것이다.

무엇보다 영의정까지 역임한 선친의 명예가 더럽혀지는 상황을 크게 우려했다. 후손이 역적으로 낙인찍히면, 그 조상 역시 살아 있을 때 세운 공적에 관계없이 역적의 조상으로 전락할 가능성이 아주 높았다.

어쩌면 왕실과 조정은 선친의 무덤을 파헤쳐 부관참시까지 할지도 모를 일이었다. 자식으로서는 걱정이 클 수밖에 없는 사안이었다.

오히려 집과 땅을 버려야 하는 문제, 추억이 깃든 삶의 터전을 떠나야 한단 문제는 명예가 걸린 일에 비해 별것 아니었다.

새벽 2, 3시까지 갑론을박이 이어졌지만 쉽게 결론이 나지 않았다. 과격한 몇 명은 권율이 어떤 선택을 내리든 간에 자기들은 끝까지 도성에 남아 왕실이 내리는 처분이 무엇이든 달게 받아야 한다는 얼토당토않은 주장까지 내놨다.

권개가 중간에서 어떻게든 중재해 보려 했지만 회의는 결국 각자 알아서 하자는 쪽으로 흘러가는 모양새를 보였다.

즉 떠날 사람은 떠나고 도성에 남을 사람은 남자는 뜻이었다.

지금까지 침묵을 지키던 이준성은 고개를 저었다.

"당신들이 할 수 있는 선택은 두 가지밖에 없소. 다 남든지,

다 떠나든지. 물론 빨리 선택하는 편이 좋을 거요. 지금쯤 금부도사가 도성으로 오기 위해 차비하는 중일 테니까."

금부도사란 말의 파급력은 과연 대단했다. 어명을 가진 금부도사가 집에 도착하면 남자들은 모진 고문을 받다가 목이 잘려 죽어야 했다. 또 여자들은 관노비 신세를 면치 못했다.

이준성은 찬물을 끼얹은 것처럼 갑자기 조용해진 방 안을 둘러보다가 다시 한 번 그 아름다운 소녀와 눈이 마주쳤다.

소녀의 눈빛에는 두려움이 가득했다.

이준성은 시선을 돌리며 권개에게 제안했다.

"나에게 결정을 빨리 내릴 수 있는 좋은 방법이 한 가지 있소."

권개가 급히 물었다.

"그게 어떤 방법이오?"

"쉽게 말해 머릿수가 많은 쪽이 이기는 방법이오. 각자 한 사람씩 종이를 나눠 가진 다음, 그 종이에 떠날지 말지를 적는 것이오. 글을 모르는 사람이 있을 경우, 동그라미와 가위 같은 그림으로 의사를 표현하는 방법 역시 상관없소. 이런 행동을 어떤 지역에선 투표라 부르는데, 여기엔 반드시 지켜야 하는 규칙이 몇 개 있소. 첫 번째는 무기명이어야 한단 거요. 즉 누가 어떤 선택을 했는지 다른 사람이 알 수 없어야 한단 뜻이오. 물론 다른 사람에게 선택을 강요하는 행위 역시 부정으로 취급하오. 두 번째는 한 사람에게 한 장의 투표권만 있단 규칙이오. 다시 말해 여자든 남자든, 나이가 많든 적든 상관없이 공평하게 한 장의 투표로 자신의 의사를 표현할 수 있소. 마지막 세 번째는 어떤 결과가 나오든 다수가 선택한 쪽을 모든 사람이 따라야 한단 규칙이오. 모든 사람이 이 세 가지 규칙을 준수해 주면 복잡한 문제를 아주 단순한 방법으로 빨리 해결할 수 있소."

다수결 투표는 소수의 의견을 묵살할 수밖에 없다. 또 권 씨 집안에서 일하는 식솔과 노비에게는 투표할 자격이 주어지지 않아 아주 평등한 투표까지는 아닌 셈이다.

하지만 이준성은 여기서 그들에게 다수결 투표의 함정까지 강의할 생각은 없었다.

몇몇이 불만을 드러내기는 했지만 어쨌든 그것 외에는 다른 방법이 없어 바로 투표가 이루어졌다. 가장이 가족에게 특정한 선택을 강요하지 못하도록 한 명씩 다른 방으로 건너간 다음, 그 방에서 먹물로 투표지에 가부를 표시하도록 했다.

표시한 다음에는 사람들이 안을 보지 못하게 잘 접어서 권개 앞에 있는 투표함에 넣었다. 투표는 나이 순서대로 이루어졌다.

물론 그 아름다운 소녀 역시 당연히 투표에 참여했는데, 투표함에 용지를 넣을 때 이준성은 소녀의 머리카락에서 향긋한 풀냄새 같은 향기가 난단 사실을 알 수 있었다.

소녀는 여태까지 살면서 외간 남자와 한방에 있어 본 경험이 없었던 것인지 이준성의 얼굴을 제대로 바라보지 못했다.

어쨌든 투표는 무사히 끝났다.

개표는 공정을 기하기 위해 각 집에서 대표로 한 명씩 나와 개표와 검표를 같이 했다. 물론 투표 결과는 압도적이었다.

찬성 32, 반대 4였다.

반대한 네 명은 불만을 드러내긴 했지만 투표 전에 약속한 대로 결과에 승복했다. 이젠 떠나는 일만 남은 셈이었다.

이준성은 권개에게 물었다.

"한데 내가 보기에는 권 씨 가문 전체가 이 집에 전부 모여 있는 것 같은데, 여기에 내가 모르는 어떤 곡절이 있는 거요?"

권개가 한숨을 쉬었다.

"세상 사람들이 다 아는 소문을 어찌 당사자인 우리가 모를 리 있겠소. 조정의 분위기가 심상치 않다는 소문을 듣고는 씨제사를 지낸단 핑계를 대어 가족을 전부 불러 모았소. 당신이 오기 전까지 그 일로 가족회의를 하던 중이었지."

그때, 권순이 자기 허벅지를 세게 탁 쳤다.

"아차, 형님! 이거 야단났습니다!"

"왜 그러는가?"

"막내 놈의 딸은 제 남편 때문에 아직 개성에 있지 않습니까?

기별을 보냈을 때 남편 밥을 해 먹여야 한다며 오지 않은 사실을 그새 잊으신 겁니까? 우린 어쩌면 이번 일에서 가장 중요하다 할 수 있는 사람을 빠트린 거나 다름없습니다."

권개 역시 깜짝 놀라 부르짖었다.

"아뿔싸!"

그때, 이준성이 히죽 웃으며 권개와 권순의 어깨를 툭 쳤다.

"그 문젠 걱정하지 마시오. 이미 내 부하들이 개성에 잠입해 장군의 딸과 외손자들을 밖으로 빼낼 준비를 마친 상태요. 도성을 나가면 곧 만나 볼 수 있을 거요."

그러나 권개는 아직 안심할 수 없는 모양이었다.

걱정이 가시지 않은 표정으로 물었다.

"막내의 사위는 어찌 처리할 거요? 우리가 도망치면 조정이 사위를 가만두지 않을 텐데. 사위가 중요한 일을 맡곤 있지만 장인과 부인이 역모 혐의를 받으면 위험하지 않겠소?"

이준성은 미간을 살짝 찌푸리며 대답했다.

"권율 장군의 사위인 병판 대감을 당장 빼내긴 어렵소. 일단 병판이 무슨 생각을 하는지 알 수 없기 때문에 추이를 지켜보며 대처할 생각이요. 그러나 큰 문제는 없을 거라 생각하오. 이름값이 있어서 유배부터 보내지, 목부터 자르진 않을 거요. 조정이 정말 유배를 보낸다면 귀양 갈 때 습격해 빼내오는 일은 식은 죽 먹기나 다름없소. 걱정하지 마시오."

이준성은 다음 날 아침, 사대문이 열리길 기다렸다가 은호대대가 마련한 호패로 여자와 아이부터 성 밖으로 빼냈다.

물론 여기서 말한 여자와 아이는 권 씨 일가뿐 아니라 집에서 일하는 식솔과 하인의 가족까지 포함해 이르는 말이었다.

사내들은 검색을 통과하는 일이 여자들보다 훨씬 어렵기 때문에 의심을 사지 않도록 한두 명씩 따로 떨어트려 내보냈다.

이제 남은 인원은 권개, 권순 등 사내 20여 명이었다.

한데 조정 역시 그가 한 예상보다 훨씬 빠르게 움직였다. 날이 어두워져 사대문과 사소문이 모두 굳게 닫혔을 무렵, 금부도사가 의금부 나장 30명을 대동한 채 집으로 들이닥쳤다.

◆ ◈ ◆

금부도사를 본 권개, 권순의 얼굴이 새하얗게 질렸다. 사대문과 사소문이 모두 닫히는 바람에 이젠 도망칠 방법이 없었다.

지금 당장은 금부도사와 의금부 나장을 물리칠 수 있을지는 몰라도, 조정이 군을 동원해 대대적인 수색 작전을 벌이면 탈출로가 모두 막혀 꼼짝없이 나포될 수밖에 없었다.

한데 정작 가장 위험한 이준성은 표정 변화가 전혀 없었다.

그는 겁에 질린 권개, 권순을 안채 뒷문으로 떠밀었다.

"뒷문으로 나가면 내 부하들이 있을 거요. 그들을 따라가시오."

권개가 이준성의 팔을 잡으며 급히 물었다.

"당신은…… 당신은 어떻게 할 거요?"

"하하. 지금 내 걱정을 하는 거요? 난 당신들이 대역귀라 부르는 사람이오. 금부도사 따윈 손가락 하나로 제압할 수 있소."

그때, 안채로 통하는 문을 부수며 뛰어 들어온 금부도사가 권개, 권순 등을 발견하고는 같이 온 나장들에게 명령했다.

"역적 놈들을 모조리 잡아들여라!"

"예!"

대답한 나장들이 육모방망이를 휘두르며 덮쳐왔다.

권개, 권순 등 마지막까지 남은 사람들을 얼른 뒷문으로 내보낸 이준성은 옆을 돌아보았다. 원주에서 데려온 부하 다섯과 권율의 심복으로 보이는 중년 사내 두 명이 그의 옆에 서 있었다.

중년 사내 두 명은 권 씨 집안 하인들이 이준성을 공격해 왔을 때, 영화의 악당처럼 마지막에 폼 잡으며 등장한 칼잡이들이었다. 물론 그들 역시 그에게 혼쭐나긴 마찬가지였지만.

그때, 부하 다섯 명이 앞으로 뛰어가 나장들을 상대했다.

이준성은 그 틈을 이용해 중년 사내들에게 물었다.

"그러고 보니 두 사람의 이름을 아직 듣지 못했군."

흉터 때문에 인상이 험상궂어 보이는 사내가 먼저 입을 떼었다.

"소인의 이름은 경수입니다."

경수에 이어 인상이 날카로워 보이는 사내가 자신을 소개했다.

"소인은 문수라 합니다."

"경수, 문수? 둘이 형제인가?"

두 사내는 동시에 고개를 저었다.

잠시 후, 문수가 그의 질문에 대답했다.

"저희는 둘 다 천애고아입니다. 원래는 다리 밑에서 비럭질을 하며 살았는데, 권철 대감께서 거두어 주신 덕분에 동냥을 그만둘 수 있었습니다. 권철 대감께서 돌아가신 후에는 막내도련님이신 권율 장군 휘하에 들어가 왜군과 싸웠습니다."

"그럼 날 본 적이 있나?"

두 사내가 이번엔 동시에 고개를 끄덕였다.

"예. 행주산성에서 활약하실 적에 멀리서 잠깐 뵌 적 있습니다."

이준성은 두 사람의 어깨를 탁 치며 껄껄 웃었다.

"하하. 행주산성에서 날 본 경험이 있다면 내가 얼마나 무서운 사람인지 알 텐데 용케 덤벼들었군. 용기가 아주 대단해."

문수가 머리를 긁적이며 대답했다.

"겁이 나서 다리가 후들거리기는 했지만 권철 대감께 은혜를 입은 몸이라 다른 방법이 없었습니다. 부디 용서해 주십시오."

말을 마친 두 사람은 동시에 머리를 숙여 보였다.

이준성은 고개를 저었다.

"머리 숙일 필요 없어. 난 의리 있는 사내를 아주 좋아하니까."

그때, 의금부 나장 몇 명이 부하들을 돌파해 그 앞에 이르렀다.

나장이 휘두른 육모방망이를 손으로 잡아 단숨에 빼앗은 이준성은 나장들을 때려눕혔다. 권 씨 집안 하인들을 상대할 때는 사정을 봐줬지만 지금은 아니었다.

경수와 문수 역시 칼을 뽑아 나장을 베어 갔다.

이준성이 휘두른 육모방망이에 맞은 나장들은 머리가 터져 즉사했다. 순식간에 대여섯 명을 없앤 그는 명령을 내리는 금부도사에게 달려들었다.

붉은색 철릭을 입은 금부도사는 재빨리 칼을 뽑아 저항했지만 그가 휘두른 육모방망이에 칼을 쥔 오른팔이 부러진 다음엔 저항할 방도가 없었다.

금부도사가 부러진 오른팔을 감싸며 소리쳤다.

"너, 너는 설마……."

"왜? 대역귀 처음 봐?"

침을 꿀꺽 삼킨 금부도사가 뒷걸음질 치며 소리쳤다.

"다, 당장 물러서지 못할까! 보, 본관은 어명을 받든 몸이다! 날 해치면 역적으로 몰릴 수 있단 사실을 정녕 모른단 말이냐?"

이준성은 피식 웃었다.

"이미 역적으로 몰린 사람한테 그따위 협박이 통할 거라 생각해?"

이준성은 육모방망이로 금부도사의 머리를 후려쳐 박살 냈다.

금부도사의 숨통을 끊은 이준성은 뒤를 돌아보았다. 부하 다섯에 경수, 문수까지 합친 일곱 명이 남은 나장들을 전부 쓰러트린 상황이었다. 경수, 문수는 실전 경험이 많음을 입증하듯 아직 죽지 않은 나장의 목을 베어 확인 사살을 마쳤다.

금부도사와 나장들을 죽여 시간을 번 이준성은 안채 뒷문으로 빠져나와 북서쪽으로 달려갔다. 사소문 중 하나로 북부를 오가는 행인이 주로 이용하는 창의문이 있는 곳이었다.

이준성은 잠시 후 창의문 근처에서 먼저 출발한 권개 일행
과 합류하는 데 성공했다.

권개는 이준성 등이 무사히 빠져나온 모습을 보곤 안심하
는 눈치였는데, 금부도사를 어떻게 했는지 물어볼 법했지만
그 이야기는 끝내 입 밖에 내지 않았다.

그는 이준성이 금부도사와 의금부 나장을 전부 죽였을 것
이라 확신하는 듯했다. 금부도사를 죽이기 전까진 역모를 계
획한 미수범의 신분이었지만, 금부도사를 죽이는 데 가담한
지금은 죄질이 가장 안 좋은 축에 드는 역적으로 전락했다.

권개 등은 금부도사를 살해하는데 그들이 어느 정도 가담
함에 따라 돌아갈 다리가 완전히 끊어졌다는 사실을 절감했
다.

그들이 살아남기 위해선 이제부터 이준성이 왕실과 조정
을 상대로 한 전투에서 승리하길 기도하는 수밖에 없었다.

권개가 초조한 목소리로 물었다.

"성문을 넘을 방법이 있긴 한 거요?"

이준성은 껄껄 웃으며 대답했다.

"하하. 다 방법이 있으니까 이리 온 거 아니겠소."

권개는 당황하기보다는 황당한 표정으로 이준성의 얼굴을
바라보았다. 이런 상황에서 웃음이 나오는 사람이 세상천지
에 있으리라고는 전혀 생각지 못한 듯했다. 그러나 어쨌든 이
준성의 웃음 때문에 긴장이 많이 풀린 것은 사실이었다.

이준성은 동행하던 은호대대 병사 하나를 창의문 성문으로 보내 신호를 보내도록 했다. 잠시 후, 그를 포함한 일행 모두는 은호대대 병사가 내는 휘파람 소리를 들을 수 있었다.

별것 아닌 거처럼 보이는 휘파람 소리의 위력이 생각보다 더 대단했다. 갑옷을 걸친 창의문 수문장이 성문으로 직접 내려와 문을 지키던 부하들에게 성문을 열라 명령했다.

부하들이 육중한 성문을 여는 동안, 수문장은 은호대대 병사의 안내를 받아 이준성 일행이 숨어 있는 곳으로 걸음을 옮겼다.

이준성을 본 수문장은 즉시 한쪽 무릎을 꿇으며 군례를 취했다.

"처음 뵙습니다. 소장 한명련이라 하옵니다."

이준성은 한명련을 일으켜 세우며 그의 됨됨이를 살펴보았다.

은호대대가 공을 들여 포섭한 인물답게 인물이 아주 훤칠했다. 또 눈빛이 아주 또렷해 마치 맹수의 눈빛을 보는 듯했다.

은호대대장 강태봉의 보고에 따르면, 한명련은 육군에서 다섯 손가락 안에 꼽힐 만큼 뛰어난 실력을 갖춘 장수였지만 합당한 대우를 받지 못하는 중이었다.

심지어 사헌부는 한명련의 신분이 미천하단 이유로 경상도에서 의병을 이끌며 큰 공을 세운 그를 파직하라는 상소문을 작성하는 어이없는 짓을 벌였다.

인재를 알아본 사람들이 선조에게 청해 파직은 간신히 면할 수 있었지만, 결국 한직이라 할 수 있는 창의문 수문장으로 보직을 옮겨야 했다.

이준성은 한명련을 거듭 칭찬한 다음, 창의문으로 걸어갔다.

"성문을 지키는 다른 병사들은 어떤가? 자네 부하들 말이야."

"걱정하지 마십시오. 모두 주군을 따르기로 맹세한 자들입니다."

이준성은 한명련의 어깨를 두드리며 거듭 칭찬했다.

"역시 대단하군. 듣던 대로 수완이 보통이 아니야."

한명련은 겸손한 태도를 보였다.

"아닙니다. 오히려 도와 드릴 수 있어 기쁠 따름입니다."

이준성은 한명련의 도움을 받아 도성을 무사히 빠져나오는 데 성공했다.

물론 한명련 역시 성문을 지키던 자기 부하들과 함께 이준성을 따라나섰다. 그가 성문을 열어 역적을 도망치게 한 사실이 밝혀지면 어차피 목숨을 부지할 수 없기 때문에 처음부터 같이 가기로 계획이 짜여 있었다.

그렇게 홍제원 뒤를 돌아 안전한 장소에 도착한 이준성은 뒤를 힐끔 돌아보았다. 권 씨 일가를 잡으러 갔던 금부도사와 나장들이 모두 살해당한 사실을 도성 수비군이 눈치 챈 모양이었다. 소란스러운 소리가 그들이 있는 장소까지 들리는 듯했다.

"창의문이 뚫렸단 사실을 저들이 눈치 채기 전에 서두릅시다."

이준성은 은호대대 병사들을 길잡이로 삼아 이동을 시작했다.

늦은 시간이기 때문에 다들 피곤할 법했지만, 살아야겠다는 생존 욕구가 피로와 싸워 이긴 듯 못 걷겠다며 징징대는 사람은 나오지 않았다.

일행은 새벽녘에 은호대대가 경기도 북쪽에 마련한 안가에 도착해 휴식을 취했다.

안가가 도성과 개성을 이어 주는 대로 근처에 있기 때문에 낮에 휴식을 취한 일행은 저녁에 일어나 다시 걷기 시작했다.

그렇게 하루를 더 걸었을 때, 마침내 하루 먼저 출발한 다른 일행과 합류할 수 있었다.

짧은 시간이긴 하지만 잠시 동안 서로의 생사를 알지 못한 상태로 생이별을 해야 했던 권 씨 집안의 사내와 여자, 아이들은 서로를 부둥켜안으며 다친 곳은 없는지, 힘들지는 않았는지 등을 물었다.

은호대대가 마련한 안가에서 하루 더 휴식을 취한 권 씨 일가는 다음 날 권 씨의 피를 물려받은 또 다른 일가와 합류할 수 있었다.

바로 개성에 있던 권율의 딸과 그녀의 자식들이었다. 권율의 딸과 그녀의 자식들은 은호대대장 강태봉이 직접 인솔해 왔는데 그중에 불청객이 한 사람 끼어 있었다.

바로 16, 17세쯤으로 보이는 소년이었다.

이준성이 소년을 가리키며 강태봉에게 물었다.

"저런 소년이 있단 말은 못 들었는데?"

소년을 힐끗 본 강태봉이 대답했다.

"정충신이란 이름의 소년입니다. 원래는 권율 장군 휘하에 있던 소년병이었는데, 재능이 있어보였는지 이항복 대감이 자기 집으로 데려와 공부를 직접 가르치는 중이었답니다. 우리가 권율 장군의 따님을 데려올 때 납치하는 것으로 오해했는지 막무가내로 달려드는 통에 데려올 수밖에 없었습니다."

유진으로 정충신을 검색해 본 이준성은 고개를 끄덕였다.

"잘했다."

이준성은 거의 150명으로 불어난 일행을 통솔해 경기도 경계에서 바로 강원도로 넘어갔다. 그러나 원주로 바로 가지는 않았다.

원주는 지금 조선군과 아시온 사단이 한창 전투를 치르는 중이어서 그들이 전투에 휘말릴 가능성이 있었기 때문이었다.

홍천에 도착한 이준성은 그곳에 대기하던 병사들에게 권씨 일가를 호위해 조선군의 손이 미치지 않는 안전한 양양으로 피신해 있으라는 명령을 내렸다.

그러나 일가가 전부 양양에 가진 않았다. 그는 권율의 두 형인 권개, 권순, 권율의 부인 박씨, 딸 권 씨 네 명과 함께 원주읍성으로 이동했다.

조선군의 정탐에 걸리지 않도록 동쪽에서 원주읍성으로 접근한 그들은 곧 시체 썩는 냄새가 진동하는 전장에 도착했다. 그들의 머리 위에선 시체 썩는 냄새에 이끌려 찾아든 독수리, 까마귀 떼가 허공을 선회하며 먹이다툼에 한창이었다.

이준성은 일행과 함께 전장을 잘 볼 수 있는 언덕으로 올라갔다. 잠시 후, 언덕에 도착한 그들은 예상치 못한 광경에 입을 쩍 벌렸다.

성을 포위한 줄 알았던 조선군은 원주읍성 안에서 농성 중이었으며, 성 안에서 농성 중 일거라 예상한 아시온 사단은 성 밖에서 조선군이 성 밖으로 나오지 못하게 막는 중이었다. 마치 양측의 처지가 뒤바뀐 듯했다.

◆ ◈ ◆

이준성은 하나의 대전제를 세워 둔 상태에서 이번 작전을 구상했다. 그 대전제는 조선군의 희생을 최소화한 상태에서 압도적으로 승리한다는 전제였다. 동족상잔의 비극을 피하기 위해서는 아니었다. 그보단 훨씬 냉정한 이유에서였다.

우선 조선 왕실과 치르는 내전에서 인명 피해가 많으면 그와 아시온 사단를 지켜보는 여론이 안 좋게 흘러갈 위험이 있었다. 당장은 승리가 급할지 모르지만 내전이 끝난 이후를 생각하면 그에게 앙심을 품은 사람이 적을수록 좋았다.

두 번째 이유는 비록 조선군이 지금은 적이라 할지라도 내전이 끝난 후엔 그들 모두 그의 병사임과 동시에 백성이기 때문이었다. 즉 조선군 피해가 커질수록 내전이 끝난 후에 그의 수중에 떨어지는 병사와 백성의 수가 줄어드는 것이다.

이준성은 그런 이유로 조선군 희생을 최소화하면서 전쟁을 승리로 이끌 계획을 세워야 했다.

그때 생각난 작전이 공성계였다. 야전에서는 포위하기 쉽지 않지만 성 안에 가둬 두면 포위하기 쉬워진다.

일단 성 안에 가두어 포위한 다음에 협박을 하든, 항복을 종용하든 해서 이번 전투를 끝내는 것이 지금으로서는 가장 효과적인 방법이란 생각이 들었다.

이준성은 공성계를 사용하는 데 원주읍성에 뚫어 둔 비밀통로를 이용하기로 결심했다.

그는 몇 달 전에 원주읍성이 포위당하는 상황을 염려해 성 지하에 폭 1미터, 높이 2미터, 길이 3킬로미터에 이르는 비밀통로를 몰래 뚫어 두었다.

이준성이 아시온 사단 주력을 동원해 경상도 해안가에서 왜군과 건곤일척의 전투를 치를 때, 원주읍성을 지키던 유경천과 조광의 절강연대는 2만 명이 넘는 조선군에 포위당했다.

그때, 유경천은 그 비밀 통로를 이용해 밖에 있던 은호대대와 연락하며 성 안의 사정을 밖에 있는 아군에게 알려 주었다.

이후 이준성은 곧장 1만 명이 넘는 병력을 동원해 그 통로를 확장했다. 이번에는 폭 3미터, 높이 3미터, 길이 5킬로미터로 확장해 원주읍성 지하에 아예 고속도로를 하나 뚫어 버렸다.

그러나 막무가내로 뚫을 순 없는 노릇이었다. 중간에 무너지면 인원과 장비의 손실이 클 뿐 아니라 복구하는 시간이 너무 많이 걸렸다. 그는 강원도와 함경도 광산에서 일하는 광부를 불러다가 광산에 갱도를 뚫는 방식으로 작업했다.

갱도를 다 뚫은 다음엔 세부적인 작전을 세워 나갔다. 작전의 골자는 이러했다.

1단계에서는 조선군을 어떻게든 원주읍성으로 유인해 읍성을 포위하게 만들어야 했다. 2단계는 원주읍성을 포위한 조선군이 성벽을 공격할 때, 농성하던 아시온 사단이 마치 조선군을 당해내지 못해 성 안으로 퇴각하는 거처럼 연기해야 했다.

사실 이 2단계가 가장 중요했다. 조선군이 함정임을 간파하면 작전이 실패로 돌아가기 때문에 진짜 퇴각하는 것처럼 보여야 했다. 치열한 전투 끝에 어쩔 수 없이 퇴각하는 것처럼 보일수록 성공 확률이 높아졌다.

3단계는 조선군이 성 안에 진입했을 때, 아시온 사단이 기다렸다는 듯 미리 뚫어 놓은 통로를 통해 성 밖으로 빠져나가는 단계였다.

4단계는 빠져나온 아시온 사단이 원주읍성을 역으로 포위해 성 안에 갇힌 조선군이 성 밖으로 탈출하지 못하게 막는 단계였다. 마지막 5단계는 권율에게 항복을 종용해 성 안에 갇힌 조선군 2만 명을 사로잡는 단계였다.

2단계가 성공하면 작전은 거의 성공이라 할 수 있었다. 그러나 완벽하게 성공하려면 5단계까지 조선군에 통해야 했다. 즉 권율이 부하들과 함께 항복하도록 만들어야 했다.

만약 권율이 결사항전을 택하면, 성 안에 남는 것은 포로 2만 명이 아니라 굶어 죽거나 전사한 조선군 2만의 시체였다.

5단계를 위해선 도성에 있는 권율의 가족을 무사히 원주읍성까지 데려오는 작전이 중요했다.

이준성은 처음에 도성에 가서 권율의 가족을 데려오는 작전을 믿을 수 있는 부하에게 맡긴 다음, 본인은 원주읍성 작전을 지휘할 생각이었다.

조선군을 원주읍성 안으로 몰아넣기 위해서는 그가 직접 원주읍성 작전을 지휘하는 게 가장 안전하다고 생각했던 것이다.

그러나 유진에게 변수를 넣어 시뮬레이션을 시켜 본 결과, 성공 확률이 50퍼센트를 약간 넘는 60퍼센트에 그쳤다. 반면 그가 도성작전을 지휘하면, 성공 확률이 80퍼센트로 올라갔다.

원주읍성 작전보다는 적지 한복판인 도성에서 권율의 가족을 탈출시키는 작전이 더 어렵다는 뜻이었다.

그 때문에 유진의 조언을 받아들인 그가 도성작전을 맡아 진행하는 동안, 강문우가 원주읍성 작전을 맡았던 것이다.

강문우는 이준성에게 작전을 반드시 성공시켜 보이겠다는 맹세를 했는데 그는 그 맹세를 훌륭히 완수했다.

강문우는 조선군이 갇힌 원주읍성을 완벽하게 포위한 상태였다. 반대로 조선군은 그들이 함정에 빠졌다는 사실을 간파하고는 읍성 밖으로 탈출하기 위해 애를 쓰는 중이었다.

그렇다면 이젠 마지막 5단계 작전을 시작할 때였다.

이준성은 권율의 가족과 함께 야산을 내려와 전장으로 향했다. 은호대대가 강문우에게 이준성이 곧 갈 거란 전갈을 보내 놨기 때문에 강문우, 원충서, 지달원, 명회 등 10여 명이 넘는 장수들이 도열해 그가 도착하기를 기다리는 중이었다.

이준성을 본 장수들이 일제히 무릎을 꿇으며 군례를 취했다.

"오셨습니까?"

권개 등은 이준성이 당당한 모습으로 장수들의 군례를 받는 모습을 보며 약간 의외라는 표정으로 그를 바라보았다.

같이 있을 때의 그는 그저 덩치만 클 뿐 농담을 잘하는 싱거운 사람이었다. 한데 범과 같은 장수들이 긴장한 표정으로 그를 대하는 모습을 본 지금은 그가 조선 왕실을 전복시키려는 막강한 세력의 수장임을 새삼스레 실감할 수 있었다.

이준성은 그 없이 작전을 성공시킨 장수들을 칭찬한 다음, 권개 일행과 함께 중군에 있는 총사령관의 진채로 이동했다.

"오셨습니까?"

그들이 지나갈 때마다 정병으로 보이는 건장한 사내 수천 명이 일제히 이준성을 향해 군례를 취했다. 그에게 인사하는 병사들의 목소리가 워낙 커서 지축이 흔들리는 듯했다.

권율의 부인 박 씨와 딸 권 씨는 수천 명의 사내들이 뿜어내는 살기와 땀 냄새에 두려움을 느낀 듯 서로의 팔을 꼭 붙든 자세로 권개와 권순의 뒤를 종종걸음으로 쫓아갔다.

여자들뿐 아니라 나이가 들어 이젠 웬만한 일이 아니면 놀랄 일이 없을 거라 생각했던 권개와 권순 역시 긴장한 기색으로 앞서가는 이준성의 뒤를 급히 쫓아갔다.

아버지가 영의정인 덕분에 어렸을 때부터 고생을 모르며 자란 권개, 권순 형제로서는 이런 광경에 두려움을 느낄 수밖에 없었다.

막사에 도착한 이준성은 권개 일행에게 앉을 자리를 만들어 준 다음, 강문우를 불러 그동안 있었던 일을 보고받았다.

보고를 다 받은 이준성은 일어나서 권개에게 윙크를 해 보였다.

"일이 잘 풀린다면 오늘 안으로 동생을 만나 볼 수 있을 거요."

장담한 이준성은 막사를 나와 강주봉이 대기시켜 놓은 군마에 올랐다. 강주봉 역시 자기 군마에 올라 김성일, 곽재우, 정인홍을 만날 때처럼 항복을 뜻하는 흰 깃발을 들었다.

이준성은 강문우에게 성을 포위한 전방 부대를 100미터 뒤로 물리라는 명령을 내린 다음, 강주봉만 대동한 상태에서 원주읍성 남쪽 성문으로 말을 몰았다.

잠시 후, 그와 강주봉 두 사람은 남쪽 성문 앞 30미터 지점에 도착할 수 있었다. 성벽 위의 조선군이 화살을 쏘면 순식간에 고슴도치로 변할 수 있는 거리였지만 이준성은 긴장한 기색이 없었다.

한데 조선군 역시 공격할 생각이 없는 듯했다. 그들은 그저 그와 흰 깃발을 든 강주봉을 뚫어져라 노려볼 따름이었다.

이준성은 쩌렁쩌렁한 목소리로 외쳤다.

"내가 바로 너희들이 잡으려는 이준성이란 사람이다! 그쪽의 총사령관과 허심탄회한 이야기를 나누기 위해 왔으니 싸울 때 싸우더라도 얘기를 나눠 본 후에 싸우는 게 어떻겠는가!"

그로부터 1분쯤 지났을 때였다. 반쯤 부서진 성문이 열리며 부장 한 명을 대동한 권율이 성 밖으로 모습을 드러냈다.

이준성은 가까이 다가온 권율에게 미소를 지어보였다.

"오랜만이오, 장군."

다소 지쳐 보이는 권율은 한숨을 길게 내쉬었다.

"정말 자네였군. 행주산성에서 보았던 자네가 반란군의 수장이란 말을 처음 들었을 때는 믿기지가 않았네. 함경도와 강원도를 장악한 반란군 수장이 행주산성을 돕기 위해 말단병사로 위장해 참전할 이유가 없단 생각을 했기 때문이지. 하지만 이렇게 직접 보니 그 말이 사실이었던 모양이야."

이준성은 사과의 뜻으로 가볍게 목례하며 대답했다.

"그때 일은 미안하게 생각하오. 하지만 오해하진 마시오. 난 순수한 마음으로 참전했었으니까. 당시의 난 그저 위기에 처한 조선군을 도와주려는 의도였을 뿐, 반란을 일으킬 생각이 전혀 없었소이다. 하지만 조정과 왕실은 내가 왜군을 상대하기 위해 자리를 비운 틈을 노려 기습해 왔소. 다시 말해 날 이렇게 만든 쪽은 내가 아니라 조선 조정이란 뜻이오."

하늘을 슬쩍 본 이준성은 고개를 저으며 말을 이어 갔다.

"날이 곧 어두워질 것 같은 관계로 본론부터 얘기하겠소. 나와 함께합시다. 원주읍성 안에서 부하 2만 명과 몰살당해 전멸하는 것보단 나와 함께하는 편이 더 낫지 않겠소?"

권율은 미간에 깊은 주름을 만들며 물었다.

"나에게 항복을 요구하는 건가?"

"항복을 요구하는 게 아니오. 나에게 충성을 바치라는 얘기요."

권율은 천천히 고개를 저었다.

"난 조정의 대은을 입은 몸이네. 죽으면 죽었지 반란군에게 협력해 선친과 우리 가문의 이름에 먹칠을 할 생각이 없네."

이준성은 한숨을 깊이 내쉬며 물었다.

"조선 조정과 왕실이 대체 장군에게 얼마나 큰 은총을 베풀었기에 생목숨 2만을 길동무로 삼아 저승으로 가려는 거요?"

권율은 화가 난 듯 목소리가 약간 날카로워졌다.

"우린 아직 패배하지 않았네. 군량 역시 아직 충분해."

"그럼 식수는 어떻게 할 거요? 우리가 성 안에서 퇴각할 때, 우물을 다 막아 버리는 바람에 당장 쓸 식수가 없지 않소? 내 예상으론 길어야 열흘이오. 그 전에 탈수로 말라죽든 내 부하들에게 패해 죽든, 당신들은 어차피 죽을 운명이오."

권율은 잠깐 표정이 변했지만 곧 원래대로 돌아왔다.

"왜 우리가 열흘 동안 성에 계속 갇혀 있을 거라 생각하는가?"

이준성은 권율의 얼굴을 직시하며 대답했다.

"내가 그렇게 만들 것이기 때문이오. 장군은 뭔가 착각한 것 같은데, 당신들이 지금까지 살아 있는 이유는 내가 공격을 주저했기 때문이지 당신들이 잘 싸웠기 때문이 아니오. 내가 왜군을 상대하는 방식으로 당신들을 상대했다면, 당신들은 저번에 이미 이 원주읍성에서 몰살을 면치 못했을 거요. 그러니 내 앞에서 다시는 허세부릴 생각일랑 하지 마시오."

"열흘이면 조정에서 구원군을 보내기에 충분한 시간일 것이네."

이준성은 어이가 없다는 표정으로 껄껄 웃었다.

"조정이 구원군을 보내 준다? 하하. 장군은 군무는 잘 알지 모르지만 돌아가는 상황을 파악하는 눈치는 영 꽝인 모양이군."

히죽 웃은 이준성은 기다렸다는 듯 재빨리 손가락을 튕겼다. 잠시 후, 관복을 입은 다섯 명이 포승줄에 묶여 끌려왔다.

그들은 조정이 권율을 개성으로 소환하기 위해 보낸 칙사였다.

9장. 완벽한 덫

권율은 포승줄에 묶인 관원들을 보며 눈살을 약간 찌푸렸
다.

"조정의 녹을 먹는 관원들 같은데 어이해 모욕을 주는 것
인가?"

이준성은 씩 웃었다.

"나에게 뭐라 하지 마시오. 나쁜 건 내가 아니라 이자들이
니까."

권율이 쏘아붙였다.

"그들이 대체 무슨 죄를 지었기에 이런 모욕을 준단 말인
가?"

이준성은 양쪽 어깨를 으쓱하며 대답했다.

"아마 끝을 모르는 멍청함이 그들이 지은 죄일 거요."

권율이 황당하단 표정으로 물었다.

"그럼 자네는 단지 멍청하단 이유로 이들을 체포했단 말인가?"

이준성은 나오려는 웃음을 억지로 참으며 대답했다.

"그렇소. 이자들이 무슨 짓을 했는지 장군이 안다면 날 탓하지 못할 거요. 이자들이 지금처럼 관복을 쫙 빼입은 모습으로 외곽을 정찰 중이던 내 부하들 앞에 나타나 뭐라 했는지 아시오? 자기들이 주상전하의 어명을 가져온 칙사라며 다짜고짜 진중에 자신들이 쉴 처소부터 빨리 마련해 두라는 명령을 내렸소. 어디 그뿐인 줄 아시오? 먼 길을 달려오는 바람에 꼴이 말이 아니라며 처소 안에 뜨거운 목욕물을 준비해놓으라 명령했소. 이 멍청한 작자들이 원주읍성을 포위한 우리를 장군이 이끄는 조선군으로 착각했던 거요."

이준성은 결국 못 참겠다는 듯 배까지 잡아 가며 껄껄 웃었다.

물론 웃은 사람은 이준성 혼자였다.

포승줄에 묶인 관원들은 창피함에 고개를 제대로 들지 못했고, 권율과 그를 따라온 부장은 안타까운 시선으로 그런 관원들을 쳐다보았다.

이준성의 옆에 서 있는 강주봉은 이미 웃을 만큼 웃은 듯 무표정한 얼굴로 정면을 응시 중이었다.

칙사 일행은 원주읍성을 포위한 군대가 당연히 권율의 조선군일 거라 생각해 평소처럼 안하무인으로 행동했다.

그러나 그들은 이준성이 공성계를 이용해 조선군과 아시온 사단의 위치를 바꾸어 놓았단 사실을 알지 못했다.

그들이 애타게 찾던 조선군은 당시 원주읍성 안에 갇혀 있는 상태였다.

한참 웃은 이준성이 눈물을 닦으며 권율에게 물었다.

"얼마나 웃었는지 눈물이 다 나오는군. 정말 웃긴 일이 아니오?"

권율은 씁쓸한 표정으로 고개를 저었다.

"그만하게. 저들은 전쟁을 잘 모르는 문관들이네. 그들이 실수를 저질렀다고는 하지만 상황은 저들이 충분히 오해할 만하였네. 만약 이런 참사가 벌어진 데에 누군가가 책임을 져야만 한다면, 그건 자네의 책략에 속아 넘어간 본관일 것이네."

"하하. 역시 나 같은 소인배와는 격이 다르시군."

그때, 이준성이 갑자기 표정을 굳히며 입을 열었다.

"그러나 내가 다음에 할 얘기는 그다지 웃긴 얘긴 아닐 것이오."

"무슨 얘기인가?"

이준성은 대답대신, 붉은색 관복을 입은 중년 사내에게 물었다.

"이봐, 당신이 받은 어명이 뭔지 장군에게 설명해 주지 그래?"

그러나 지목받은 중년 사내는 고개를 돌리며 질문을 무시했다.

"알려 주기 싫다면 어쩔 수 없지. 내가 대신 수고하는 수밖에."

이준성은 피식 웃은 다음, 품속에서 둘둘 말린 비단종이를 꺼내 권율에게 던졌다.

그러나 비단종이는 권율에게 날아가지 않았다. 권율 옆에 서 있던 부장이 재빨리 낚아채 버렸다.

부장이 공중에서 비단종이를 낚아채는 솜씨가 아주 비범했기 때문에 이준성은 그의 정체에 호기심이 일어 급히 물었다.

"아직 그쪽 이름을 듣지 못한 것 같은데 이름이 뭐요?"

40대로 보이는 부장은 무뚝뚝한 어조로 대답했다.

"소장은 황진이라 하오."

황진은 이준성이 권율에게 암기를 던진 거로 착각해 대신 받았다. 한데 이준성이 던진 비단종이는 암기가 아니었다. 용을 그린 비단으로 만든 암기는 존재하지 않기 때문이었다.

그러나 비단종이로 만드는 물건이 전혀 없지는 않았다. 그제야 비단종이의 정체를 파악한 황진은 떨리는 손으로 권율에게 건네주었다. 권율 역시 종이의 정체를 파악한 듯했다.

용을 그린 비단종이의 정체는 바로 선조의 어명이 들어 있는 교지였다. 두 사람은 얼른 말에서 내린 다음, 개성이 있는 서쪽 방향에 교지를 내려놓은 상태에서 정성스레 절을 올렸다.

임금이 내린 교지를 알현하는 신하의 예를 다한 권율은 일어나서 둘둘 말린 비단종이를 펼쳐 내용을 재빨리 읽어 보았다.

이준성은 교지를 읽는 권율의 표정을 유심히 살펴보았다. 처음엔 별다른 감정을 드러내지 않았지만, 중간에서부터는 눈에 띄게 동요하는 모습을 보였다. 급기야 마지막 부분을 읽을 때쯤엔 손이 덜덜 떨려 교지를 손에서 놓을 뻔했다.

교지를 접어 황진에게 건넨 권율이 이준성을 응시하며 물었다.

"교지의 봉인이 뜯어져 있던데 안의 내용을 읽어 보았나?"

"직접 읽진 않았지만 부하들이 무슨 내용인지는 가르쳐 주었소."

말없이 고개를 끄덕인 권율은 고개를 돌려 교지를 읽는 황진을 바라보았다.

황진 역시 교지를 읽는 동안 동요하는 모습을 보였지만 반응은 거의 극과 극에 해당했다. 권율은 당황한 모습을 드러낸 반면에 황진은 분노를 숨김없이 드러냈다.

교지를 구긴 황진이 분노해 소리쳤다.

"이건 간신들의 모함이 분명합니다, 도원수 대감!"

"너무 흥분하지 말게나."

"소장이 어찌 흥분하지 않을 수 있겠습니까? 김응서 장군에게 도원수 대감을 포박해 지금 당장 개성으로 압송하란 어명이 담긴 교지가 아닙니까? 심지어 반항하면 현장에서 처형하라는 내용까지 있는데, 대감은 억울하지 않으신 겁니까?"

황진의 말대로 교지는 애초에 도원수 권율에게 보낸 교지가 아니었다. 바로 권율을 도와 조선군을 이끌던 부사령관 김응서에게 내린 교지였다.

선조는 김응서에게 지금 당장 권율을 포박해 개성으로 압송하란 어명을 내렸다. 중간쯤엔 권율을 압송하면 선조가 국문을 열어 권율의 잘잘못을 알아본 다음, 그에 맞는 처벌을 내린 거란 내용이 적혀 있었다.

그중 최악은 교지 말미에 적혀 있는 내용이었다. 만약 권율이 체포에 불응해 반항할 경우, 현장에서 죽이란 내용이었다.

황진은 믿기지 않는다는 듯 포승줄에 묶인 칙사를 보며 물었다.

"이 교지가 정말 주상전하께서 친히 재가하신 교지란 말이오?"

칙사는 대답하지 않았다. 그러나 선조가 재가한 교지가 틀림없다는 듯 권율과 황진을 바라보며 고개를 살짝 끄덕였다.

이준성은 의심하지 말라는 듯 양손을 들어 보였다.

"노파심에서 하는 말인데 이건 내가 꾸민 책략이 절대 아니오. 이들은 정말 조정이 파견한 칙사가 틀림없소. 또 이들이 내 부하들에게 빼앗긴 교지 역시 틀림없는 진짜 교지요."

황진은 얄밉다는 듯 그를 한참 노려본 다음, 권율에게 물었다.

"어떻게 하실 생각입니까? 어명을 따르실 겁니까? 대감께서 제 의견을 물어보실까 봐 미리 말씀드리는데, 전 따르지 말라는 쪽으로 조언 드리겠습니다. 이건 명백한 모함이니까요."

뒷짐을 쥔 권율은 개성이 있는 서쪽 하늘을 보며 대답했다.

"본관은 어명을 따르지 않을 도리가 없네."

황진이 놀라 부르짖었다.

"대감! 어명을 따르면 죽습니다!"

"본관이 가지 않으면 더 많은 사람들이 죽을 것이네."

결심한 듯 단호한 목소리로 대답한 권율이 뒤로 돌아서서 이준성의 얼굴을 올려다보았다. 그러나 차마 입이 떨어지지 않는 듯했다. 한참을 망설이던 그가 한숨을 쉬며 물었다.

"행주산성에서 진 빚조차 아직 갚지 못한 본관으로선 염치가 없다는 생각이 들긴 하지만 본관이 처한 상황이 상황인지라 자네에게 긴한 부탁할게 있는데, 들어줄 의향이 있는가?"

"일단 무슨 부탁인지나 들어 봅시다."

권율은 먼저 포승줄에 묶인 칙사 일행을 가리켰다.

"저들을 먼저 풀어 주게."

"그건 어렵지 않지."

이준성의 신호를 받은 강주봉이 칙사 일행을 묶고 있던 포승줄을 풀었다.

그러나 칙사 일행은 포승줄에 묶여 있을 때와 달라진 점이 없었다. 여전히 적의 손아귀에 잡혀 있는 상태였다.

고개를 끄덕인 권율이 두 번째 부탁을 하였다.

"항복한 병사들을 포로로 잡지 말아 주게."

"그게 무슨 뜻이오?"

"그들이 자기 장래를 스스로 선택할 수 있게 해 달라는 말이네."

"그럼 고향으로 가겠다는 병사가 있으면 그냥 가게 두란 거요?"

"그렇다네."

이준성은 고개를 약간 저으며 대꾸했다.

"그 일은 일단 다음 부탁까지 들어 본 후에 결정하겠소."

한숨을 내쉰 권율이 고개를 끄덕이며 세 번째 부탁을 말했다.

"내가 칙사 일행과 함께 개성으로 갈 수 있게 해 주게."

권율의 말에 가장 먼저 반응을 보인 사람은 이준성이 아니라 황진이었다.

황진은 즉시 바닥에 꿇어 엎드려 소리쳤다.

"대감! 개성으로 가시면 살아서 돌아오실 수 없습니다!"

권율은 체념한 표정으로 황진의 어깨를 두드렸다.

"그들이 내 목을 원한다면 줘야겠지. 내 한 목숨이야 아까울 게 없네. 다만 본관 때문에 애꿎은 자네들에게까지 불똥이 튈까 걱정이네. 본관이 어떻게 해서든 이번에 불거진 문제들을 다 끌어안은 상태에서 떠날 테니 너무 걱정하지는 말게. 빼앗긴 국토를 수복하는 무거운 책임을 자네들에게만 지우는 것 같아 마음이 무겁네만, 이게 최선일 거라 생각하네."

황진은 권율의 말을 듣는 내내 밑으로 숙인 고개를 들지 않았다. 아마 다른 사람에게 눈물을 보이기 싫어서인 듯했다.

황진이 안에 받쳐 입은 철릭 소매로 눈가를 훔치며 일어났다.

"도성에 남겨 둔 가족 때문에 그러시는 겁니까?"

권율은 쓸쓸한 표정으로 고개를 끄덕였다.

"아주 없다곤 할 수 없겠지. 보아하니 금부도사가 이미 내 본가에 들러 가족들을 잡아갔을 것 같은데 나만 살아 있으면 뭐하겠는가. 오히려 살아 있는 편이 더 고통스럽지 않겠는가?"

황진을 토닥인 권율이 다시 간절한 어조로 이준성에 물었다.

"어떤가? 내 부탁을 들어줄 의향이 있는가?"

이준성은 권율과 황진을 번갈아 보다가 갑자기 크게 웃었다.

"하하. 눈물이 날 만큼 멋진 의리요. 혼자서 모든 짐을 짊어지려는 상관과 그런 상관을 말리려는 부하, 이 얼마나 멋진 그림이오? 하지만 의리가 밥을 먹여 주진 않소. 나라면 일이 이렇게 흘러가기 전에 필요한 조치부터 해 뒀을 테니까."

황진이 시뻘겋게 달아오른 얼굴로 이준성을 노려보았다.

"지금 우리 처지를 비웃는 것이오?"

이준성은 능청을 떨며 대답했다.

"난 비웃을 자격이 있소. 왜냐하면 이렇게 할 거기 때문이지."

말을 마친 이준성은 손가락을 다시 튕겼다.

잠시 후, 아시온 사단 진채 안에서 노인 두 명과 중년 여인 한 명, 젊은 새댁 한 명이 나와 그들이 있는 곳으로 달려왔다.

그들의 얼굴을 확인한 권율이 깜짝 놀라 이준성에게 물었다.

"이, 이게 대체……."

"하하. 놀랄 필요 없소. 장군에게 주는 내 약소한 선물이니까."

권율은 오랜만에 만나는 가족과 눈물로 재회했다.

권개, 권순 등은 곧 권율에게 이준성이 직접 도성에 잠입해 그의 일가 전부를 안전하게 탈출시켜 주었다는 말을 하였다.

아내와 딸을 부둥켜안은 권율이 하늘을 바라보며 중얼거렸다.

"완벽한 덫이구나. 도저히 빠져나갈 방법이 없어. 조정과 왕실에게 입은 은혜가 무겁긴 하지만 두 번이나 나와 내 가족의 목숨을 구해 준 사람에게 어찌 매몰차게 할 수 있단 말인가."

그게 무슨 뜻인지 몰라 가족들이 권율을 쳐다볼 때였다.

권율이 갑자기 이준성 앞에 한쪽 무릎을 꿇었다.

"소장 권율이 주군께 인사드립니다."

◆　◆　◆

말에서 내린 이준성이 권율을 일으켜 세우며 말했다.

"환영하오. 하지만 환영 인사는 나중에 해야겠소. 피해를 줄이려면 우선 이 난장판부터 빨리 정리해 두는 게 좋을 테니까."

이준성은 재빨리 정세가 급변한 전장을 수습해 나갔다. 사람들은 이준성의 돌변한 태도를 보며 당황을 금치 못했다. 방금 전까지 능글맞은 태도로 실없는 농담을 건네던 사람이 갑자기 180도 돌변해 사무적인 태도로 변했다. 이준성의 성격을 잘 모르는 사람들로서는 당황할 수밖에 없었다.

그러나 어쨌든 이준성의 말대로 전장은 현재 난장판이나 다름없었다. 도원수 권율이 이준성에게 항복하기는 했지만 원주읍성 안에는 여전히 2만이 넘는 조선군이 남아 있었다.

이준성의 명령을 받은 권율은 원주읍성으로 돌아가 성에 남은 조선군 문제부터 처리했다.

일단 이준성은 좀 전에 권율에게 한 약속대로 조선군을 포로로 잡지 않을 생각이었다.

권율은 덕분에 병사들에게 세 가지 옵션을 줄 수 있었다.

첫 번째는 고향으로 돌아가는 옵션이었다. 두 번째는 도성에 돌아가 곧 재편성이 이루어질 조선군에 다시 합류하는 옵션이었다. 마지막은 권율과 함께 반란군에 합류하는 옵션이었다.

권율이 반란군에 합류했단 소식을 접한 장수와 병사들은 대게 두 가지 반응을 보였다. 그럴 줄 알았다는 반응과 어쨌든 권율은 이제 왕실을 배신한 역적이란 반응이었다.

권율을 역적으로 생각하는 진영을 대표하는 사람은 바로 부사령관 김응서였다. 김응서는 자기 심복들에게 권율을 체포하란 밀명을 내렸다. 그러나 권율을 따르는 장수와 병사가 조선군에 더 많았기 때문에 그 작전은 실패로 돌아갔다.

김응서는 결국 자기를 따르는 조선군 3,000명과 원주읍성 북쪽 성루로 도망쳐 그곳에서 결사 항전할 채비를 갖추었다.

김응서가 북쪽 성루에서 저항한다는 연락을 받은 이준성은 본때를 보여 줄 생각으로 완구를 총동원해 유성 2호를 쏘았다.

북쪽 성루에 떨어진 유성 2호가 폭발하며 기둥과 대들보, 서까래를 태우기 시작했다. 이준성은 뒤이어 강문우에게 조총과 각궁으로 원거리 공격을 쉼 없이 가하란 명령을 내렸다.

수천 발의 화살과 탄환이 북쪽 성루를 벌집으로 만들었다. 그 모습을 본 조선군은 그제야 아시온 사단이 지금까지 사정을 봐주고 있었다는 사실을 깨달을 수 있었다.

아시온 사단이 초반부터 지금과 같은 화력으로 공격해 왔다면, 원주읍성은 지금쯤 조선군 2만 명의 시신이 담겨 있는 거대한 관일 터였다.

이준성은 김응서가 항복하길 기다렸지만 그럴 기미가 좀처럼 보이지 않았기 때문에 결국 보병에게 총공격을 명했다.

일우의 금강연대와 명회의 흑표연대가 조총과 각궁의 엄호를 받으며 접근해 천뢰 2호, 운룡 1호를 던지며 돌격해 갔다.

그렇게 30분쯤 지났을 때, 마침내 김응서가 백기를 들었다. 곧 병사들이 안에 들어가 조선군의 무장을 해제한 다음 김응서 등 이번 일을 주도한 장수 10여 명을 포박해 데려왔다.

이준성은 처음에 호의를 무시한 장수들을 전부 죽이려 했지만 권율, 황진 등이 나서서 적극 말리는 바람에 그만두었다.

김응서와 같은 자들은 도성으로 돌아가는 즉시 다시 토벌군에 가담해 쳐들어올 가능성이 높았지만, 권율과 황진 등의 마음을 얻으려면 피를 보는 상황을 최대한 피하는 편이 좋았다.

조선군은 곧 권율이 제시한 옵션 중 하나를 선택했다. 조선군 2만 중 50퍼센트에 해당하는 1만 명이 고향으로 돌아가길 원했다. 또 20퍼센트인 4,000명가량은 조선 조정의 복수가 두려워 도성으로 돌아가 재편성을 기다리기로 했다.

마지막으로 30퍼센트인 6,000명은 권율을 쫓아 아시온 사단에 합류하는 선택을 했다. 그 6,000명에는 황진, 조경, 처영, 선거이, 고언백, 배홍립처럼 뛰어난 장수들이 많아 장교급 인재가 턱없이 부족한 아시온 사단의 전력을 높여 주었다.

그러나 권율은 그 6,000명에게 예상치 못한 제안을 하나 하였다.

"분노한 조정과 일부 백성들이 그대들의 가족에게 무슨 짓을 저지를지 모르니 우선 고향에 돌아가 가족을 만나 보도록 하시오. 만난 다음에는 가족과 상의하여 결정을 내리도록 하시오. 본관은 그대들이 가족과 이곳으로 돌아와 우리

에게 합류하든, 조선군으로 돌아가 토벌군에 합류하든 상관
없소. 난 그대들이 어떤 선택을 하든 원망하지 않을 것이오."

제안이라 말했지만 사실 이는 명령이나 다름없었다. 얼마
후, 승병장 처영처럼 건사할 가족이 없는 사람을 제외한 모든
장수와 병사들이 고향으로 되돌아갔다.

고향으로 돌아간 그들 중에 몇 명이 다시 돌아올지는 알 수
없지만 어쨌든 그들이 떠나면서 제2차 원주읍성 전투는 막
을 내렸다.

그날 밤, 원주읍성 동헌에 짐을 푼 이준성은 권율을 불러
술잔을 기울이며 허심탄회한 대화를 나누었다.

권율은 이준성이 그가 세울 나라에 적용하려는 정책들을
대부분 무리 없이 수용하는 자세를 보였다.

그중에는 그가 더 이상 양반의 지위를 유지할 수 없게 만드
는 대대적인 신분제 철폐와 토지와 같은 재산을 중앙 정부에
모두 수용시키는 토지 국유화 정책 등이 있었지만 그는 별다
른 반대를 하지 않았다.

술자리 말미에 권율이 걱정을 토로했다.

"소장 때문에 고초를 겪을 사위가 걱정입니다."

이준성은 술을 단숨에 비운 다음 권율의 어깨를 툭 쳤다.

"걱정하지 마시오. 내 부하들이 병관과 병관의 가족들을
감시하는 중이니까. 만약 조정이 병관을 건드리려는 기미
가 보이면, 궁에 심어 놓은 부하들이 즉시 바깥에 있는 다른

부하들에게 연락해 병판과 병판의 가족을 재빨리 빼낼 것이오."

권율이 조금 놀란 표정으로 물었다.

"궁에 사람을 심어 놓으신 겁니까?"

"하하. 내가 가진 정보조직인 은호대대의 모토, 아니 좌우명이 뭔지 아시오? 바로 '은호대대는 바람처럼 모든 곳에 스며든다.'요. 즉 은호대대는 그들이 있어야 할 곳이라면 어디에든 있소. 그곳이 지옥만 아니라면 말이지. 그러나 장군은 누가 은호대대에 관해 물어보면 '그조존'이라 대답해야 하오."

권율이 고개를 살짝 저으며 물었다.

"그조존이란 말은 처음 들어 봅니다. 무슨 뜻입니까?"

이준성은 웃으며 대답했다.

"그조존은 '그런 조직은 존재하지 않습니다.'를 줄인 말이오."

이준성은 권율에게 한 약속을 지켰다.

그로부터 열흘 후, 은호대대는 강화도로 귀양 가는 병조판서 이항복을 구출했을 뿐만 아니라 그와 그의 가족까지 전부 의주로 데려왔다.

그러나 이항복은 장인과 생각이 달랐다. 그는 왕실에 의리를 지키겠단 신념이 강해 만나자는 요청을 단칼에 거절했다.

나중엔 권율과 이항복의 부인 권 씨까지 나서서 설득해 봤지만 이항복은 자신의 의지를 굽힐 생각을 전혀 하지 않았다.

이준성은 다른 일로 정신이 없을 때였기 때문에 이항복을 설득하는 일은 일단 다음으로 미뤄 두었다.

그러나 이항복이 고집을 피워 귀양지로 돌아가려 할 가능성이 있기 때문에 그와 그의 가족들을 안전한 지역으로 옮겨 감시를 붙였다.

제2차 원주읍성 전투가 끝난 지 보름쯤 지났을 무렵, 고향으로 돌아갔던 조선군 장수와 병사들이 가족과 함께 속속 도착했다.

첫날에는 돌아온 장수와 병사들의 숫자가 수백 명에 불과했지만, 열흘쯤 지났을 무렵에는 천여 명으로 불어나 권율을 따르기로 한 숫자의 80퍼센트 이상이 복귀했다.

덕분에 아시온 사단은 이제 병력 3만에 육박했다. 갑옷과 무기를 완비한 병력은 그보다 적지만, 어쨌든 상대가 누구든 자웅을 겨뤄 볼 규모의 병력을 갖추는 데는 성공한 셈이었다.

이준성은 여유가 있을 때, 미뤄 두었던 일을 한 가지 처리했다. 바로 부산에서 잡아온 왜장과 왜군을 처리하는 문제였다.

포로로 잡힌 왜장과 왜군은 현재 함경도 단천에 있었다. 함흥성 감옥에 투옥되어 있던 그들을 단천에 있는 광산으로 보내 노역을 시켰던 것이었다.

단천에 도착한 이준성은 왜장 세 명을 불렀다.

그들은 각각 타치바나 무네시게, 고니시 유키나카, 소 요시토시였다.

세 명 중 가장 거물은 당연히 왜군 1번대 주장이었던 고니시 유키나카였고, 그와 같이 잡힌 대마도주 소 요시토시는 그의 사위였다.

고니시 유키나카와 소 요시토시는 잡히기 전에 다른 왜장처럼 할복할 기회가 있었지만 가톨릭 신자였기 때문에 자살 대신 항복을 택했다.

능력 자체만 보면 타치바나 무네시게가 셋 중 가장 뛰어났지만, 그는 가신으로 출발했기 때문에 영지가 크지 않았다.

이준성은 그 앞으로 끌려온 세 사람을 천천히 살펴보았다. 육체노동에 완전히 지쳐 버렸는지 그들의 몰골은 말이 아니었다.

한데 그들이 이준성을 대하는 태도에는 약간씩 차이가 있었다. 장인인 고니시 유키나카는 체념한 듯 무표정한 얼굴로 서 있는 반면, 사위인 소 요시토시는 이준성이 두려운 듯 그와 제대로 시선을 맞추지 못했다.

셋 중 가장 흥미로운 반응을 보이는 사람은 타치바나 무네시게였다. 그는 칼을 주면 이준성에게 당장 달려들 것처럼 그를 쏘아보았다.

이준성은 카네에게 통역을 시켰다.

"짐작했겠지만 오늘이 너희들의 생사를 결정하는 날이다. 지금부터 항왜로 남아 나에게 충성을 바칠 건지, 목이 잘려 죽을 건지 빨리 결정해라. 결정하지 않으면 목이 잘려 죽겠다는 뜻으로 간주하고 내가 손수 목을 쳐 주겠다."

가장 먼저 소 요시토시가 대답했다.

카네가 재빨리 그의 말을 통역했다.

"대마도주는 장인과 함께 항왜로 남겠답니다."

이준성은 여전히 무표정인 고니시 유키나카에게 물었다.

"네가 직접 대답해라. 항왜로 남을 건가?"

고민을 하는 듯 고니시 유키나카의 눈빛이 살짝 변했다. 그러나 고민이 아주 길진 않았다. 그는 곧 고개를 살짝 끄덕였다.

이준성은 이어 타치바나 무네시게에게 물었다.

"넌 어찌할 테냐?"

타치바나 무네시게가 갑자기 왜국말로 뭐라 물었다.

카네가 즉시 그의 말을 통역했다.

"항왜로 남는 선택을 하면 여기서 풀어 주는지를 묻습니다."

이준성은 웃으면서 고개를 끄덕였다.

"당연히 풀어 준다. 항왜는 왜국인이기 이전에 내 부하이기 때문이다. 난 적에겐 가차 없지만 내 부하에겐 관대한 편이지."

대답을 들은 타치바나 무네시게가 고개를 끄덕였다.

항왜로 남겠단 의사표시였다.

이준성은 그들 세 명을 떨어트려 배치했다.

우선 소 요시토시는 함흥에 와 있는 권분동 등에게 보내 그들이 자기 나라 말을 상대에게 가르쳐 주게 했다.

또 고니시 유키나카는 상인 출신인 점을 감안해 경흥으로 보낸 다음 그곳에서 우리말을 배우며 노토와의 거래를 돕도록 조치했다.

마지막으로 타치바나 무네시게는 원주로 보내 거기 있는 아시온 사단 병사들에게 조총사격술을 가르치게 했다.

한편 강태봉이 이끄는 은호대대는 계속 조정의 동향을 파악해 이준성에게 보고했다.

조정은 반란군을 토벌하기 위해 대규모 작전을 준비했다. 그러나 조선군 단독으로 펼친 두 차례 토벌 작전이 모두 실패했기 때문에 조정은 평양성에 주둔한 이여송에게 읍소해 명군의 도움을 얻는 데 성공했다.

이여송은 무려 6만에 달하는 병력을 동원해 반란군 토벌에 나섰다. 거기에 조정이 급히 끌어모은 3만 명을 더해 9만 명이란 대군이 반란군 토벌을 위해 원주로 진격해 왔다.

토벌군이 온단 소식을 접한 이준성은 바로 지휘관을 소집했다.

◆ ◆ ◆

이준성은 병력이 3만으로 늘어나 더 이상 사단이라 부르기에 불가능해진 아시온 사단을 군단으로 재편하는 작업에 착수했다.

그는 우선 아시온 사단에 있는 본인의 근위연대인 비룡연대를 비룡여단으로 승격시켜 분리했다.

즉 5,000명으로 이루어진 비룡여단은 이제 아시온 사단 산하 부대가 아니라, 이준성이 직접 지휘하는 근위여단 및 특수작전부대인 셈이었다.

또 은호대대와 철우대대, 황돈대대 역시 아시온 사단에서 분리해 나왔다.

먼저 은호대대는 은호원이란 새 이름을 얻었지만 소속 인원과 하는 일은 전과 동일했다.

다만 전에는 정찰 부대 성격이 강했다면, 지금은 민간 소속으로 정보 수집, 정보분석, 비밀공작, 첩보, 방첩이 주를 이룬단 점이 달랐다. 물론 은호원 원장은 그의 수족 강태봉이 계속 맡았다.

한편, 철우대대는 철우여단이란 이름의 독립부대로 떨어져 나왔으며 여단장은 노익장을 과시하는 신세준이 계속 맡았다.

마지막으로 군대와 관련한 모든 물품을 생산하는 황돈대

대 역시 황돈여단이란 이름의 독립부대로 떨어져 나왔다.

그러나 황돈여단은 단순히 독립하는 선에서 그치지 않았다. 전에는 무기를 연구, 개발, 양산하는 체계가 뒤죽박죽이었다면, 이번엔 좀 더 체계적으로 변했다.

무기를 연구하는 금원대대, 연구한 내용을 무기에 접목해 개발하는 은사대대, 은사대대가 개발한 무기를 양산하는 동묘대대 체제를 갖췄다.

아시온 사단에서 비룡여단과 비전투원을 제외한 결과, 3만에 이르던 병력이 어느새 2만 1천 명으로 줄었다.

그러나 이준성 휘하에 아시온 사단만 있는 것은 아니었다. 준군사조직이라 할 수 있는 토병들이 존재하여 지방의 치안을 담당하고 있었는데, 그들까지 전부 합치면 총 2만 8천 명의 병력을 동원할 수 있었다.

이준성은 이 2만 8천 명을 세 부대로 나누어 중앙군의 역할을 하는 아시온 군단과 함경도 치안대인 백두여단, 강원도 치안대인 설악여단을 창설했다.

또한 2만 명으로 병력이 가장 많은 아시온 군단 산하에는 맹호군단 사령부를 비롯해 천마기동여단, 흑표보병여단, 백랑보병여단, 금강보병여단, 자유보병여단, 절강보병여단, 천궁포병여단을 창설했다.

편제가 변함에 따라 지휘 체계 역시 변화가 있을 수밖에 없었다.

우선 이준성 바로 밑에 총사령관이란 직책이 새로 생겼다. 총사령관은 군과 관련한 모든 업무를 지휘, 감독하는 중요한 자리였다.

다시 말해 전투원, 비전투원을 지휘, 감독할 뿐만 아니라 군의 작전과 행정, 인사, 보급과 관련한 모든 업무를 관장해 실질적인 군통수권자라 할 만한 자리였다.

물론 총사령관은 조선군 도원수를 역임한 권율에게 맡겼다. 그러나 그런 권율조차 건드리지 못하는 조직이 두 개 있었는데, 바로 비룡여단과 은호원이었다.

이 두 조직은 이준성의 직할부대로 오직 그의 지시만을 따르도록 만들어져 있었다. 또 총사령관을 돕는 총참모장에는 선거이를 임명했다.

이준성은 권율과 상의해 아시온 군단장에는 강문우를, 백두여단장에는 강준구를, 설악여단장에는 조경을 임명했다.

또 아시온 군단 휘하에 있는 천마여단장에는 원충서를, 흑표여단장에는 명회를, 백랑여단장에는 유응수를, 금강여단장에는 처영을, 자유여단장에는 황진을, 절강여단장에는 조광을, 천군포병여단장에는 김국신을 각각 임명해 군 수뇌부 진을 꾸렸다.

한편 얼마 전까지 금강연대장을 역임했지만 이번에 군이 새롭게 재편되며 같은 승병장 출신인 처영에게 자리를 양보한 일우를 포함해 권율과 함께 이번에 새로 합류한 고언백,

배홍립 등에게는 총사령부의 참모직을 맡겼다.

조명연합군 9만이 원주읍성으로 몰려온단 소식을 접한 이준성은 권율을 포함한 전 지휘관을 동헌 대청으로 소집했다.

백두여단장 강준구와 설악여단장 조경은 함흥과 춘천에 있기 때문에 두 사람을 제외한 모든 장수가 그곳에 모였다.

이준성은 부관에서 비서실장으로 승진한 강주봉과 비룡여단장 하구로 두 명을 대동한 상태에서 마지막에 입장했다.

이준성을 본 장수들이 일제히 일어나 군례를 취했다.

"오셨습니까?"

이준성은 손짓으로 답례한 다음, 본인 의자에 앉았다. 잠시 후, 장수들이 앉길 기다린 그는 은호원장 강태봉을 불러 그들이 알아낸 정보를 장수들에게 브리핑하게 하였다.

강태봉은 강원도를 확대한 지도를 대청 바닥에 깔며 설명했다.

"현재 조명연합군은 네 부대로 나뉘어 진격 중입니다. 우선 가장 먼저 출발한 조명연합군 선봉은 기병 3,000기, 보병 4,000명으로 이루어져 있으며, 지휘관은 명군 부총병 이여백입니다. 아시는 분은 이미 아실 테지만 이여백은 이여송의 동생입니다. 현재 이여백의 선봉은 포병을 동반하지 않은 관계로 상당히 빠른 속도로 진격해 오는 중입니다. 현재 그들은 원주읍성 서쪽에 위치한 여주에 있습니다."

강태봉은 이여백의 선봉 7,000명을 의미하는 검은색 말 모형 하나를 경기도 여주라 적혀 있는 지도 위에 올려놓았다.

강태봉은 이어서 조명연합군 주력의 규모와 경로를 설명했다.

"선봉을 제외한 나머지 병력은 세 갈래로 나뉘어 진격 중입니다. 우선 명군 유격장군 오유충이 이끄는 2만 병력은 홍천에서 원주 방면으로 남하 중입니다. 또 좌협군 사령관 양원이 지휘하는 2만 병력은 청주에서 원주 방면으로 북상 중입니다. 마지막으로 이여송은 우로군 사령관 장세작, 우군 부총병 조승훈, 조선군 도원수 김응서 등과 함께 4만 병력으로 선봉을 지원하기 위해 이천에 대기 중입니다."

설명을 마친 강태봉이 붉은색 말, 푸른색 말, 흰색 말 모형을 각각 조명연합군 세 부대가 현재 있는 위치에 올려놓았다.

강원도를 확대한 대형 지도가 대청 바닥에 놓여 있기 때문에 장수들은 조명연합군의 현재 위치를 알아보기가 아주 쉬웠다.

이준성은 자리에서 일어나 지휘봉으로 지도를 가리켰다.

"간추려 말하면 원주 서쪽에 위치한 여주에 이여백이 지휘하는 7,000명이 현재 도착해 있는 상태요. 또 북쪽에서는 오유충의 2만 병력이 남하 중이며, 남쪽에선 양원이 역시 2만 병력과 북상 중이오. 마지막으로 적의 주공인 이여송의 4만은 이천에 주둔하며 이여백의 선봉을 지원하는 중이오."

이준성은 고개를 든 다음, 장수들을 둘러보며 설명을 이어 갔다.

"지금까지 드러난 정보를 통해 우리가 유추해 볼 수 있는 조명연합군의 작전은 크게 3단계로 이루어져 있을 가능성이 있소."

이준성은 지휘봉으로 이여백의 부대를 의미하는 검은색 말 모형을 그들이 지금 회의를 여는 원주읍성 서쪽으로 옮겼다.

"1단계는 지금처럼 이여백의 선봉이 원주읍성으로 곧장 진격해 와 시간을 버는 걸 거요. 만약 1단계가 우리 예상대로 흘러간다면, 아마 2단계는 이여백이 지금처럼 시간을 버는 사이 북쪽에 있는 오유충과 남쪽에 있는 양원이 원주로 동시에 진격해 와 우리 퇴로를 차단하는 작전일 것이오. 물론 1, 2단계가 동시에 이루어질 가능성 역시 생각해 봐야 하오. 즉 이여백, 오유충, 양원 세 장수가 서북남 세 방향에서 동시에 쳐들어와 퇴로를 차단하며 포위하는 것이오."

말을 마친 이준성은 오유충을 의미하는 붉은색 말 조형과 양원을 뜻하는 푸른색 말 조형을 원주 뒤편으로 옮겨 놓았다.

이준성은 마지막으로 지도에 있는 흰색 말 조형을 집어 들었다.

"이여백, 오유충, 양원이 원주읍성 포위를 마치면, 마지막에 짜잔 하며 주인공처럼 이여송이 등장해서 우리를 끝장내는 것이오."

이준성은 이여송을 의미하는 흰색 말 조형을 지도 위에 세게 내리쳤다. 그런 그를 장수들이 긴장한 눈빛으로 쳐다보았다.

이준성은 피식 웃은 다음, 다시 의자에 털썩 주저앉았다.

"그러나 제장들은 걱정할 필요 없소. 전략의 천재인 이 몸이 조명연합군을 일망타진할 완벽한 계획을 다 세워 놓았으니까."

장수들은 이준성이 지금 농담을 하는 건지, 아니면 정말로 얼굴에 철판을 몇 장 깐 상태에서 자기자랑을 늘어놓는 건지 알 수 없어 어색한 표정으로 이준성을 바라보며 앉아 있었다.

이준성은 장수들의 반응을 즐긴 다음, 작전을 브리핑했다. 브리핑이 끝났을 때, 대청 회의실 안은 쥐죽은 듯 고요했다.

그만큼 대담한 작전이었다.

아니, 대담함을 넘어 무모하기까지 한 작전이었다.

이준성은 일어나며 권율에게 명령했다.

"장군은 지금부터 장수들과 상의해 내가 세운 작전의 세부사항을 완성해 가져오시오. 난 그동안 황돈여단에 가 있겠소."

권율이 일어나며 대답했다.

"예, 장군."

장수들이 일어나 나가는 이준성을 배웅할 때였다. 대청을 나가던 이준성이 잊은 게 있는 듯 이마를 치며 소리쳤다.

　"아차, 이 말을 해 준다는 걸 깜빡 잊을 뻔했군!"

　이준성은 돌아서서 장수들을 바라보았다.

　"내 계산대로라면 이번 전투에서 승리하는 진영이 한반도의 주인으로 등극할 가능성이 높소. 다시 말해 훗날 역사학자들이 당신들을 나라가 절단 나게 생긴 틈을 이용해 반란을 일으킨 쓰레기로 기록하는 불행한 사태를 원하지 않는다면, 다들 이 악문 상태에서 이번 전투를 치러야 한단 뜻이오."

　잠시 후, 장수들은 이준성의 말을 곰곰이 생각해 보았다.

　만약 이번 회전에서 패하면, 그들은 왜란 중에 반란을 일으켜 백성을 이중고에 빠트린 천하의 몹쓸 놈으로 남을 터였다.

　장수들은 당연히 그런 불행한 사태가 일어나지 않게 하기 위해 열심히 세부 작전을 구상했다.

　그로부터 여섯 시간 후, 권율은 완성한 작전을 이준성에게 가져갔다. 이준성은 자잘한 부분 몇 가지를 수정한 다음에 이대로 하라 명령했다.

　이준성의 재가를 받은 권율은 서둘러 계획에 따라 군을 배치했다. 군의 배치가 막 끝났을 무렵, 이여백이 지휘하는 조명연합군 선봉 7,000명이 원주읍성 서쪽에 도착해 진채를 세웠다.

이준성은 원주읍성 서쪽 성루에 올라가 인드라망으로 적진을 잠시 관찰했다. 조명연합군은 곧 공성에 나설 생각인 듯 파성퇴와 사다리차 같은 공성무기가 앞에 나와 있었다.

이준성은 옆에 있는 권율에게 물었다.

"병력 소개는 마쳤소?"

"예, 장군. 저희가 원주읍성에 남은 거의 마지막 병력일 겁니다."

이준성은 고개를 끄덕이며 원주읍성 전체를 쭉 둘러보았다.

원주읍성은 그가 세운 작은 왕국의 서쪽 거점에 해당하는 장소였다. 덕분에 조선이 보낸 토벌군에게 두 차례나 공격당해 성채의 기능을 전혀 못하는 상황이었다.

성문을 지키던 옹성은 완전히 허물어진 상태였으며, 성루와 성벽 역시 성한 부분을 찾기 힘들었다.

무엇보다 가장 중요한 성 안 우물이 바위에 막혀 농성하기에 적당한 상태가 아니었다.

이준성은 성첩을 쓰다듬으며 중얼거렸다.

"그동안 고생 많이 했으니까 네 장례식은 화려하게 치러주마."

잠시 후, 조명연합군이 함성을 지르며 원주읍성으로 달려왔다.

이준성은 원주읍성을 에워싼 조명연합군이 파성퇴와 사다

리차를 접근시키는 모습을 보며 권율 등과 비밀 통로로 향했다.

그들이 이용할 비밀 통로는 원래 조선군에게 발각당해 한 차례 메워진 적이 있었지만 다시 복구해 원래 모습을 되찾았다.

김응서처럼 비밀 통로의 존재를 아는 사람들이 조명연합군에 여럿 있었지만 그들은 입구만 알 뿐 출구는 알지 못했다. 그들은 원주읍성에 갇혔을 때, 통로가 무너질 것을 두려워해 감히 안으로 들어가 출구를 찾아볼 생각을 하지 못했다.

이여백의 선봉은 이준성 일행이 원주읍성을 마지막으로 빠져나간 후에 비어 있는 성을 거의 공짜로 얻었다. 그러나 이준성은 원주읍성을 공짜로 내줄 생각이 전혀 없었다.

곧 흑표여단과 백랑여단이 나타나 남쪽에서 접근해 들어갔다.

10장. 프리드리히 대왕

조명연합군은 원주읍성에 외부와 통하는 비밀 통로가 있단 사실을 알았다.

김응서처럼 1차 공성계에 속아 낭패를 본 인사들이 조명연합군의 한자리를 차지한 상태기 때문에 조선군과 명군 사이에 불신의 골이 아주 깊지 않은 이상, 김응서가 이여백과 같은 명군 장수에게 말해 주었을 공산이 높았다.

그렇다면 이여백은 비어 있는 원주읍성을 보며 두 가지 선택을 할 수 있었다.

첫 번째는 1차 공성계 때처럼 반란군에게 역 포위당하지 않기 위해 읍성을 점령하지 않는 선택이었다. 한 번 당해 봤으니 두 번은 당하지 않겠단 심리였다.

두 번째는 반란군이 같은 전략을 또 쓰진 않을 거라 예상해 원주읍성을 점령한 다음 토벌군 거점으로 쓰는 선택이었다.

이준성은 이여백의 입장에서 그 두 가지 선택을 저울질해 보았다.

그러나 의외로 답은 쉽게 나왔다. 이여백은 두 번째를 선택할 가능성이 아주 높았다.

즉 비어 있는 원주읍성을 점령한 다음 그곳을 토벌군 거점으로 사용하는 선택이었다.

2차 공성계가 1차 공성계와 가장 크게 다른 점은 토벌군 규모에 기인했다.

1차 공성계 때는 권율이 지휘하던 조선군 2만여 명이 전부였다. 그런 이유로 조선군이 공성계에 당해 역포위당했을 때 그들을 구해 줄 후속 부대가 전무했다.

그러나 2차 공성계 때는 이여백의 뒤에 8만 명에 달하는 후속 부대가 있었다. 1차 공성계 때처럼 반란군이 읍성에 뚫어 둔 비밀 통로를 이용해 역포위에 나설 순 있을 테지만, 그 포위를 오래 지속할 순 없었다.

오히려 역포위에 나서다가 후속 부대에 포위당해 거꾸로 당할 위험이 아주 높았다.

이러한 점을 고려한 이여백은 안심한 상태에서 비어 있는 원주읍성을 재빨리 접수했다.

이여백 입장에서는 반란군이 이대로 도망쳐 버리든 그들을 역포위해 오든 상관없었다. 그는 오히려 반란군이 역포위해 오길 은근히 기다렸다.

원주읍성에 무혈입성한 이여백은 성문을 굳게 걸어 잠근 다음 부하에게 농성을 준비하라 명령했다.

잠시 후, 이여백은 부하들의 보고를 받으며 하늘이 정말 그를 보우한다는 느낌마저 받았다. 성에서 도망친 반란군이 이여백의 부하들이 들어온 남문을 제외한 북동서 세 성문을 성벽 잔해로 막아 버려 외부에서 성문을 부술 수 없게 해 놓은 상태였다.

이여백은 반란군의 멍청한 행태를 한껏 비웃어 주었다. 반란군은 그에게 중요한 거점을 공짜로 내줬을 뿐 아니라 성문을 성벽 잔해로 막아 그가 편하게 농성할 수 있도록 도와주기까지 했다. 그야말로 멍청함의 끝을 달리는 행태였다.

이여백은 부하들에게 반란군이 유일하게 막지 않은 성문인 남문만 제대로 방어하면 성이 떨어질 리 없단 점을 강조했다.

그때, 조선군 장수 몇 명이 이여백을 급히 찾아와 간청했다.

"반란군 놈들이 남쪽 성문만 열어 둔 행동에 함정이 숨어 있을지 모릅니다. 부디 군사를 나누어 성 안팎에서 서로 도와 가며 반란군이 파 둔 함정에 대응하시는 것이 어떻겠습니까?"

통역을 들은 이여백은 오히려 조선군 장수를 꾸짖었다.

"군사를 일부 나누어 성 밖으로 내보내면 병력이 반란군보다 훨씬 적은 우리로선 각개격파당할 위험이 있다. 그런 이유로 지금처럼 성채에 의지해 농성하는 작전이 최선이다. 농성하다 보면 곧 형님의 군대가 도착해 반란군을 토벌할 것이다."

조선군 장수 역시 물러설 기미가 없었다.

"반란군 수괴를 얕보시면 큰일 납니다, 장군. 그자는 교활하기가 뱀의 혀보다 더합니다. 부디 현명한 판단을 하시어 조선의 사직이 걸린 대업에 차질이 빚어지지 않게 해 주십시오."

이여백은 비웃으며 대꾸했다.

"나는 지금까지 너희 조선군이 반란군에게 패한 진짜 이유가 우둔해서 적의 책략에 쉽게 속아 넘어갔기 때문인 줄 알았다. 한데 지금 보니 담까지 좁쌀만 하구나. 오히려 그런 정신머리로 반란군에게 지금까지 버틴 게 용할 정도야. 더구나 곧 전투가 벌어지려는 상황에서 재수 없는 소리를 지껄이다니, 군에서는 말을 가려 해야 한다는 사실을 모르느냐?"

화가 난 이여백은 조선군 장수를 참하려다가 부하 장수들이 급히 말려 곤장을 치는 선에서 끝냈다.

그는 미신을 믿는 성향이 강한 병사들 앞에서 재수 없는 소리를 지결인 조선군 장수를 처벌해 병사들의 사기가 떨어지지 않게는 만들었지만, 한편으론 조선군 장수가 한 말이 계속 마음에 걸렸다.

결국 이여백은 조선군 장수의 조언대로 병력을 두 개로 나누어 대응하는 작전을 심각하게 고려하기 이르렀다.

병력을 두 개로 나누면 각개격파당할 위험이 있지만, 반대로 어느 한쪽이 위험에 처하면 다른 쪽이 지원을 가 줄 수 있었다. 병법에 자주 나오는 것처럼 이와 잇몸이 서로 돕는 것이다.

더욱이 그에게는 기병 3,000기가 있었다. 기병 부대를 읍성 밖에 주둔시키면 기동력을 살려 임기응변이 가능할 듯했다.

이여백이 부장을 불러 기병 부대를 성 밖으로 내보내란 명령을 막 내리려 할 때였다.

성벽을 지키는 수문장에게서 반란군 5,000여 명이 원주읍성 남문으로 접근한단 연락을 받았다.

지금 기병 부대를 내보내면 적의 품으로 곧장 뛰어드는 꼴이라 생각을 바꾼 이여백은 남문 방어를 강화하란 명령을 내렸다.

그러나 이미 마음속에선 불안감이 싹트는 중이었다. 조선군 장수가 조금 전에 지적한 대로 반란군은 그들이 잔해로 막지 않은 유일한 성문인 남문으로 오는 중이었다.

한편 그 시각 이준성은 원주읍성 남문으로 접근하는 흑표여단과 백랑여단를 직접 지휘하는 중이었다.

그는 우선 흑표여단으로 하여금 외곽을 에워싸 아군을 보호토록 한 다음 백랑여단을 남문 앞으로 보내 조명연합군과 대치시켰다.

흑표여단장 명회와 백랑여단장 유웅수가 곧 전령을 보내 병력 배치를 마쳤다는 보고를 해 왔다. 이준성은 즉시 후방에 있는 아시온 군단 군단장에 강문우에게 명령했다.

"천궁포병여단장에게 지금 즉시 포를 전개하라 하시오."

강문우는 그의 명령대로 대기 중이던 천궁포병여단이 가진 대완구, 중완구 50여 문을 이준성이 있는 위치에 전개했다.

이준성은 지체하지 않았다.

원래 꾸물거리는 성격이 아닐뿐더러, 이번에는 이여백이 정신을 차리기 전에 번갯불에 콩 구워 먹듯 해치울 작정이었다.

"발포하라!"

이준성의 명령을 받은 천궁포병여단은 일제히 유성 2호를 원주읍성 남문으로 쏘아 올렸다. 곧 유성 2호가 남문 성루와 성루 너머에 있는 건물 위에 떨어지며 불꽃을 피워 올렸다.

지금은 계절적으로 화재가 많이 발생하는 시기였다. 더욱이 요 며칠 동안 비가 전혀 내리지 않았기 때문에 유성 2호가 만든 불길은 누가 촉매제를 뿌려 놓은 것처럼 순식간에 번져 나갔다.

아니, 실제로 이준성은 성 안에 촉매제를 뿌려 놓았다. 화약, 기름, 지뢰 2호 등을 조명연합군이 발견하지 못하도록 교묘한 형태로 숨겨 놓아 불길이 빨리 번지게 조장했다.

가장 먼저 불길에 휩싸인 남문 성루 위에서 몸에 불이 붙은 조명연합군 병사들이 비명을 지르며 성 밖으로 뛰어내렸다.

불에 타 죽든 성벽 위에서 뛰어내려 죽든, 죽는다는 점에선 똑같지만 성벽 위에서 뛰어내리면 최소한 빨리 죽을 순 있었다. 조명연합군 병사들은 고통을 줄이기 위해 몸을 던졌다.

그러나 이준성은 적의 사정을 봐줄 생각이 전혀 없었다.

"불화살을 같이 퍼부어라!"

잠시 후, 흑표여단과 백랑여단 병사들이 발사한 불화살 수백 발이 유성 2호가 떨어진 장소에 다시 떨어지며 꺼져 가던 불길을 되살렸다.

성에 갇힌 조명연합군은 그제야 우물이 바위에 막혀 불을 끌 방법이 없단 사실을 깨달았다. 급한 대로 흙을 불길에 끼얹어 보았지만 언 발에 오줌 누기였다.

그러나 원주읍성은 면적이 생각보다 넓기 때문에 불길이 순식간에 성 안 전체를 뒤덮진 못했다. 이여백은 병사들을 남문에서 후퇴시킨 다음, 불길이 가라앉기를 기다렸다.

반면 이준성은 유성 2호와 불화살을 계속 발사해 조명연합군이 화재를 진압하지 못하도록 시간을 끌란 명령을 내렸다.

원주읍성 남문 근처에 번진 화재는 꺼질 것 같으면서도 끝내 꺼지지 않으며 꽤 오랜 시간을 버텼고, 그렇게 3시간쯤 버텼을 때였다.

이준성은 천궁포병여단이 바람의 방향과 세기를 알아보기 위해 완구 주위에 꽂아 놓는 깃발을 응시했다.

남서쪽에서 북동쪽으로 불던 바람이 점차 강해지는 중이었다.

깃발이 찢어질 듯 펄럭였다.

이준성은 하늘을 보며 중얼거렸다.

"역시 신은 적보다 날 더 사랑하는 게 분명하군."

이준성은 이번 작전을 준비할 때, 오후 1시 무렵이면 남동쪽에서 북서쪽으로 불던 바람이 갑자기 강해진단 사실을 알아냈다.

그러나 그날 하루만 그런 것일지 모르기 때문에 그는 신중하게 접근하기로 했다. 자연은 언제나 오만한 인간에게 강편치를 날릴 기회를 호시탐탐 노리므로, 섣불리 결정을 내렸다간 적이 아니라 오히려 그가 다칠 위험이 있었다.

그러나 그 다음 날 역시 오후 1시 무렵에 바람이 갑자기 강해졌다. 이준성은 그제야 강풍으로 돌변한 그 바람이 이

계절에 이 지역에서만 일어나는 독특한 기후 현상임을 알
수 있었다.

그는 그 바람이 며칠 더 불어 주길 신에게 기도하며 이번
작전을 구상했다. 한데 마침내 그 바람이 불었다.

때맞춰 불어온 강풍이 남문에 붙은 불길에 엄청난 양의 산
소를 공급한 듯 불길이 갑자기 폭발적으로 커지면서 성 안에
남은 가옥과 군사시설물을 깡그리 태우기 시작했다.

불길은 순식간에 원주읍성 전체를 뒤덮었다. 급기야 원주
읍성 상공으로 솟구친 연기 때문에 주변이 밤처럼 어두워졌
다.

불길에 갇힌 조명연합군은 북문과 서문, 동문으로 달려갔
다. 그러나 이준성이 성을 비울 때, 쉽게 성문을 열지 못하도
록 성벽 잔해를 잔뜩 쌓아 놨기 때문에 문을 열 방법이 없었
다.

원주읍성은 문자 그대로 거대한 불지옥을 방불케 했다. 운
좋게 불지옥을 피한 병사들은 연기에 질식해 서서히 죽어 갔
다.

이준성은 두려움이 가득한 눈빛으로 불타는 원주읍성을
바라보던 병사들에게 당장 진채를 거두어 후퇴하란 명령을
내렸다. 그제야 정신을 차린 병사들은 진채를 뽑아 퇴각에 나
섰다.

그러나 이준성은 원주읍성 근처를 완전히 떠나지는 않았다.

원주읍성 지하에 뚫어 둔 비밀 통로 출구로 이동한 이준성은 출구 근처에 병력을 매복시킨 다음 잠시 대기했다.

그로부터 얼마 지나지 않았을 때였다.

열려 있는 출구 쪽에서 옷과 머리카락이 온통 불길에 그을려 낭패한 모습을 한 조명연합군 장수와 병사들이 뛰쳐나왔다.

이준성은 비밀 통로에 있던 적이 밖으로 다 나올 때까지 기다린 다음, 매복한 병력에게 그들을 포위하란 명령을 내렸다.

지칠 대로 지친 패잔병은 그들이 적에게 완전히 포위당했단 사실을 깨닫곤 즉시 무기를 바닥에 버리며 항복해 왔다.

그때, 절강여단장 조광이 통역병을 통해 보고했다.

"패잔병 무리 안에서 이여백으로 보이는 사내를 찾았답니다."

"이여백을 내 앞으로 데려와라."

잠시 후, 절강여단 병사들이 화상을 입어 온몸의 살이란 살은 다 벌겋게 익어 버린 중년 사내 하나를 이준성 앞에 대령했다.

이여백은 즉시 통역을 시켜 이준성을 협박했다.

"난 이여송의 동생 이여백이다! 날 죽이면 화가 난 형이 당신과 당신의 가족들을 소금에 절여 젓갈로 만들어 버릴 것이다!"

이준성은 씩 웃었다.

"내가 원하는 게 바로 이여송이 미친 듯이 화를 내는 상황 이야."

대꾸한 이준성은 조광에게 고개를 끄덕였다.

조광은 즉시 칼을 뽑아 이여백의 허리를 단숨에 잘라 버렸 다.

◆ ◆ ◆

이준성은 만족한 표정을 지으며 서 있는 조광에게 명령했 다.

"시체를 꼬챙이에 꽂아서 원주읍성 앞에 잘 보이게 세워 둬라."

고개를 끄덕인 조광은 부하들을 시켜 요참당해 죽은, 그러 니까 허리가 잘려 죽은 이여백의 시체를 꼬챙이 두 개에 꽂아 원주읍성 서쪽 성문 근처에 세워 두었다.

독수리들이 달려들어 쪼아 먹으면 누구의 시신인지 알아 보기 쉽지 않을 테지만 이여송이 곧 도착할 것이기 때문에 별 문제 없었다.

이준성이 이여백을 죽이는 일을 굳이 조광에게 시킨 이유 는 조광이 이끄는 절강병이 이여송, 이여백 형제에게 원한을 품은 상태였기 때문이었다.

지금으로부터 몇 달 전, 요동총병 이여송은 조광이 이끄는 절강병에게 그들이 평양성 함락에 공을 세울 경우, 은자 5,000냥을 준다는 약속을 했었다. 그 약속을 철석같이 믿은 절강병은 평양성 전투에서 용감히 싸워 명군 중에 으뜸가는 공적을 세우는 데 성공했다.

그러나 이여송은 본인이 한 약속을 지키지 않았다. 아니, 지키지 않는 수준을 넘어 절강병을 후방인 의주로 빼내 그곳에서 전부 살해할 음모까지 꾸몄다.

이여송 입장에서는 절강병이 귀찮게 자꾸 약속한 은자를 달라 요구하는 게 싫었을지 몰랐다. 또 은자를 주지 않으면 절강병이 명군 안에서 반란을 일으킬지 모른단 우려를 했을 수 있었다.

그러나 은자 5,000냥이 아까워 벌인 짓치곤 악독하기 짝이 없었다. 만약 절강병이 아니라 그의 수하들인 요동병이 그랬다면, 이여송은 껄껄 웃으며 은자 1만 냥을 주었을지도 몰랐다.

조선에서조차 각 지역 간에 차이가 큰데, 중국이야 두말할 나위 없었다. 특히 만리장성 밖에 있는 요동과 강남을 대표하는 절강은 거의 다른 나라로 보는 게 더 맞을지 몰랐다.

유진의 도움을 받아 이 사실을 알아낸 이준성은 평양성 전투가 끝났을 때, 조광을 은밀히 방문해 이여송을 조심하란 충고를 했었다. 또 상황이 나빠지면 그가 붙여 준 은호대대 병사들의 도움을 받아 자신을 찾아오라는 조언을 했었다.

조광은 조언을 충실히 따랐다. 이여송이 실제로 의주에 함정을 파 그들을 살해하려 했을 때, 그는 은호대대의 도움을 받아 함정을 빠져나왔다. 빠져나온 다음엔 원주에 있는 이준성 막하에 들어가 절강병으로 이루어진 절강연대를 이끌었다.

조광이 허리를 자르는 참혹한 방법으로 이여송의 동생 이여백을 죽인 후에 만족한 표정을 지은 것은 그런 연유에서였다.

이준성은 원주읍성 비밀 통로 출구에서 사로잡은 명군 1,000명을 조광의 절강여단에 합류시켰다. 이번에 사로잡은 명군은 대부분 요동병이지만 조광이라면 통솔이 가능해 보였다.

어쨌든 이리하여 이여백이 이끌던 조명연합군 7,000명을 하루 만에 깡그리 없앤 이준성은 원주를 떠나 동쪽으로 이동했다.

이준성과 동행하던 권율이 물었다.

"원주읍성이 아깝지 않으십니까?"

"성이야 다른 장소에 또 쌓으면 그만이요. 그러나 성과 달리 사람은 죽으면 다시 살릴 수 없소. 그 차이는 꽤 큰 거요."

이준성의 말은 진심이었다.

물론 원주읍성이 아깝지 않다면 그건 거짓말이었다. 이준성은 원주읍성을 점령한 다음, 수만 명의 인력과 엄청난 재원을 투입해 수차례 개축을 단행했다. 그 덕에 원주읍성은 난공불락으로 변해 지금까지 적에게 점령당한 적이 없었다.

그러나 성은 다시 쌓을 수 있지만 병력, 특히 정예병은 다시 살릴 수 없었다. 징집해서 모은 병력이라면 금방 복구할 수 있을 테지만, 실전을 경험한 베테랑은 그럴 수 없었다.

이준성은 그 점을 특수부대에서 복무할 때 제대로 체감했다. 특수부대의 중추인 부사관들이 제대 등의 이유로 한 번에 빠져나가면 전과 같은 전투력을 갖추는 데 몇 년이 걸렸다.

이준성은 원주에서 북동쪽으로 행군해 인제에 도착했다. 인제는 강원도의 중앙에 위치한 곳이라 인제까지 후퇴했다는 말은 강원도 서쪽 절반을 적에게 내준다는 의미나 같았다.

그러나 이준성은 자신의 결정을 후회하지 않았다.

이번 후퇴는 적을 막아 내기 버거워 어쩔 수 없이 하는 후퇴가 아니라, 전략상으로 필요하기 때문에 하는 후퇴였다. 이를테면 이 보 전진을 위한 일 보 후퇴에 가까운 상황이었다.

인제의 어느 고지에 총사령부를 세운 이준성은 은호원이 알아낸 정보를 바탕으로 권율과 세부 작전을 계속 다듬었다.

현재 조명연합군은 턱에 펀치를 제대로 얻어맞아 거의 그로기 상태였다.

조명연합군은 이여백이 이끄는 7,000 병력이 원주읍성에서 반란군을 상대하며 시간을 끌어 줄 거라 기대했다.

병력 숫자가 반란군보다 적기는 하지만 기병 3,000기를 포함한 7,000명이면 하루아침에 전멸할 규모는 결코 아니었다. 한데 전혀 예상치 못했던 일이 실제로 일어났다.

조명연합군은 이여백이 반란군의 발목을 잡아 주는 동안, 오유충과 양원이 지휘하는 두 양동부대로 하여금 반란군의 후위를 차단할 계획이었다.

양동부대가 차단을 마친 다음엔 주인공인 이여송의 주력부대가 나타나 쓸어버린단 작전이었다.

한데 그 작전은 불과 하루 만에 망가져 쓰레기통에 처박혔다. 예상과 달리, 선봉을 맡은 이여백이 불과 한나절 만에 전멸하는 바람에 오유충과 양원이 지휘하는 양동부대에게 반란군 후위를 차단할 시간적 여유를 주지 못했기 때문이었다.

조명연합군이 부랴부랴 원주에 도착했을 때는 새까맣게 그을린 모습으로 검은 연기에 뒤덮여 있는 읍성의 잔해 위에서 사람의 살이 탈 때 나는 악취만이 둥둥 떠다닐 따름이었다.

조명연합군에 속한 모든 사람이 충격을 받았지만 그중 가장 큰 충격을 받은 사람을 한 명 꼽으라면 당연히 총사령관 이여송이었다.

이여송은 동생이 허리가 잘린 참혹한 모습으로 꼬챙이에 꽂혀 있는 모습을 보곤 거의 까무러칠 뻔했다.

눈이 뒤집힌 이여송은 8만 대군을 앞세워 인제로 도망친 반란군을 뒤쫓아다. 부하 장수들이 말려 보았지만 소용이 없었다. 이여송은 이여백이 죽기 전에 한 협박처럼 이준성의 살을 찢어 소금에 절인 다음 젓갈로 만들어 먹을 기세였다.

한편, 그 시각 이준성은 총사령부 대회의실에 지휘관을 소집해 작전 회의를 여는 중이었다. 대회의실 바닥에는 강주봉이 정성들여 제작한 강원도의 대형 입체지도가 놓여 있었다.

군대에선 그런 지도를 가리켜 기복지도라 부르지만 이해하는 데는 입체지도란 이름이 더 편해 그렇게 부르는 중이었다.

입체지도는 말 그대로 지도에 나와 있는 지형의 등고선을 입체적으로 표현한 지도였다.

지도에선 선과 숫자로 표현하지만, 지형을 아주 작게 축소해 실제 형태로 만들어 표현하는 입체지도에서는 산의 높이가 주변에 비해 얼마나 높은지, 또 그 옆의 계곡은 얼마나 깊은지, 계곡과 계곡 사이에 샛길은 있는지 등을 한눈에 알아볼 수 있어 훨씬 편리했다.

물론 입체지도는 제작하는 데 엄청난 노력이 필요하기 때문에 일반지도에 비해 만들기가 까다로웠다.

그러나 이준성은 이번 작전의 성패에 그의 운명이 달려

있단 점을 생각해 유진이 가진 기술력을 적극 활용해 입체지도를 만들었다.

현재 눈앞에 있는 입체지도의 형태를 장수들이 머릿속에 단단히 각인시켜 두면 작전을 펼치기가 훨씬 수월해질 것이었다.

이준성은 지휘봉으로 산과 산 사이, 계곡과 산 사이에 있는 길을 가리키며 입체지도를 바라보는 장수들에게 설명했다.

"내가 이곳 인제를 결전 장소로 택한 이유는 이곳이 산이 많은 강원도에서 제일 험한 지역이기 때문이오. 지도에 나와 있듯이 길이 아주 험해 대군을 빠르게 이동시킬 수 없소. 특히 명군 포병이 쓰는 포차의 이동은 더 힘들 수밖에 없소."

이준성은 몇 시간에 걸쳐 작전을 처음부터 끝까지 자세히 설명한 다음 장수들에게 궁금한 사항이 있는지 물었다.

장수들은 이제 이런 식의 회의에 많이 익숙해졌는지 번갈아 가며 질문을 해 왔다. 이준성은 질문을 받을 때마다 장수들이 작전의 의도를 정확히 파악할 수 있도록 상세히 설명해 주었다.

이준성은 회의 말미에 간절한 어조로 당부했다.

"작전은 그저 작전일 뿐이란 사실을 절대 잊지 마시오. 미리 세워 둔 작전이 5분 이상 통하면 다행일 만큼, 전장에선 무슨 일이 일어날지는 그 누구도 알 수 없소. 해서 나는 제장들에게 재량권을 줄 생각이오. 상황이 변할 때마다 재량권을

사용해 임기응변하시오. 물론 작전의 큰 틀에선 벗어나지
말아야 하오."

"예, 장군!"

대답한 장수들은 맡은 부대에 돌아가 부하들을 준비시켰
다. 지금까진 중기병, 경기병, 중보병, 경보병 등을 다양하게
사용했다면, 이번 작전에는 오로지 경보병만이 존재했다.

이는 중기병 체제인 천마여단 역시 마찬가지였다. 그들은
말에서 내려와 갑옷을 벗은 다음 투구와 흉갑만을 걸쳤다.

그로부터 이틀쯤 지났을 때, 조명연합군이 세 갈래로 나뉘
어 인제로 접근한다는 은호원의 보고가 들어왔고, 이준성은
즉시 비룡여단과 서쪽으로 움직였다.

그는 곧 서쪽 방향에서 인제로 접근 중인 오유충의 병력 2
만 명을 찾아냈다.

이준성은 길이 내려다보이는 높은 고지에 올라가 인드라
망으로 오유충의 병력이 계곡 사이에 있는 험한 길을 따라
꾸역꾸역 올라오는 모습을 보았다. 오유충의 병력은 거의 2
킬로미터 길이로 길게 늘어져 있었다.

즉 선봉과 후군의 거리가 2킬로미터에 가까워 마치 기다
란 뱀이 기어가는 듯했다.

이준성은 선봉보다는 맨 뒤에 있는 후군을 주목했다.

후군은 그야말로 굼벵이와 다름없었다. 명군이 자랑하는
야포를 실은 포차와 군량, 무기, 말먹이를 실은 보급부대로

이뤄져 있었는데, 길을 거의 새로 뚫다시피 하며 전진했다.

이준성은 옆을 돌아보았다. 비룡여단장 하구로와 죽은 우메즈 대신에 흑룡대대를 맡은 한명련의 얼굴이 보였다.

이준성과 눈이 마주친 두 사람은 언제든 출격할 수 있다는 듯 고개를 끄덕였다. 이준성은 같이 고개를 끄덕여 주었다.

그가 이번에 세운 작전은 두 가지 전투에서 힌트를 얻어 만들었다. 하나는 누르하치가 명나라를 상대로 동북아시아의 주도권을 가져오는 데 결정적인 역할을 한 사르후 전투였다.

다른 하나는 20세기 초에 벌어진 1차 세계대전에서 독일 제국군이 러시아 제국군을 참패로 몰아넣은 타넨베르크 전투였다.

물론 두 전투에 차이는 있을 테지만 수비군이 병력을 나누어 진격해 오는 공격군을 상대로 신속한 기동을 통해 각개격파해 대승을 거두었단 점에서는 일맥상통하는 면이 있었다.

한데 지금이 바로 그런 상황이었다. 조명연합군이 보유한 8만 명은 이준성이 보유한 병력의 3배에 달했지만, 지형적인 이유로 인해 그 8만 명을 한 번에 투사할 여건을 갖추지 못했다. 즉 부대를 몇 개로 나눠 진격해야 하는 상황이었다.

험한 지형으로 인해 기동에 제약을 받는 상황은 서로 같지만 이준성의 병력은 그 질에서 상대를 압도할 수가 있었다. 특히 그 속에 이준성이 끼어 있다면 격차는 더 벌어졌다.

이준성은 하구로와 한명련을 보며 당부했다.

"오늘은 아주 바쁠 모양이니까 두 사람 다 마음 단단히 먹도록."

"예!"

대답하는 두 사람을 보며 고개를 끄덕인 이준성은 숨을 한 차례 크게 들이마신 다음, 벌떡 일어나 밑으로 달려 내려갔다.

그의 뒤를 한명련이 이끄는 흑룡대대가 바짝 따라붙었다. 또 흑룡대대 뒤에선 하구로가 이끄는 비룡여단, 처영이 이끄는 금강여단, 황진이 지휘하는 자유여단이 따라 내려왔다.

마침내 한반도의 주인을 결정할 전투의 서막이 오른 셈이었다.

◆ ◈ ◆

이준성은 작전을 세울 때, 오유충 부대를 세 부분으로 나누었다.

선봉, 중군, 후군.

전략적 의미에서는 그중 후군이 가장 중요했다. 이준성은 사실 명군을 별로 두려워하지 않았다. 얕본다고까지는 말할 수 없지만 어쨌든 명군의 전력을 높이 평가하지는 않았다.

그러나 걸리는 점이 전혀 없진 않았다. 그건 바로 명군이 보유한 야포 전력이었다.

물론 그에게 완구를 운용하는 강력한 포병부대인 천궁포병여단이 있긴 하지만 명군의 포병 규모에 비할 바는 아니었다. 명군 포병은 대장군포, 위원포, 호준포, 불랑기포 등 다양한 구경을 가진 야포를 운용했다.

이준성은 명군이 미친 듯이 쏘아 대는 포탄세례를 맞아 가며 농성하는 상황이 별로 달갑지가 않았기 때문에 공을 들여 개축한 원주읍성을 과감하게 버린 다음 명군 포병 전력이 기동하기 까다로운 산악 지형에서 맞붙는 야전을 선택했다.

그러나 명군 역시 바보는 아니었다.

위력은 대장군포, 위원포와 같은 큰 구경을 가진 야포가 강하지만 산악 지형에서는 그런 포를 실은 포차를 운반하기가 사실상 불가능하기 때문에 호준포, 불랑기포처럼 작은 구경을 가진 야포만 추린 상태에서 인제로 행군하는 중이었다.

한데 그 호준포, 불랑기포를 실은 포차를 운반하는 포병이 바로 오유충 부대의 후군에 위치해 있었다. 또 후군에서 포병을 제외한 나머지 병력은 보급품을 운송하는 보급부대였다.

즉, 후군을 완전히 전멸시키면 명군은 가장 강한 전력인 포병의 지원을 받지 못하는 상태에서 쫄쫄 굶을 수밖에 없었다.

오유충 부대의 후군을 전멸시키는 게 그렇게 중요하다면 이준성이 직접 맡는 게 가장 상책이었다.

그러나 그가 도성에 잠입해 권율의 가족을 탈출시키는 동안, 강문우를 비롯한 부하 장수들이 그의 명령을 깔끔하게 수행해 그에게 믿음을 주었기 때문에 이번엔 부하들을 좀 더 믿어 볼 생각이었다.

이준성은 가장 중요한 후군 공격을 처영의 금강여단에 맡겼다. 처영은 이번에 권율과 함께 합류한 승병장으로 행주대첩에서 활약하는 등 이미 그 능력을 입증해 보인 장수였다.

불심으로 똘똘 뭉친 금강여단이라면 흥분하는 법 없이 맡겨진 임무를 완벽히 수행할 거란 계산이 들어간 선택이었다.

그는 또 오유충 부대의 선봉을 공격하는 임무를 황진이 지휘하는 자유여단에 맡겼다. 자유여단은 노비를 비롯한 천인들을 모아 만든 부대로 사기는 가장 높지만 병사의 질에 있어서는 다른 부대에 비해 한참 떨어진다는 약점이 있었다.

그러나 황진이 자유여단을 맡은 후엔 실력이 몰라보게 좋아져 근래 들어 가장 전력이 급상승한 부대 중에 하나였다.

한편, 이준성 본인은 비룡여단를 앞세워 오유충 부대에서 전력이 가장 강하다는 정보가 들어온 중군을 노리기로 하였다.

이준성은 가파른 산비탈을 미끄러지듯이 달려 내려갔다.

그러나 속도는 그렇게 빠르지 않았다. 산엔 달리기를 방해하는 요소들이 너무 많았다. 시야를 가리는 아름드리나무, 살갗에 생채기를 내는 가시달린 관목, 제멋대로 자라 귀찮기 짝이 없는 풀, 다리를 잡아끄는 넝쿨이 그런 요소들이었다.

이준성은 나무, 관목은 피해서, 풀, 넝쿨은 언월도로 자르며 내려갔다. 다행히 길 쪽으로 내려갈수록 달릴 수 있는 공간이 늘어나 속도가 붙었다. 그렇게 5분쯤 달렸을 때였다.

울창한 숲이 햇빛을 차단하는 바람에 음침하기 짝이 없던 주변이 갑자기 밝아지며 근처에 길이 있다는 사실을 친절히 가르쳐 주었다.

그러나 이준성은 길 쪽으로 내려가지 않고 근처에 자란 아름드리 참나무 위로 원숭이처럼 날렵하게 기어 올라갔다. 그를 따라온 한명련과 그의 부하들 역시 근처에 있는 소나무, 참나무로 올라가 매복을 마쳤다.

잠시 후, 서쪽에서 칼과 도끼로 무언가를 베어 내는 소리가 들려왔다. 이준성은 나뭇가지가 무성한 방향으로 자리를 옮겼다. 다행히 녹음이 점점 짙어져 가던 시기라, 그의 커다란 덩치를 가려 줄 만큼 잎이 무성한 나뭇가지가 여러 개 있었다.

이준성은 나뭇가지 속에 숨어 서쪽을 관찰했다.

칼과 도끼로 무언가를 베는 소리가 점점 가까이서 들려왔다. 이젠 베는 소리뿐만 아니라 발자국 소리, 중국말로 불평하는 소리, 나뭇가지에 어딜 긁혔는지 앗 하는 비명 소리 등이 들려왔다.

그로부터 1분쯤 지났을 때, 조선군과 명나라군 100여 명이 풀과 관목을 도끼와 칼로 베어 내며 그들이 있는 방향으로 천천히 다가오는 모습을 똑똑히 볼 수 있었다.

그들은 바로 조명연합군이 산 위로 올려 보낸 정찰 부대였다. 오유충 역시 바보는 아니었기 때문에 이런 지형에서는 산 위에서 해 오는 매복기습만큼 위험한 상황이 없다는 사실을 누구보다 잘 알았다.

그는 반란군의 매복기습을 미리 차단하기 위해 100명 단위로 만든 정찰 부대 10여 개를 산 위로 올려 보내 본대가 가는 방향을 먼저 정찰하도록 조치했다.

한데 조명연합군 정찰 부대는 지형이 워낙 험한 탓에 앞에 있는 풀과 관목 같은 장애물을 처리하는 데만 전력을 쏟을 뿐, 머리 위쪽에 관심을 두는 병사는 그리 많지 않았다.

감이 좋은 병사 몇 명이 고개를 들어 나무 위를 둘러보긴 했지만, 이준성과 흑룡대대 병사들이 잎이 무성한 나뭇가지 속에 몸을 은폐한 상태이기 때문에 발견하기 쉽지 않았다.

이준성은 조명연합군 정찰 부대가 함정으로 완벽히 들어오기를 기다리다가 등에 멘 각궁을 풀어 통아에 편전을 장전했다.

이준성은 정찰 부대를 지휘하는 조선군 장수의 얼굴을 조준해 편전을 쏘았다. 얇지만 날카로운 소음을 내며 날아간 편전이 장수의 왼쪽 눈을 정확히 관통했다.

이준성이 쏜 편전을 시작으로 나무 위에 올라가 있던 흑룡대대 병사들이 일제히 화살을 발사해 조명연합군 정찰 부대 병사들을 제거했다. 일부는 비명과 고함을 지르며 길 쪽으로 도망쳤지만, 병사들이 두 번째 발사한 화살에 맞아 고슴도치가 되었다.

　서둘러 나무 위에서 내려온 이준성은 서쪽으로 이동해 같은 방법을 사용했다. 이번 역시 100명 단위의 조명연합군 정찰 부대가 지나가다가 그와 흑룡대대가 파 놓은 매복에 걸려들어 전멸했다.

　조명연합군 정찰 부대 두 개를 연달아 제거한 그는 방향을 바꾸어 길이 있는 남쪽으로 달려 내려갔고, 곧 길이 내려다보이는 비탈에 도달해 그 안에 있는 풀숲에 바짝 엎드렸다.

　조명연합군은 그들이 걸어가는 길과 나란히 나 있는 숲에서 사람들이 지르는 비명과 고함 소리, 화살이 날아가는 소리를 들은 듯했다. 행군을 멈춘 그들은 그가 숨어 있는 비탈 위 풀숲을 예의주시하기 시작했다.

　이준성은 매복을 경계하는 조명연합군을 지켜보다가 옆을 돌아보았다. 한명련이 지휘하는 흑룡대대 병사 700여 명이 길을 따라 늘어선 비탈 위에 매복을 거의 완료한 상태였다.

　그러나 이준성은 공격을 명하지 않았다. 700명으로 공격에 나서다가는 화력이 부족해 오히려 반격당할 위험이 존재했다.

　그때, 위험을 감지한 조명연합군 지휘관들이 소리를 지르며 경계를 강화하란 명령을 내렸다. 또 병력 일부에게는 비탈로 올라가 수상해 보이는 풀숲을 수색하란 명령을 내렸다.

이준성은 초조한 표정으로 뒤를 돌아봤다. 하구로가 이끄는 비룡여단 본대가 도착해야 작전을 시작할 수 있었다. 한데 비룡여단이 그가 예상한 시간보다 조금 늦을 모양이었다.

이준성이 다시 길 쪽으로 시선을 돌렸을 때였다. 명나라 병사 몇 명이 풀숲에 창을 찔러 가며 그가 있는 위치로 올라왔다.

이준성은 다시 뒤를 돌아봤다. 나무에 가려 볼 순 없었지만 방금 비룡여단 선봉 부대가 내는 발소리가 들린 듯했다.

마치 토끼 수백 마리가 매를 피해 덤불 속으로 재빨리 도망치는 것 같은 소리였다. 그때, 명나라 병사 한 명이 찌른 창이 그가 숨은 곳을 향해 정확히 날아왔다.

그는 엎드린 자세에서 머리로 날아드는 창끝을 덥석 붙잡았다. 그러자 창끝이 바위 사이처럼 홈이 있는 곳에 끼었다고 생각한 듯 명나라 병사는 힘을 주어 창을 당겼다.

이준성은 창끝을 잡은 상태에서 용수철처럼 튀어 올라 언월도를 앞으로 베어 갔다. 언월도가 풀을 자르며 날아가다가 창을 찔러 온 명나라 병사의 가슴을 통째로 자르며 지나갔다.

그 모습을 본 명나라 병사들이 기겁해 소리쳤다. 알아들을 순 없었지만 적이라 소리친 것은 분명한 듯했다. 명나라 병사들이 일제히 그가 있는 방향으로 달려왔기 때문이었다.

이준성은 지체 없이 명령을 내렸다.

"쏴라!"

흑룡대대 병사들이 벌떡 일어나 각궁을 쏘았다. 화살이 빗발치듯 날아가 길 위에 있던 조명연합군 병사들을 쓰러트렸다.

이준성 역시 각궁에 달린 통아를 떼어 낸 다음 시위에 화살을 재어 쏘았다. 신궁까진 아니지만 화살을 쏠 때마다 조명연합군 병사들이 비명을 지르며 비탈 밑으로 굴러 떨어졌다.

그때, 조명연합군 병사들이 화살과 조총으로 맹렬히 반격했다.

흔히 조총이라 하면 왜국을 떠올리지만, 동아시아에서 가장 먼저 조총을 받아들인 나라는 명나라였다.

명나라는 유럽의 무기인 화승총, 불랑기포 등을 일찌감치 받아들여 실전에 사용했다. 조광의 절강병 역시 이 조총을 잘 다루기로 유명했다.

이준성은 나무 뒤에 숨어 화살을 쏘았다. 일단 보유한 화력에서는 현저히 밀리는 감이 있었다.

그러나 상황이 바뀌는 데는 10초가 채 걸리지 않았다. 뒤늦게 도착한 하구로의 비룡여단 주력이 비탈 위에 길게 늘어선 다음 맹렬한 역공을 가했던 것이다. 화살, 탄환, 천뢰 2호가 쉴 새 없이 날아갔다.

이준성은 그 광경을 잠시 홀린 듯이 지켜보았다.

장관이 따로 없었다. 수천 명의 비룡여단 병사들이 3, 400 미터에 길이의 긴 비탈 위에 3열 횡대로 도열하고는 1열과 2열이 화살을 쏘았다. 또 마지막에 위치한 3열은 조총을 쏘며 천뢰 2호에 불을 붙여 던졌다. 마치 프라이팬에 팝콘을 튀길 때처럼 조명연합군 병사들이 튀어 올랐다가 가라앉았다.

화력에서 상대를 압도한 비룡여단은 곧 오유충 부대의 중군을 길 반대편에 있는 벼랑 모서리로 밀어붙이는 데 성공했다.

이런 일이 금강연대가 맡은 후군과 자유연대가 맡은 선봉에서 똑같이 일어났다. 불과 1시간이 지나지 않아 2만에 이르던 오유충 부대는 진형이 완전히 무너져 일방적으로 당했다.

한데 이준성이 부하들에게 길 밑으로 내려가 패잔병을 정리하란 명령을 막 내리려 할 때였다. 총사령관 권율이 새하얗게 질린 얼굴로 급히 산 밑으로 달려오는 모습이 보였다.

이준성은 권율에게 달려가 급히 물었다.

"무슨 일이오?"

권율은 한쪽 무릎을 꿇으며 비통한 어조로 외쳤다.

"노토의 대군이 함경도로 쳐들어왔습니다!"

이준성은 미간을 찌푸리며 물었다.

"사령관의 표정을 봐선 그게 다는 아닐 것 같은데."

권율이 고개를 푹 숙이며 대답했다.

"그렇습니다. 동해안으로 왜국의 군선 수백 척이 몰래 넘어와 몇 천에 달하는 병력을 강원도 해안가에 상륙시켰습니다."

이는 분명 엄청난 소식임에 분명했다.

그러나 이준성은 별로 당황한 기색 없이 차분하게 명령했다.

"서양의 프리드리히라는 사람이 '모든 것을 지키려는 사람은 아무것도 지킬 수 없다.'는 말을 한 적 있소. 함경도를 방어하는 백두여단과 강원도를 방어하는 설악여단에 내 명령을 최대한 빨리 전하시오. 전선을 안쪽으로 크게 후퇴시켜 적에게 땅을 공짜로 내준 다음 후방에 방어선을 치라고 말이오. 그러면 우리에게 필요한 시간을 벌 수 있을 것이오."

권율이 놀라 물었다.

"그럼 이번 작전을 이대로 강행하실 생각입니까?"

"그렇소. 줄 것은 주고 취할 것은 취할 생각이오. 서두르시오!"

권율이 돌아간 후, 이준성은 이를 악물었다.

"목을 깨끗이 씻은 다음에 나를 기다리는 게 좋을 거다! 여기부터 처리한 다음에 네놈들을 잘근잘근 씹어 먹어 줄 테니까!"

소리친 이준성은 길 밑으로 뛰어내리며 언월도를 휘둘렀다. 악에 받친 이준성은 말 그대로 피에 굶주린 악마 같았다.

<4권에 계속>